吞噬星空

典藏版 3

我吃西红柿 著

时代出版
时代出版传媒股份有限公司
安 徽 文 艺 出 版 社

图书在版编目（CIP）数据

吞噬星空：典藏版. 3 / 我吃西红柿著. — 合肥：安徽文艺出版社, 2020.4（2025.6重印）
ISBN 978-7-5396-6872-7

Ⅰ. ①吞… Ⅱ. ①我… Ⅲ. ①幻想小说—中国—当代 Ⅳ. ①I247.5

中国版本图书馆CIP数据核字(2020)第026010号

TUNSHI XINGKONG DIANCANG BAN 3

吞噬星空 典藏版3

我吃西红柿 著

出 版 人：姚 巍
责任编辑：王婧婧 宋潇婧
装帧设计：周艳芳

出版发行：安徽文艺出版社 www.awpub.com
地 址：合肥市翡翠路1118号 邮政编码：230071
营 销 部：(0551)63533889
印 制：湖南天闻新华印务有限公司 电话：(0731)88387856

开本：710mm×1000mm 1/16 印张：18 字数：290千字
版次：2020年4月第1版
印次：2025年6月第10次印刷
定价：32.00元

目录

CONTENTS

第103章

紧急救援

023号城市中，一座座造型雅致的建筑林立，只是，这些建筑都残破不堪。

寒风呼啸，传来一阵阵怪兽的吼声。

火锤小队一行五人迅速前行。

如今罗峰的身体素质达到了初级战将级，这意味着他的精神念力达到了高级战将级，可以和初级战神级武者一战。也就是说，罗峰的实力堪比初级战神级武者了。

火锤小队有罗峰这样的高手，其他成员在荒野区只要小心一点，几乎没有什么危险。

毕竟领主级怪兽极少，而实力弱于领主级怪兽的怪兽遇到罗峰简直就是送死。

即便遇到鼠潮和蚁潮之类的，罗峰也能飞行，所以很安全。

“看，就在前面。”罗峰一行五人趴在一家酒楼的屋顶上，看向下方一条可以容四辆轿车并行的宽敞街道。

只见街道上有许多虎猫怪兽，正发出一阵阵吼声，追杀着一支武者小队。

虎猫怪兽群中有好几头双尾虎猫怪兽，甚至有三尾虎猫怪兽。

“后面还有一头四尾虎猫怪兽。”高风轻声说道。

双尾虎猫怪兽是初级兽将级怪兽，三尾虎猫怪兽是中级兽将级怪兽，四尾虎猫怪兽是高级兽将级怪兽。

对于普通的武者小队而言，遇到一头高级兽将级怪兽，绝对是噩梦，而虎猫怪兽具有虎类怪兽的凶残，也具有猫类怪兽的灵敏，是极难对付的一种怪兽。

“难度不算大。”罗峰眼睛微眯。

“那支武者小队的人都是极限武馆的，我们必须帮忙。”高风郑重地道。

在荒野区，一旦遇到危险，可以通过通信手表发出紧急救援信号，这信号会传给周围20公里范围内的所有武者。

若求救者和救人者是同一武馆的，信号呈红色；若求救者和救人者不是同一武馆的，信号则呈绿色，所以能够通过信号辨别出求救者是否与自己属于同一个武馆。

“队长，你们去帮忙，我断后。”罗峰轻声说道。

“疯子是最擅长和怪兽群战的。”魏青道。

的确，罗峰身法了得，在混战中，他的表现是非常好的。

高风轻声说道：“出发！”

“嗖——”一群人迅速奔跑着，而后分散开来。

高风、魏铁、魏青、陈谷四人直接冲向正在逃跑的武者小队，罗峰则在高风四人的身后，他没有奔跑，而是直接对付怪兽群。

对于一名战神级武者而言，一般的怪兽群没有太大的威胁，除非是体积小的怪兽组成的怪兽群，如鼠潮、蚁潮之类。

当然，如果罗峰不使用飞刀的话，怪兽群对他还是很有挑战的。

“轰——”

一头头虎猫怪兽轰然倒地，瞬间堵塞了街道。

这些虎猫怪兽大多是兽兵级怪兽，只有少部分是双尾虎猫怪兽，极少数是三尾虎猫怪兽，而四尾虎猫怪兽只有一头。

罗峰疾速地穿行在虎猫怪兽群中。

虎猫怪兽群的冲击力很大，一旦武者被一头虎猫怪兽撞倒，就很容易被其他虎猫怪兽踩踏，当场丧命。

然而，罗峰的身法很是巧妙，他可以借用其他虎猫怪兽的尸身，或者一些正在奔跑的虎猫怪兽，来抵挡其他虎猫怪兽的攻击。

他要让自己处在不被虎猫怪兽撞击，同时只需面对少量虎猫怪兽的境地。

“嗯？电话打不通？没人接？也没人回电话。”

JN基地市，极限总会馆的天台上。

周正永正疑惑地看着手机。

旁边的杨辉摇摇头，道：“这点事情都办不好，铁手，我鄙视你。”说着，杨辉拨打罗峰的通信手表，“嗯！显示出他的位置了，他在023号城市。”

根据通信手表的信号很容易确定武者所在的位置，就连普通手机都有这个功能。

“我这就过去。”杨辉一挥手，直接走进了旁边一架幽蓝色外壳的战机。

他关上舱门，战机很快就腾空而起，出了城市的防御系统，朝东南方向飞去。

在023号城市，紧急信号迅速传播到周围20公里范围内。事实上，武者在荒野区遇到危险，如果其他武者距离求救的武者太远，是根本来不及实施救援的。紧急救援信号被设置为传播20公里的范围，这算是比较大的范围了。

“嗯？这是绿色的紧急救援信号，不是我们雷电武馆的。”

一栋破败酒店的六楼的某间客房，四名武者正端坐着。

“求救者估计是极限武馆的。哥几个，去不去救他们？”一个脸上有着刀疤的汉子看向其他人，问道。

一个帅气的年轻人低头看了一下通信手表，道：“求救者距离我们不到两公里，我们去看看吧，能帮就帮。”

“好！就听郭子的，走。”

“走！”

这支在JN基地市名气颇大的北河武者小队瞬间做出了决定。

北河小队中有一名高级战将级武者和三名中级战将级武者。三名中级战将级武者中，郭海的实力接近高级战将级武者。

这支武者小队的实力的确很强大。

不过，在荒野区的城市中前行，他们的速度是比较慢的，他们根本不敢飞奔，说不定前面的某个角落里就埋伏着一头怪兽。

“就在前面。”

“啧啧！那是虎猫怪兽群啊！好家伙，应该有近千头吧！”

北河小队的人半蹲在一个临街店铺的屋顶，看向街道。

“看那边，那家伙好厉害啊，一个人起码吸引了一半的虎猫怪兽。”

“那是谁啊，怎么那么厉害？”

北河小队的人都大吃一惊。

郭海瞪大眼睛，好奇地看着。

只见一个青年一手持着六棱盾牌，一手持着血影战刀，疾速地闪躲着。虽然他的速度快得惊人，但是每一步都很是巧妙。

“吼——”虎猫怪兽彻底被激怒了，疯狂地攻击着那个青年。

那个青年并没有反击，而是任凭虎猫怪兽疯狂地围攻自己。

可以看出，青年的身法已经达到了较高的境界，他的每一步都很是精妙，每一次侧身、横移都很敏捷。

怪兽群疯狂地围攻着，却没有伤到青年分毫。

“入微级！那人绝对拥有入微级的身法。”北河小队的其他武者惊叹道。

“那是罗峰！竟然是他！”

郭海认出了青年就是罗峰。

他是认识罗峰的。

战神级武者陆纲逝世，在悼念会上，徐刚和他聊天时提起过罗峰，当时罗峰就在不远处和徐欣聊天。

说起来，郭海和罗峰算是情敌呢！

郭海喜欢徐欣，罗峰也喜欢徐欣。

“别傻看着了，快点动手啊！”

“动手！”

北河小队的四人当即冲了出去。

“罗峰成为武者才多久啊，难道他的实力就赶上我了？”郭海心中很是不甘。

身为武者，都是有着极强的胜负欲和斗志的。特别是在情敌面前，更不会轻易服输的，更何况，郭海是接近高级战将级武者的天才武者，如果不比精神念力的话，的确不比罗峰差。

罗峰仿佛一块巨石，堵在街道的正中央。怪兽们或冲撞，或从高空跃起，扑向罗峰。

罗峰的周围都是怪兽，在这种情况下，他依旧硬撑着。

“这就是利用周围环境让自己的身法发挥到极致。”罗峰一边躲闪，一边想着。

他的心中很是兴奋：“利用环境，利用周围的每一样物体，让自己和周围的一切融为一体，这才是完美级身法。”

这段时间，他一直在研究完美级身法。

他对于完美级身法的理论很精通了，可是真正做的时候，还达不到游刃有余。偶尔脑海中灵光一闪，他能施展出完美级身法，却不能长期保持那种状态。

“吼——”咆哮声响起。

虎猫怪兽群在首领的带领下迅速撤退。

虽然它们离开了，但是它们的双眸中都满是恨意。不过，虎猫怪兽群的首领心里很清楚，即便它们拼上性命，恐怕都解决不了那个青年。

“这位就是我们JN基地市鼎鼎大名的疯子吧，今日一见，果真厉害。我是北河小队的队长康伟。”刀疤汉子走过去，热情地打招呼。

罗峰笑了笑。

这时，一个作战服上有血迹的年轻人走了过来。

“罗峰！”年轻人紧紧地盯着罗峰，“我叫郭海，你应该听说过我的名字吧？”

“郭海？！”罗峰看着眼前的年轻人，“你就是21岁就成为中级战将级武者的那位？”

罗峰当然记得这个名字。

当初徐刚让罗峰远离徐欣时，对罗峰说了一番话，提到了两个人——一个是天才武者郭海，一个是王家的王兴平。

这两人都算罗峰的情敌。

“是我！”郭海的嘴角勾起一抹笑容，“你应该是从徐刚那儿听说的我吧？”

“嗯！”罗峰眉毛一挑。

“我喜欢徐欣，我们可以公平竞争。”郭海笑着说道，“罗峰，我承认，你的身法很厉害。依我看，你的身法并不是刚刚达到入微级，而是已经达到了入微级大成。论身法，我根本比不过你，这一点，你值得我敬佩。”

这时，火锤小队的其他人和被救的武者都走了过来。

“这位是雷电武馆的天才武者郭海？”

高风等人都认识郭海。

郭海的名气很大，当年也是提前被招进雷电武馆的。

“罗峰，今年年底，我应该能成为高级战将级武者。”郭海微微一笑，又道，“我才22周岁，就成了高级战将级武者，徐家应该更愿意将徐欣嫁给我。”

郭海是一个很自负的人，之前听说罗峰的实力极强时，他根本没把罗峰放在眼里。可是，今天他亲眼看到了罗峰对战怪兽的表现，他感觉到了威胁，所以才说了这么一番话。

“婚姻不是小事，也得徐欣愿意才行吧。”罗峰的眉头微微一皱。

徐欣的身份特殊，自然有很多武者追求。

但罗峰没想到的是，在荒野区竟然碰到了一个情敌。

“嗯？”罗峰抬头看向天空。

只见一道幽蓝色的流光迅速划过天空，而后迅速减速，停在空中。

那是一架飞碟形的幽蓝色战机。

此刻，它开始下降，而后直接停在离罗峰等人数十米外的街道上。

第104章

B级考验

天空昏暗，冰冷的寒风呼啸着。

那架幽蓝色的飞碟形战机吸引了在场武者的目光。

上一次，罗峰也看到了这样一架飞行战机，那还是发生鼠潮的时候。

“飞行战机来这里干什么，还专门停在我们的附近，战机上的人是来找谁的？”罗峰心中很是疑惑。

旁边的武者都低声议论起来。

“那是飞行战机？！”

“那架战机是军区的战机，是战神级武者乘坐的战机吧？”

火锤小队、北河小队，以及被救的雪狐小队一共有十多名武者，他们都疑惑地看着那架飞行战机。一般情况下，武者们在荒野区一年都难得碰到一次飞行战机，此刻，一架飞行战机竟然停在他们的面前。

“哗！”飞行战机的舱门打开了。

只见两个人先后跳下，这两人都穿着黑色的作战服，一前一后朝罗峰走了过来。

后面的那人竟然是JN基地市极限武馆的四大巨头之一——诸葛韬。

诸葛韬朝罗峰点点头，微微一笑。

“诸葛主管。”

“主管。”

火锤小队的成员和被救的雪狐小队的成员都恭敬地行礼。

至于北河小队的成员，则站在一边，没有吭声，他们都是雷电武馆的。

火锤小队、雪狐小队、北河小队的成员都很疑惑，堂堂JN基地市极限武馆的四大巨头之一，竟然像个跟班似的，跟在一个中年人的身后。

那个中年人到底是什么来头？

“罗峰、高风、陶克，我给你们介绍一下。”诸葛韬站在中年男子的身侧，笑着说道，“这位是来自极限武馆全球总部的特使杨先生，杨先生可是战神级武者。”

火锤小队和雪狐小队的成员闻言，都大吃一惊。

“杨先生。”他们都恭敬地打招呼。

“嗯！”杨辉点点头。

他的目光扫过众武者，而后落在罗峰的身上。

看到这一幕，在场的其他武者顿时都疑惑了。

这位来自极限武馆全球总部的特使盯着罗峰做什么？

杨辉自然是认识罗峰的，他早就看过罗峰的照片。

“罗峰。”杨辉开口了。

“杨先生。”罗峰连忙应道，心中却疑惑得很。

旁边的诸葛韬看着罗峰，笑道：“罗峰，杨先生专门从极限武馆全球总部赶到JN基地市，主要就是因为你的事。杨先生这次可是为你花了不少心思，你可得好好感谢杨先生。”

诚然，杨辉有着大多数战神级武者的通病，那就是孤傲。不过，他对有天赋的后辈还是很关心的。如果不是他向巡察使申请让罗峰进入精英训练营，罗峰估计连进行B级考验的机会都没有。

“没必要感谢我，罗峰自己的实力很强，才获得了此次机会。”杨辉笑道。

罗峰一肚子疑问。

杨辉和诸葛韬在说什么呢？他怎么都听不懂啊？

“罗峰，走，先上战机。”诸葛韬催促道，同时对旁边的高风命令道，“高风，火锤小队此次在荒野区的行动暂时停止，先回基地市。从今天开始，罗峰不再隶属于火锤小队，你们都做好心理准备。”

“什么？”罗峰和火锤小队的其他成员都大吃一惊。

“主管，这到底是怎么回事？”罗峰追问道。

“待你回到基地市，我再跟你说。”诸葛韬看了看周围，对罗峰小声说道。

虽然这种事情没必要保密，但他不想当着这么多人的面说出来。

紧接着，罗峰跟着诸葛韬和杨辉一起上了飞行战机，这架飞碟形战机迅速升空，而后化作一道幽蓝色的光芒，直接消失在天际。

高风、陈谷、魏铁、魏青四人的表情都复杂得很。

他们都意识到，火锤小队恐怕要解散了。

刚刚诸葛韬已经说得很明确了，罗峰不再隶属于火锤小队。

今天，杨辉和诸葛韬这两个大人物亲自乘坐战机来荒野区找罗峰，恐怕是有什么大事。

“据我猜测，罗峰估计是去极限武馆全球总部进行特等培训。”雪狐小队的队长陶克说道。

“很有可能。”

“罗峰的实力很强，的确有资格去极限武馆全球总部进行特等培训。”

“别乱说！极限武馆全球总部的特等培训还不至于让杨辉和诸葛韬这两个大人物亲自赶到荒野区。基地市的雷电武馆每年都有两三个特等培训的名额，只需向主管申请，而后特使来核查即可。杨先生怎么可能专门跑到荒野区来做这件事呢？”北河小队的队长康伟摇头道，“除非他是想让罗峰进入传说中的战神预备营。”

“战神预备营？！”郭海很是震惊。

传说中的全球第一训练营，也叫精英训练营，不过，武者们常常称之为战神预备营，因为进入这个训练营的百分之九十的武者都能成为战神，剩下的百分之十的武者或成残疾，或丧命。

“罗峰要进入战神预备营？”郭海很是艳羡，忍不住攥紧拳头。

他和罗峰是情敌，有攀比心理是难免的。

“JN基地市，每隔几年才有一名武者进入战神预备营，罗峰怎么可能进入战神预备营呢？”郭海的脸色有些难看。

“咻！”幽蓝色的飞碟形战机化作一道流光，很快就飞到了JN基地市的上空，而后缓缓下降。

“罗峰，我们已经到达基地市了。”诸葛韬说道。

“好快！”罗峰不禁惊叹一声。

飞碟形战机的一些数据并没有公开。短短时间，罗峰就乘坐着飞碟形战机从荒野区回到了基地市，他由此判断出这架战机的速度是音速的数倍，速度达到1000米/秒。

“哗——”舱门自动打开了。

诸葛韬、罗峰、杨辉三人依次跳下战机，这飞碟形战机的降落地点正是极限总会馆楼顶的天台。

极限总会馆大楼31层有一个空旷的练武厅，整个练武厅都是银白色的。

身穿白色练功服的男子正赤脚盘膝坐在大厅中间。

“叮！”电梯门开了。

罗峰跟着诸葛韬和杨辉进入了这个练武厅。

当即，他的目光就被身穿白色练功服的男子吸引了。他感觉得到，男子的周围环绕着一股波动的能量。

“他的手挺大的。”罗峰一眼就看到，男子的双手仿佛蒲扇一般宽大。

“你们来了！”男子当即站了起来，看了罗峰一眼，笑着说道，“你就是罗峰吧！老杨，你准备在我的极限总会馆给罗峰进行B级考验？”

杨辉有些迟疑，没有答话。

男子接着说道：“你去荒野区找罗峰之后，我仔细想了想，在JN基地市申请B级考验的程序比较复杂。况且，罗峰不管成功还是失败，都会去极限武馆的全球总部的。这样一来，你还不如直接带他去全球总部进行B级考验，多省事儿啊！”

“你说得有道理。”杨辉笑了，“罗峰若成功通过考验，那就进入精英训练营，失败的话，那就进入基础训练营，总之都是要去全球总部的。”

无论如何，以罗峰的条件，进入基础训练营是没有一点问题的。

罗峰听着这两人的对话，心中很是疑惑。

这两人提到的B级考验到底是什么？

“罗峰，这是JN基地市极限总会馆的会长。”诸葛韬介绍道。

罗峰心中一惊。

他的脑海中当即浮现出网络上看过的信息。

周正永，战神级武者，人称“铁手”，是JN基地市极限总会馆的会长。

周正永和杨辉交谈片刻后，两人都看向罗峰。

“罗峰，极限武馆全球总部一共有两大训练营，分别是基础训练营和精英训练营，你知道吗？”杨辉问道。

“我不清楚。”罗峰摇摇头。

旁边的周正永微微一笑，道：“特等培训合同你肯定听说过。”

罗峰点点头。

当初雷电武馆的人就想用这份合同拉拢他。

“基础训练营是吸纳全世界有天赋的武者，让他们得到最好的培训，而精英训练营是全球第一训练营，吸纳的都是天才中的精英。”周正永看着罗峰，“精英训练营拥有极强的师资力量，实力最弱的老师都达到了初级战神级。此外，精英训练营还有监察使，甚至还有超越战神级武者的存在——巡察使，就连世界第一强者洪偶尔都会去精英训练营给武者们上课。当然，世界第二强者雷神也受邀去教学过。”

罗峰一听，愣住了。

“精英训练营不仅仅有很好的老师，还有地球上最先进的器材，其中有一些是古文明遗迹中发掘出的宝贝。在那里，武者们能接受最好的教育。”周正永盯着罗峰，激动地说道。

旁边的杨辉感叹一声，道：“精英训练营集结了全球很多天才武者、好老师，以及先进的器材，不愧是全球第一训练营。进入精英训练营的武者只要没死，将来绝对可以成为战神。”

罗峰认真地听着，不由得睁大了眼睛。

“当然，精英训练营的每一个名额都是无价的。即便是超级财团家族，动用他们的关系网，耗费数百亿，都很难买到一个名额。”杨辉看着罗峰，“罗峰，你现在就有机会进入全球第一训练营，唯一的条件是，你必须通过B级考验。”

第105章

抓住机遇

罗峰惊呆了。

超级财团家族动用关系网，并耗费数百亿，都买不到一个名额。

他何德何能，竟然拥有能进入精英训练营的机会?

“你刚刚说精英训练营中有从古文明遗迹中发掘出的宝贝？”罗峰忍不住问道。

“是的。”杨辉笑了笑，又道，“全球的古文明遗迹不止一处，此事是普通大众都不知道的，就连绝大多数武者都不知道，只有极少数精英知道这个秘密。”

杨辉早就认定罗峰将来一定是战神中的一员，自然没有什么避讳。

“杨先生、会长，加入精英训练营的武者的实力真的能提升得很快？”罗峰追问道。

“没错！”周正永笑着说道，“只要加入精英训练营，无论是你的身体素质，还是你的身法、刀法等，都会比你闷头苦修要强得多。要知道，精英训练营不仅有最好的硬件设施，还有最好的老师。那些硬件设施很多是古文明遗迹中挖掘出的宝贝，对于武者的实力提升大有益处。”

“哦？”罗峰心中思忖起来。

如今自己的身体素质提升的速度够快了。如果进入精英训练营，能享受极好的外部条件的帮助，估计很快能成为一名高级战神级精神念师。

“我继续留在JN基地市的话，还得时刻防备着李威父母，整天小心翼翼的，不敢有丝毫松懈，还不如去精英训练营，那可是极限武馆总部的核心之所，李威父母的势力再强，也没能耐调查到那里去吧！”罗峰瞬间做出了决定。

他必须拼尽全力进入精英训练营。

那里可是全世界众多天才武者的集中地，和全世界的天才武者们竞争，这也是一件很有趣的事情。

“你还有什么疑问吗？”杨辉和周正永都看着罗峰。

“如果我进入了精英训练营，什么时候能回到JN基地市？”罗峰问道。

“在精英训练营要学习五年。五年中，每年只有一月份和二月份才能休息，学员们可以回家乡看望家人。”杨辉顿了顿，继续道，“当然，如果你提前成了战神级武者，自然可以提前从精英训练营毕业。”

罗峰点点头。

成为战神级武者，就能毕业，若没有成为战神级武者，最多学习五年。

“不过……”旁边的周正永笑道，“即便有些武者的实力已经达到了战神级，他们也不会去猎杀领主级怪兽，而后带回精英训练营，以获得足够战绩，从而成为战神级武者。他们依旧会以高级战将级武者的身份留在精英训练营学满五年。”

武者的级别评定是按照战绩来的。即便有的武者拥有了战神级武者的实力，只要不猎杀领主级怪兽并售卖，他的级别评定就永远不是战神级武者。这样一来，他们就可以继续留在精英训练营直至五年期满。

“罗峰，在精英训练营中学习的机会难得，这可是连战神级武者都梦想拥有的。所以，就算你成了战神级武者，最好也继续留在那里学习。”杨辉提醒道。

随即，他笑了笑，又道：“当然，如果你真的进入了精英训练营，你会发现很多好处，到时根本不需要我多说，你自然会留下来。”

罗峰心中啧啧称奇。

看来，这精英训练营有很多吸引人的地方。

“杨先生，B级考验是什么？”罗峰连忙问道。

“那是对你来说难度极大的考验。”杨辉郑重地说道，“你已经练成了九重雷刀第三重，对身体的力量控制得极其精妙，不过，据我估计，你能通过B级考验的可能性……”

说到这，杨辉摇摇头，显然对罗峰没有十足的信心。

“正常情况下，武者只要能通过A级考验，就能进入精英训练营。不过，不久前，C国军方在总部和极限武馆谈判时索要了一个名额，所以现在名额更少了，你要进入精英训练营，就得通过B级考验。”杨辉完全没有隐瞒，“当然，你还是有希望通过B级考验的，只要你不放弃，就有希望。”

“嗯。”罗峰点点头。

他接受B级考验，施展刀法的时候，可以将精神念力附在血影战刀上，血影战刀自然威力大增。这样一来，他相信自己绝对能通过B级考验。

“你还有问题吗？”杨辉笑道。

“没有了。”罗峰摇摇头。

“你愿意接受B级考验吗？若是能通过B级考验，你就能进入精英训练营，若是失败了，你就进入基础训练营。”杨辉对罗峰说道。

“我愿意。”罗峰点点头。

“好！”杨辉当即指向练武厅角落的拳力测试机，“你去那边打一拳给我看看。”

其实这是一个简单的核查工作。杨辉和周正永的实力都很强，以他们的眼力，能通过罗峰挥拳头时的数次加速，判断出他将九重雷刀刀法修炼到哪个境界了。此外，还可以看拳力测试机的数值。

第一次罗峰使出了蛮力，拳力达到了10002千克。

第二次罗峰使出了全力，拳力达到了28061千克。

核查过关了。

杨辉不需要再测试罗峰的速度和神经反应速度，他其实就是想核查罗峰修炼的九重雷刀刀法的境界而已。

罗峰坐在沙发上，仔细地看着手中的合同。

这是一份特殊的培训合同。

“极限武馆对于武者的限制的确比较少。”

罗峰对合同没有异议，一连签下了四份合同。

“一份归你，另外三份合同归我，主要是用来走极限武馆内部的流程。”杨辉笑道。

而后，他从怀中取出了一个黑色木盒，黑色木盒中有一个玉印，这是特使的印章，杨辉本人签字是没有效力的，只有盖上特使印章才能产生效力。

“啪！”杨辉一把压下玉印。

“收好。”杨辉将一份合同递给罗峰。

“诸葛，你让衡夏上来一下。”杨辉吩咐道。

“是！”诸葛韬应道。

他立即乘坐电梯下去。

片刻之后，电梯门打开了，只见诸葛韬带着一个穿着练功服的青年走了进来，这青年的头发泛黄，面容俊朗，是一个挺帅气的小伙子。

“罗峰，这位是衡夏，是极限武馆今年选定送入基础训练营的年轻武者，他可是一个小天才啊！”杨辉笑着说道。

罗峰走过去，伸出手，自我介绍道：“我是罗峰。”

衡夏也伸出手和罗峰握手。

“衡夏，这位是你的师兄。这次他会和你一起去极限武馆的全球总部。你这位师兄的实力很强，他的目标可是精英训练营。”杨辉说道。

衡夏的眼中闪过惊讶之色。

作为即将进入基础训练营的天才，他自然听说过精英训练营。

能进入基础训练营的都是天才，能进入精英训练营的则是天才中的精英。

“罗峰师兄，自我介绍一下，衡夏，JN大学大一学生。”

衡夏的态度明显不一样了，遇到比自己更加厉害的人物，天才都备感压力了。

“JN大学？这可是JN基地市最好的大学。”罗峰赞叹一声，讪笑道，“师弟果真厉害，师兄我是高考落榜生。”

“师兄，你别取笑我了。每年JN大学在全国招不少学生。更何况，全国范围内，还有两三所大学要比JN大学好得多。而整个C国，能进入精英训练营的人寥寥无几，一年估计也就一人而已。”衡夏说道。

在罗峰面前，衡夏没有丝毫傲气。

的确，精英训练营是面向全球招生的。一年中，招收的武者超过十个就算很多了。

“罗峰、衡夏，”杨辉微微一笑，又道，“你们俩都是3月28日和我一起前往极限武馆的全球总部。3月28日下午2点之前，你们必须赶到机场，和我们会合。”

“是！”

“是！”

罗峰和衡夏都恭敬地应道。

“好了，你们都回去吧。好好和家人们聚一聚，以后你们只有过年那段时间才能回家了。”杨辉说道。

罗峰和衡夏当即都乘坐电梯离开了。

夜幕降临，JN基地市八大卫城之一Y城万家灯火。

极限武馆专用的悍马车缓缓地行驶在街道上。

罗峰透过车窗看着外面的住宅楼和临街店铺，心中很是感慨。

“这么多年，我一直待在这里。很快，我就要离开了，离开C国，前往极限武馆的全球总部。五年好漫长啊！还好，平常我和爸妈、弟弟可以通过视频聊天。”

他此次去精英训练营，可不能忘了购买弟弟需要的生命之水。他得时刻注意着，看什么时候有生命之水现世。

“还有，离开前，我得去看看阿文。”

魏文是和他从小玩到大的玩伴，他们的感情不亚于他和罗华。

这大半年，罗峰总是进入荒野区，魏文刚好在上大学，他们也就过年的时候聚过几次。

“还有火锤小队的那几位兄弟。虽然我们在一起的时间不长，但是经历过不少生死时刻。”

忽然，罗峰的脑海中浮现出一个人影。

对了，还有徐欣呢!

“我离开C国，前往极限武馆的全球总部。那我和徐欣怎么办呢？”罗峰心中五味杂陈。

他看着车窗外的万家灯火，心中仿佛翻倒了五味瓶，酸甜苦辣咸一齐涌上心头。

他摇摇头，心中暗道：“我现在想儿女情长又有什么用，我到时只能和徐欣经常通过网络视频聊天了。待我拥有了足够强的实力，极高的地位，也就没人敢阻拦我和徐欣在一起了。对了，徐欣是JN大学的学生。咦，衡夏也是JN大学的。”

罗峰对衡夏这个天才武者还是挺有好感的，衡夏和他一样，即将离开家乡。

“阿文在JN第二军校，徐欣在JN大学，他们都在大学城那边，到时候我先去见阿文，再去见徐欣，也算是告别吧。”

“滴！”鸣笛声响起，悍马车驶入了明月小区。

第106章

兄弟

罗峰月底就要离开C国，前往极限武馆的全球总部。这段时间，罗峰几乎天天都待在家里，陪着父母和弟弟。

罗洪国、龚心兰、罗华虽然都很舍不得罗峰，不过他们都不想影响罗峰的大好前程。

3月12日，罗峰和火锤小队的几位成员聚在一起，先是卖了之前猎杀的怪兽的材料，这是火锤小队全员最后一次售卖怪兽材料。

此次售卖的怪兽材料的总额是8亿多，罗峰提议五个人平分这笔钱。

按理说，罗峰的功劳最大，应该分得最多。不过，罗峰就要离开火锤小队了，而岁数较大的陈谷、魏铁、魏青也会退役，所以火锤小队也就自然而然解散了。

大家的心情都很复杂。

罗峰提议五人平分最后一笔钱，立即得到了队长高风的同意。毕竟这笔钱是罗峰和高风占大头，他们两人都同意了，陈谷、魏铁、魏青也就没推托，每人都分得约1.7亿。

随后，火锤小队的人喝酒一直喝到深夜三四点，直至第二天上午，他们才各自坐火车回家了。

自此，火锤小队正式解散了。

陈谷、魏铁、魏青三人退役了，罗峰即将前往极限武馆的全球总部，高风则会加入另外一支武者小队继续拼搏。

3月21日，阳光明媚，天气极好。

JN基地市主市区的大学城占地面积极广，整个JN基地市的八所本科院校全部集中在这里。

一所大学院校的正门之上，“JN第二军校”这六个大字很是耀眼。

这时候，不少男女学生从军校的门口走出来。

一个穿着简单的深蓝色T恤衫的青年倚靠在院校门口的栏杆上，看着来来往往的学生。

“罗峰！”一声响亮的叫声从远处传来。

罗峰转头，循声看去，只见远处的人行道上跑来一个略显瘦弱的青年，这人文质彬彬的，正是和罗峰从小一起玩到大的好兄弟魏文。

“阿文，”罗峰笑着跑过去，“我在校门口等你，你怎么从这里冒出来了。”

“今天上午文化课上完了，我就回宿舍了。我们宿舍区和校区有一段距离呢。”魏文解释道。

“哦！校区和宿舍区是分开的啊！我这个没上过大学的真是大开眼界了。”罗峰讪笑道。

“阿峰，你可是武者，我还羡慕你呢，能到荒野区去长见识。”魏文嘿嘿一笑，轻轻地捶了罗峰的胸口一下，“入春没多久，天气还冷得很，你就穿这么一件T恤衫，不怕冷吗？啧啧！不愧是武者，身体素质就是好啊！”

和罗峰比起来，魏文明显穿得厚实得多。

罗峰环顾四周，道：“别说这些了。走，我们找个地方坐坐。”

“哈哈！难得碰到你这‘大肥羊’，这次我一定要狠狠地宰你一顿，我要去百叶居。”魏文当即说道。

“行，那就去百叶居，你带路。”罗峰笑笑。

罗峰大部分时间都在荒野区，偶尔在武者补给基地，和武者们相处时，他都是有些防备的。而和魏文相处，他感觉自己仿佛回到了学生时期，轻松得很。

百叶居是一家中等消费的餐厅，两三个人吃一顿也就花费三四百元。

不过，对于没有收入来源的大学生而言，这已经是比较奢侈的了。可是，对于武者而言，这真的是很普通的了。

“先生，几位？”服务员热情地招呼着。

“两位。”罗峰看了一下周围，“我们需要一个安静的地方。”

服务员每天迎来送往的，见过不少大人物，她一眼就看出罗峰和大学生不一样，仅仅罗峰那锐利的眼神就让她心悸。

服务员点点头，连忙说道：“楼上有雅间，请跟我来。”

“雅间？我还没去过呢。我也就陪我女朋友来这里吃过几次饭，还是在一楼大厅。”

魏文和罗峰一道沿着楼梯往上走。

“女朋友？过年时，我没听你说过啊，这还没多久，你怎么就有女朋友了呢？”罗峰问道。

两人进入楼上的一个雅间，拿着菜单，迅速点了一些菜和一箱啤酒。

魏文放下菜单，淡淡一笑，道：“过年的时候，我和我女朋友的关系还没完全确定下来，开学时，我们才定下男女朋友关系的。”

“恭喜恭喜！”罗峰朗声大笑道，“你小子不错啊！上军校不到一年，就找到女朋友了，厉害！”

“我那是运气好，我女朋友是旁边的师范大学的。”魏文打开一瓶啤酒，又道，“你知道的，军校的男生多，女生极少，男女比例严重失调。”

“所以，你就找了外校的？”

“嗯！来，我们先干一杯。”魏文端起酒杯。

罗峰也端起一杯酒。

两人碰了一下，都喝了一大口。

“阿峰，谈女朋友不是一件容易的事情啊！”魏文忍不住喝下一大杯酒，叹息道，“现在的人都爱攀比，就连找男朋友都要攀比，比比谁的男朋友帅啦，这还是小事，更令人费解的是，她们还要比氛围。”

“比氛围？”罗峰很是不解。

“比如我和女朋友出去吃饭，就得找一个好餐厅吃饭。我女朋友脾气好，她从来不会计较这些，可是她的那些同学就会唧唧歪歪。”魏文摇了摇头。

罗峰闻言一怔。

他没上过大学，对这些还真不懂。不过，上高中的时候，班里就有一些同学喜欢攀比了。

“在外面的餐厅吃饭很费钱的，而且我偶尔还会给我女朋友买礼物，这个月，我就花了4000元。”魏文仰头将杯中的啤酒全部喝光，眼睛微微泛红，“好几次吃饭，都是我女朋友买的单。”

罗峰眉头一皱。

“我和我女朋友都是普通人家的孩子，住的都是廉租房，我们能有多少钱啊？为了赚钱，我现在在做家教，可惜我还不是武馆高级学员，做家教赚钱并不多。”魏文长叹一声。

罗峰心中暗叹。

魏文家里的条件并不好，不过还是比之前罗峰家要略好一点，上学时，罗峰还找魏文借过钱。

“就这一个月，我算是看透了，总结起来就是两个字——实力。无论是金钱实力，家庭背景的实力还是武力值，只要够强，就能受人尊敬。当然，最重要的还是要自己足够努力，只要一直奋勇向前，我相信总有一天能出人头地。”魏文又打开一瓶酒，继续道，“所以说，靠谁都不如靠自己。”

罗峰不由得点点头。

这么多年，他一直觉得魏文很聪明。

“有钱的人破产了，也就完了。同样的道理，有权的人没了职位，可能就失去权力了，权力和钱都是外在的东西，只有自身的实力才是最实在的，所以我总结了一个道理，最重要的还是自身的实力。即便是不幸残疾的武者，只要依旧拥有足够强的实力，照样可以当武馆的老师。”魏文淡淡一笑，“所以，我一定要成为武者。”

“今年我有可能成为极限武馆的高级学员。我希望，大学毕业前能成为一名正式的武者！”魏文端起酒杯，“来，干了。”

罗峰见魏文丝毫没有气馁，反而斗志昂扬，便放心了。

“来，干！”罗峰也端起酒杯。

两人一边聊一边喝酒。

后来，两人又点了一壶茶，坐在那里聊天，直至下午四点多，罗峰才送魏文回宿舍区。

宿舍区外。

“沿着这条路往前行，经过两个红绿灯，就能看到JN大学的校区了。”魏文指着前面的路，对罗峰说道。

“嗯。”罗峰点了点头，拿出了手机。

“给徐欣打电话？”魏文揶揄道。

忽然——

魏文感觉自己的手机振动了，当即取出手机，嘀咕道：“应该是我女朋友找我。”

他解锁了手机，仔细一看，原来是收到了一条银行的转账信息，显示银行卡余额6002100元。”

“600万？”魏文瞪大了眼睛。

这对于他而言，简直就是一个天文数字。

“谁给我汇的钱？”魏文愣住了。

好一会儿，他才想到一人，就是他旁边的罗峰。

在他的亲戚朋友中，也就只有罗峰这名武者能够转给他这么多钱。

“阿峰，你……”魏文抬头看着罗峰。

罗峰的右手搭在魏文的肩膀上，道：“阿文，既然你想成为武者，你就全身心地去训练，别把时间浪费在当家教上，当家教只能赚一点点钱。这些钱就算是我庆祝你第一次正式谈恋爱，以后看你女朋友的那些同学还敢说什么，男人嘛，要有骨气。”

魏文听了，眼睛微微一红。

“阿文，你不会是要哭吧！”罗峰瞪大眼睛，没好气地道。

“哭个屁啊！你这家伙干吗对我那么好。”魏文不由得笑了。

这笔钱对罗峰的确不算什么，罗峰随便猎杀一头中级战将级怪兽，就能收获上千万。

“好了，我得去JN大学了。”罗峰挥挥手，当即沿着街道朝JN大学的方向走去。

魏文看了看手机收到的银行通知短信，依旧感觉在做梦似的。

前段时间，他花了很多钱，很是犯愁。没想到，今天他竟然收到了一笔巨款。

第107章

王兴平

JN大学校门口。

“认错人？绝对不可能认错人，那个女生刚才盯着罗峰看，才确认罗峰的身份，怎么立即又说认错了，这也太假了。”徐欣一眼就看出了不对劲儿。

罗峰的脸色也不好看，他怎么都没想到会遇到这种乱七八糟的事情。他来到JN大学校门口，正开开心心地等徐欣，竟被两个陌生的女生缠住了，她们非说认识他。

可是，徐欣一出现，她们就矢口否认，说认错人了。

“抱歉，真是抱歉，我们认错人了。”那妩媚的女生道了歉，而后对身旁的女生道，“妹妹，我们走。”

人家都说认错人了，罗峰还能说什么呢?

“两位小姐，请等一下。”徐欣开口了。

罗峰一怔，看向徐欣。

而徐欣紧紧地盯着那两个女生。

“哦，你有事吗？”那两个女生转头看向徐欣，问道。

“你们刚刚说连续两天碰到了他……”徐欣刚开口。

“我们碰到的不是你的男朋友。”那妩媚女生连忙说道，“是我的一个男性好友，他叫大山。”

徐欣眉头一挑，道：“大山？哦，你之前说连续两天碰到的人其实是那个大山？”

两个女生相视一眼。

妩媚女生看了罗峰一眼，而后对徐欣笑道：“那是当然，那可不单单是碰到，昨天一整晚我们都在一起呢！”

“哦，那你们应该是真的认错人了。我男朋友昨天晚上和我视频聊天，一直到深夜，不可能和别的女生在一起。”徐欣笑道。

顿时，那两个女生的脸色都变了。

坏了！她们的计划出错了，她们根本没预料到徐欣会和罗峰视频聊天直到深夜。

两个女生四目相对，眼中都有一丝慌乱。她们的计划才开始第一步就失败了，那么之后的计划就根本没机会实行了。

要破坏情侣的感情，特别女方是从小生活在大家族的徐欣，这是很难的。用计的话，绝对不能太明显，否则会引起徐欣的怀疑。

徐家安排这两个女生来做此事，本就没打算一次性成功破坏罗峰和徐欣的感情，他们准备将计划分成几步实行，第一步先让徐欣对罗峰产生怀疑，然后逐步离间他们的关系。

两个女生没有再说话，立即离开了。

见那两个女生匆匆忙忙走了，罗峰笑了，惊诧地看着徐欣，道：“徐欣，我们昨天聊视频，就聊了一个小时，你刚刚怎么说我们视频聊天到深夜啊？”

“看看她们的反应啊，诈她们一下，你看到了吧，她们的脸色都变了。”徐欣狡黠一笑，“我猜得没错的话，这两个女生应该是我哥或者徐家的其他人特意安排的，不过，他们这次的手段有进步。”

这次两个女生认错人的戏码的确让徐欣有所怀疑。

不过，有一个漏洞。

徐欣昨天的确只和罗峰视频聊天大概一个小时，难道罗峰在和徐欣视频聊天之后，还出去玩了？徐欣觉得不太现实，所以追问了几句，还肯定地说她和罗峰视频聊天到深夜。

那两个女生以为谎言被识破，当即慌乱地离去了。

“厉害，厉害。”罗峰竖起大拇指。

“大家族中乱七八糟的事情比较多，让你看笑话了。”徐欣歉然道。

罗峰嘿嘿一笑，道：“你刚才说，你的男朋友和你视频聊天到深夜，这么说，你愿意让我当你的男朋友？”

“罗峰，没看出来，你还挺坏的。刚才那种情况，我只能那么说嘛。”徐欣说着，脸不由得有些红。

……

从餐厅出来后，已经是晚上八点多，天都黑了。

罗峰和徐欣沿着大学城的街道往JN大学的方向走。

罗峰将徐欣送到JN大学的宿舍区。经过那两个女生的“破坏”，罗峰和徐欣之间的关系反而更进了一步，两人彼此谈笑着，心情很是舒畅。

昏暗的夜，繁星点点。

“你不用送了，我进去了。”徐欣不舍地看着罗峰，“你进入精英训练营后，一定要加油哦！”

“嗯！”罗峰点点头。

徐欣站在宿舍的楼梯口，脸微微泛红，不知道是喝了红酒的缘故，还是因为其他。

“我竟然会因为那女生随便胡诌的话，气得乱了分寸。我为什么会生那么大的气？难道是因为我爱上了罗峰？”徐欣暗自思忖着。

罗峰正走在JN大学宿舍区外面的林荫道上，前方树荫下似乎有好几个人。

“罗峰。”有人大声唤道。

罗峰仔细一看，那树荫下一共有六个人，为首的是一个长相不错、皮肤白皙的富家公子，富家公子身后站着一名老者和四个精壮的大汉，看这四个大汉的气势，显然是武者。

能请四个看起来很厉害的武者当保镖，这富家公子不是一般人啊。

“我是罗峰，不知道阁下是？”罗峰对富家公子问道。

“我叫王兴平，来自京都市。”富家公子走了过来，“我来见你，其实是有一句话奉劝你，最好离开徐欣。”

“我不离开，又怎样？”罗峰挑衅地看着王兴平。

“哦？”王兴平眉毛一挑。

“我知道你的身份，你是京都市王家的嫡系大少爷，王家是HR联盟的九大核心家族之一。”罗峰定定地看着他。

王兴平咧嘴一笑，道：“很好，我看你应该是懂规矩的人。在这个世界上，你需要做的就是按照规矩办事，如果你敢越矩做一些不能做的事，那后果可不是你能承受的。你明白我的意思吧？”

晚上八九点，正是宿舍区人来人往的的时候。

一些大学生出来逛，还有一些大学生正准备回宿舍，不少人经过这里时，都注意到了罗峰和王兴平一群人，毕竟王兴平带的手下一看就不是一般人。

“规矩？”罗峰眼睛眯起。

HR联盟有九大核心家族，王家是C国唯一名列其中的，王家在全世界的影响力都很大，这种家族的手段绝非常人能想象的。

“罗峰，你应该知道，在这个世界上，人和人是不一样的。”王兴平看着罗峰，“你应该知道，我到底是哪种人，而你，又是哪一种人。”

王兴平缓缓地说出这句话，毫不掩饰话中的傲气。

罗峰没有说话。

在罗峰和王兴平对话的时候，宿舍区不远处有一对男女正牵着手慢慢走着。

“陶陶，真的很抱歉，这次出国恐怕要整整三年，当然，过年的时候，我会回来看你的。”

说话的正是即将和罗峰一起出发前往极限武馆全球总部的衡夏，而和衡夏手牵手的正是他的女友。

“衡夏，没事的，我们可以通过网络见面的。不就三年嘛，很快就会过去的。”陶陶紧紧地握住衡夏的手，说道。

在JN大学，衡夏绝对属于风云人物。

他长得帅气，脾气又好，很多学生都喜欢和他交朋友。

此外，衡夏的家境不错，他的父亲是一名战神级武者。衡夏自身的实力很强，马上就要进入极限武馆的基础训练营了，他将来很可能会成为一名战神级武者。这样优秀的年轻人，爱慕他的女生自然很多。陶陶当初能和衡夏在一起，并不是一帆风顺的，有不少女生从中破坏。

“不过，你可不能花心。”陶陶定定地看着衡夏。

“嗯！”衡夏微微点头。

“咦？前面到底是怎么回事？”衡夏疑惑地看向前方。

他是天才武者，视力很好，一眼就看清了远处的几人。

“咦，那不是罗峰师兄吗？罗峰师兄怎么在那里啊？陶陶，上次我跟你说过，我和另外一名特别厉害的武者一起去极限武馆的全球总部，那武者就在那里。”衡夏激动地说道。

“嗯？他在哪呢？”陶陶很是好奇。

“走，我带你去见见他。”衡夏笑着说道，“罗峰师兄的为人可是很好的。”

树荫下。

王兴平看了罗峰一眼，道：“你是初级战将级武者吧，这几人是对我王家很忠诚的，你们告诉罗峰，你们的战绩评定。”

“中级战将级！”其中三个精壮的大汉沉声说道。

轮到最后一个秃顶的中年大汉，他微微一笑，道：“我是高级战将级武者。年轻人，我奉劝你还是识趣一点，即便是战神级武者，在HR联盟九大核心家族的人面前，也不敢这么嚣张。你有大好前途，自己可别毁了。”

罗峰眼睛一亮，笑着点点头：“王少爷真威风啊！你的四个保镖都这么强，一名高级战将级武者，还有三名中级战将级武者。”

“王哥，你也在这里啊！”一道熟悉的声音响起。

罗峰转头看去。

王兴平一行人也转头看去。

正是衡夏和他的女友陶陶。

“那是衡夏少爷。”管家安叔对王兴平低声说道。

那四名保镖当即朝衡夏恭敬行了一礼。

王兴平看向衡夏，笑着点头致意。

衡夏的父亲可是JN基地市名气颇大的战神级武者，脾气好，人脉广，不少战神级武者都是他的生死兄弟。面对这种战神级武者，即便是王家的人，也得客客气气的。

更何况，衡夏的天赋极好，即将进入基础训练营，说不定将来也会成为战神级武者。

“衡夏，好巧啊，你也在这里。”王兴平笑着说道。

“嗯！我看到罗峰师兄在这里，所以过来见见师兄，没想到王哥你们也在这里。”衡夏看向罗峰，问道，“罗峰师兄，你认识王哥？”

“罗峰师兄？！”王兴平眉头一皱。

一般而言，只有同一个武馆的，而且自认不如对方的，才会称对方为师兄。

衡夏竟然称罗峰师兄，那罗峰的实力不是比衡夏强得多吗？

“衡夏师弟，我和王兴平也是刚刚认识的，不太熟悉。”罗峰笑道。

衡夏粲然一笑，连忙对王兴平说道：“王哥，你不是很喜欢结交一些天才武者吗，我这位罗峰师兄可比我厉害多了。这次罗峰师兄将和我一起前往极限武馆的全球总部，而且罗峰师兄可是要进入世界第一的精英训练营的。”

“精英训练营？！”王兴平闻言一惊。

糟了！他碰到强劲的对手了。

精英训练营的名额极少，就连国家的军队都要想办法争取。进入精英训练营的武者以后十有八九会成为战神级武者。此外，经过精英训练营的特殊训练，这些战神级武者的战斗力比自己苦修的战神级武者要强得多。

精英训练营的学员的地位都是极高的。即便是HR联盟九大核心家族，也想尽办法拉拢这些学员，因为这些学员本身就很强了，经过精英训练营的训练之后，会更强。此外，精英训练营中个个都是全世界的天才，毕业后，几乎都能成为战神级武者，自身的实力很强，再加上极广的人脉，大多数学员都能成为极限武馆的高层，或国家政府特殊部门的高层，甚至HR联盟的高层人物。

即便是国家政府，也得把这些人当大爷供着。

因为这些天才武者都很聪明，而且很会抱团。一名天才武者就很强了，数十名乃至上百名天才武者抱成团，一方有难，其他各方支援，这种强大的潜在势力，是HR联盟任何一个核心家族都不愿意得罪的。

这也是超级财团家族不惜耗费数百亿乃至上千亿，到处找人托关系，也要拿到精英训练营名额的原因。

而且，这些学员说不定会成为洪和雷神的弟子。

“哼！罗峰竟然即将进入精英训练营。”王兴平的心中很是嫉妒。

罗峰明明只是一名普通小武者，怎么一下子就……

“罗峰师兄，王哥人很好的，而且很喜欢结交朋友。”衡夏对罗峰笑着说道，而后转头看向王兴平，“王哥，要不我们三个一起找个地方聊聊？”

话落，衡夏故意朝王兴平眨巴了一下眼睛。

在衡夏看来，他这是帮了王兴平的大忙了，像罗峰这种实力极强的天才武者，全世界都没有几个，哪里是王兴平想结识就能结识的？

初春的晚风很冷。

可是，王兴平的脑子很乱。

“我真的是倒了八辈子大霉了，在全球范围内，能进入精英训练营的寥寥无几，在JN基地市，每隔几年才有一名武者进入精英训练营，我竟然碰到了即将进入精英训练营的罗峰，罗峰还是我的情敌……”

他如果是王家的族长，还勉强有资格和罗峰抗衡。可是，王家的掌权人是他的爷爷。他爷爷有好几个儿子，孙子更是超过十个。虽然他是王家的嫡系大少爷，地位比其他兄弟要高一些，但是，这并没有太大用处。一般来说，大家族选择未来掌权人，绝对不是选岁数大的，内部竞争很是激烈，家族内部会定出第一继承人、第二继承人等。

他的爷爷退位之后，父辈会上位，父辈在位几十年，才轮得到孙辈。

别说他没当族长，就算当了族长，也要拉拢罗峰。

第108章

全球总部

“我能动用的只是家族的极小一部分势力而已。”王兴平心中暗道，“如果家族中的人知道，我竟然和精英训练营的准学员争斗起来，恐怕都不会站在我这边，第一时间就会让我上门道歉，并且安排人和罗峰谈判，以求大事化小，小事化了。”

大家族处事的准则就是——如果惹不起敌人，那就化敌为友。

罗峰即将进入极限武馆的全球总部，那里可是世界第一强者洪的地盘，就连五大强国也不敢派人手过去，毕竟洪的名字比核弹更有威慑力。

“王哥，你在想什么呢？”衡夏笑着问道。

王兴平深吸一口气，看向罗峰，而后躬身行了一礼，道：“罗峰，这次是我不对，还请你不要介意。”

王兴平竟然向他赔礼道歉了！

“这，这，这是怎么回事？”衡夏愣愣地看向王兴平，又看向罗峰。

他此时总算看出不对劲儿了。

罗峰看向衡夏，笑道：“没事，我和王兴平有点误会。各位，我还有事，就先走一步了。”

说完，罗峰转头，沿着林荫道走了出去。

见罗峰离去，衡夏才低声问道：“王哥，到底怎么回事？你招惹罗峰师兄了？”

“这次真是丢脸丢大了。”王兴平苦涩一笑，而后又道，“衡夏，这次谢谢你了，如果不是你告诉我罗峰的事情，恐怕我得罪了他还不知道呢！”

现在罗峰的确没有能力对付他，可是几年之后，罗峰一旦成为战神级武者，甚至成为极限武馆的高层，到时罗峰要对付他这个纨绔子弟，简直轻而易举。

面对极限武馆，别说王家了，就是整个HR联盟都得低头。

“浑蛋！！！”

一回到酒店，王兴平猛地将旁边酒柜里的酒全部挥倒，一瓶瓶价格昂贵的好酒或摔落在地，或砸在墙壁上，响起了一阵阵碎裂声。

在房间角落站着的管家安叔一直没有吭声。

王兴平发泄一通后，仰面躺在沙发上。

“安叔，你出去吧，我想静一静。”王兴平目光冷厉，心中仍然充满了怒气。

“少爷。”安叔有些担忧。

“放心，我不会出事的！”王兴平转过头来，冷冷地看着安叔。

在王兴平的注视下，安叔不敢多说什么。

“是。”安叔当即离开了房间。

上次遇到王兴平的事，罗峰只当是一个插曲，很快就忘了。

接下来的几天，罗峰将大部分时间花在修炼九重雷刀刀法上。时光如流水，悄无声息地就过去了。

转眼已经是3月28日，罗峰离开基地市的日子。

3月28日中午1点30分，JN基地市的机场。

“小峰，到了那里，要好好照顾自己。”罗洪国沉声道。

“知道了，爸。”罗峰微微一笑。

龚心兰眼中闪着泪花，她紧紧地拉着罗峰的手：“小峰，你一定要注意安全啊！”

罗峰每次进入荒野区，龚心兰他们都提心吊胆的。不过，时间长了，他们也就习惯了。

特别是生活在明月小区，这些武者的家属心里都明白，这就是武者要走的路。

“罗峰，过来检票了。”远处传来了杨辉的声音。

“来了。”罗峰当即应道。

罗峰摸了摸坐在轮椅上的罗华的脑袋，对他说道：“阿华，我不在家，你可得好好照顾爸妈。”

“嗯！”罗华郑重地点点头。

随后，罗峰看了父母一眼，就朝远处的安检处跑了过去。

不远处，衡夏正和他的父母告别。

半晌，罗峰、衡夏、杨辉一道通过了安检。

在极限武馆的众多武者、衡夏家人、罗峰家人的注视下，他们很快离去了。

整个机场只有一架飞碟形客机。

罗峰他们沿着通道，直接进入了客机。

“杨先生，你们的位置在顶层的特等舱。”空乘人员笑着说道。

“嗯。”杨辉微微点头，沿着阶梯朝顶层的特等舱走去。

罗峰和衡夏都跟在杨辉的身后，他俩第一次坐这种大型客机，都好奇得很。

罗峰和大多数第一次坐这种客机的乘客一样，好奇地四处观看。只见整架客机的内部装饰很是梦幻，因为客机整体是飞碟形，所以内部的客舱分成顶层、中层和底层。

顶层为特等舱，中层和底层都是普通舱。

“圆形？”

罗峰一踏入顶层的特等舱，便发现整个机舱是圆形的。座位摆放呈圆形，一圈套一圈，最外面一圈的座位自然是最多的。机舱最中间的位置，竟然出现了三维虚拟投影。

“E21。”这是罗峰的位置。

罗峰、衡夏、杨辉三人是挨着坐的。

而后，其他乘客都一一入座。

“罗峰、衡夏，这是你们第一次乘坐飞碟形客机，这次的费用是我们极限武馆承担的。”杨辉说道，“下次你们乘坐这种客机，飞机票就需要你们自己花钱买了。C国有几架大型客机，从六大基地市飞往我们总部，普通舱的票价是1000万，而特等舱是2000万。”

“难怪一般富豪都舍不得坐这种飞碟形客机。一些富豪的资产上亿就算不错了，花费1000万坐飞机，这还真是不划算。”罗峰心中暗叹。

“这特等舱比下面的普通舱好在哪里呢？”衡夏忍不住问道。

“座位要宽一些，舒适很多。”杨辉笑着回道。

“我没感觉这座位有多宽啊！”衡夏忍不住说道。

“那是你没坐过下面的普通舱，那里可是很拥挤的。”杨辉淡淡一笑，又道，“要知道，全世界的大型客机是极少的，每一架大型客机的造价和维修价都高得离谱。正因为大型客机的数量少，自然要设置尽量多的座位，普通舱的座位相对较便宜，不过乘客的腿基本是伸展不开的。”

衡夏眨巴了两下眼睛。

罗峰摇摇头。

他还是不理解，就因为特等舱的座位稍微宽松一点，票价就是普通舱的两倍？不过，对于那些有钱的大人物而言，1000万和2000万还真的没有多大区别。

“轰隆隆——”

随着低沉的声音响起，飞行客机终于起飞了。

不过，这圆形机舱是完全封闭的，没有窗户，罗峰他们根本看不到外面。机舱中央的空阔处，开始放映电影。

电影运用了三维虚拟投影技术播放，真实感极强。

“想看电影的话，就戴上耳机，不想看的话，就休息，只需一个多小时我们就能到达总部。”杨辉说完，就闭上了眼睛。

一个多小时后，飞行客机降落在极限武馆的全球总部，即洪宁基地市的机场。

罗峰三人出了机场后，直接坐上了专车。

一辆加长的轿车内，罗峰和衡夏都透过车窗看向外面，惊叹不已。

这个基地市非常漂亮，这里的建筑风格借鉴了C国古代时期的建筑，亭台楼阁随处可见。

“大涅槃时期，馆主带着一群追随者在这里建造了基地，让众多逃难的人居住。随着时间飞快流逝，洪宁基地市越建越大。”杨辉微微一笑，继续道，“我们洪宁基地市地处亚洲西部，距离E国较近。正因为有馆主这个实力极强的高手在，所以洪宁基地市是全世界最安全的基地市。”

“每年有很多富豪和武者迁入洪宁基地市。不过，馆主一直在控制洪宁基地市的人口，现如今，整个洪宁基地市的人口才8000万。”杨辉笑着说道，“若非馆主有意识地控制洪宁基地市的人口，人口达到两三亿都是很正常的。”

“我们洪宁基地市的武者人数是全世界最多的，因此洪宁基地市是最安全的，至今没有一头王级怪兽胆敢来骚扰洪宁基地市的人。”杨辉得意地说道。

罗峰和衡夏闻言，眼中流露出惊叹之色。

全世界一共有五大强国和二十三个基地市。

洪控制了一个基地市，而他掌控的极限武馆拥有惊人势力，加上他本人具有的超强实力，这些使得他成为全世界第一高手。

“训练营到了，我们下车吧。”杨辉说道，“这里是精英训练营。衡夏，你也跟着进来看看吧。你好好努力，说不定将来也有机会进入精英训练营。”

“嗯！”衡夏难掩激动的情绪。

罗峰和衡夏当即下了车，跟着杨辉进入了宽敞的训练营。

一进入大门，他们就看到了一个巨型的龙形雕刻，那龙形雕刻近五十米高，一双巨大的眼睛紧紧地盯着罗峰，那凌厉的气息瞬间压迫过来，让罗峰感觉很是压抑。

旁边的衡夏则脸色发白。

杨辉轻喝一声，罗峰和衡夏这才回过神来。

“只是一座雕刻而已，你们就被吓到了。”杨辉摇头一笑。

罗峰的额头渗出了汗珠，这龙形雕刻比铁甲龙怪兽还要可怕。

这足足有五十米长的巨形黑龙雕刻的龙鳞上竟然有数个小型的显示屏，每一个显示屏上都有一个名字。

No.1 雷纳特斯·布里奇（530321）

No.2 褚强（540601）

No.3 埃本·帕斯（520916）

……

NO.182 贾克琳·伯纳（570319）

每一块龙鳞上都有一个名字，足足有182个名字。

旁边的杨辉笑道："这是精英训练营武者的排名。现如今，整个精英训练营一共有182名学员，都是来自世界各地的顶尖武者。按照每名学员的战斗力积分，从高到低进行排名。罗峰，如果你通过B级考验，以后可得好好努力，尽量让自己的名次高一点。"

第109章

意识感应器

“排名次？”罗峰看着那黑色巨龙龙鳞上的名字，忍不住问道，“排名次的意义是什么？”

杨辉看了罗峰一眼，笑道：“难道你以为进入精英训练营就能松懈了？要知道，即便你进入了精英训练营，也不意味着百分百能成为当世强者。精英训练营的竞争强度可比其他地方大得多。名次不同学员享受的待遇也不同。比如，从古文明遗迹中发掘出的宝贝是独一无二的，到底谁能使用呢？自然是名次越高的学员占有的资源越多，而名次在最后三名的，就没有这个待遇了。此外，累积三次都是最后三名的，直接被淘汰。”

罗峰闻言，大吃一惊。

在此之前，他并不知道进入精英训练营的人还有可能被淘汰。

“好了，你也别多想了，待你通过B级考验，很多规矩你都会知道的。当然，如果你没通过B级考验，知道再多也没用。”杨辉仰头看着眼前的黑色巨龙，“你们有没有发现，这黑龙雕刻最特别的地方是哪里？”

“气势。”衡夏道。

“气息。”罗峰紧接着说道。

他们看到这黑龙雕刻的第一眼，就被黑龙雕刻给吓到了。

看到这黑龙雕刻的眼睛，感受到它身上散发出来的气息，使人不由得心生恐惧。这可比面对一头高级领主级铁甲龙怪兽还要恐怖。

“其实这是一头SS级怪兽，这条黑龙是火山中孕育而生的，之后被馆主击杀了。后来，馆主留下了黑龙的两只龙眼，将龙眼放入了这黑龙雕刻中，这黑龙雕刻的材料都较为珍贵，最珍贵的自然是那双眼睛。”杨辉得意一笑，继续道，“当初设计的时候，特意让这对龙眼紧紧地盯着大门的入口，进入大门的人如果抬头看向黑龙雕刻的双眼，就会被吓到。你们可别小看这对龙眼，其价格可是上百亿。”

罗峰和衡夏相视一眼，都惊讶不已。

天哪，洪竟然将黑龙的双眼拿来当一座雕刻的一部分。

这真的是够狠的！

“跟我来。记住，别乱跑。”杨辉叮嘱道。

“是！”

罗峰和衡夏都背着背包，紧紧地跟在杨辉的身后。

整个训练营的装饰美轮美奂，罗峰他们仿佛来到了古代的宫殿。

精英训练营中，有各种珍贵的花草树木，还有小桥流水。除了几座主要的宫殿外，还有一座座造型雅致的楼阁，时而能看到一些穿着宽松练功服的青年走出楼阁。

这些青年有男有女，有白色人种，有黑色人种，也有黄色人种。

“你们看，远处的那些青年都是精英训练营的正式学员。”

杨辉遥指精英训练营中央的一座九层的高楼，那高楼虽然只有九层，但是高度堪比20层高的建筑。

“那些学员都朝那里走去了，那座高楼名唤‘九重楼’。”杨辉微微一笑，又道，“那九重楼是所有学员学习和训练的地方，一些特殊的训练室也在九重楼中。”

三人缓缓地走在精英训练营内。

罗峰和衡夏都规矩得很，毕竟他们不是精英训练营的正式成员。

以罗峰的眼力，自然能感觉得出精英训练营中的学员的眼神和气质明显不同于外面的普通武者。

这里不愧是全世界天才武者的集中地！

“精英训练营有182名学员，这个数字还从未改变过。每年都有三四十名学员毕业，同时每年都会招收三四十名武者。”杨辉边走边笑，“不过，招收的三分之二的武者来自于极限武馆的基础训练营，只有三分之一的武者来自世界各地。”

罗峰恍然大悟。

每年精英训练营会招收三四十名武者，三分之二的武者是在基础训练营招募的，剩下的三分之一的武者是从全世界各地招募的，也就十多人而已。

“衡夏，你进入基础训练营，以后还是很有希望能进入精英训练营的。不过，基础训练营的学员数量远远超过精英训练营，所以名额争夺是很激烈的，你以后一定要好好努力。”杨辉对衡夏说道。

“明白。”衡夏郑重地点点头。

基础训练营的学制是三年，而精英训练营是五年制的。

“衡夏，你先待在这里，不要乱跑，我带罗峰进去办理一下入住手续。”杨辉嘱咐道。

一座两层楼阁矗立着，里面的各种家具都是古代风格的。

“馆主是C国人，为了弘扬C国的文化，洪宁基地市的所有建筑都借鉴了C国古代的建筑风格。特别是精英训练营，连家具都是仿古的，你在这里的住处没有沙发，也没有电视。”杨辉笑笑，又道，“幸好馆主通情达理，给每名学员配备了笔记本电脑。”

罗峰有些无奈。

精英训练营的学员宿舍中，电视机和洗衣机这些常用设备都没有，幸好有插座和电灯。

“你就在这里好好休息，想要吃什么，可以打个电话，有人会给你送来的。”杨辉吩咐道，“你今天最好别乱跑，明天中午12点，我带你去九重楼接受B级考验。待你通过B级考验，就成为精英训练营的正式学员了，若是失败的话，就要去基础训练营了。”

罗峰点点头："明白。"

很快，杨辉便离开了。

幽静的楼阁内顿时只剩下罗峰一人。

他来到二楼的书房，将背包放下后，就走到了阳台上。站在阳台上，可以看到整个精英训练营。

"这就是世界第一的训练营？看起来，这里的环境很是幽静，想必这里的学员心里都不浮躁。"罗峰双手撑在木制的弧形栏杆上，欣赏着精英训练营中的景色。

楼阁下方不远处有一湾溪水，通往远处的湖。

"嗨，你好！"下方传来一道打招呼的声音。

罗峰朝楼下看去，只见一个穿着白色练功服的黄皮肤青年，浓眉大眼，手持一根铁枪，正冲着他笑。

"你好！"罗峰笑笑。

"我叫田琼。"黄皮肤青年笑着自我介绍，"来自东北基地市。"

"我叫罗峰，来自JN基地市。"罗峰笑道。

田琼微微一笑，道："你住在这里，应该是来接受入门考验的吧？好好努力，我们C国可是有不少武者在精英训练营，待你正式加入精英训练营后，我们一起聚一聚。"

田琼说完，就快步朝九重楼走去。

他一边走着，一边挥动着铁枪。

罗峰看到这一幕，脸色一变，心中暗道："这人的枪法可比张科强多了！"

现如今罗峰的眼力变得极好，他看到田琼仅仅随手一挥，就感觉到周围的空气都旋转起来并聚集在枪尖。

"我的刀法虽然名为'霹雳'，可是威力还很小，和人家的枪法相比，差远了。"罗峰有些惭愧。

精英训练营中的任何一名学员的枪法都比他的刀法要厉害。

"也是！能进入精英训练营的，可都是天才武者。不管是那些在基础训练营中接受三年训练，并且通过和大量天才武者竞争得到名额而后进入精英训练营的武者，还是直接从全世界各地招收的天才武者，无一不是人中龙凤。”罗峰心中暗道，“我一定要加入精英训练营，成为一名战神级武者。当然，前提是我得先通过B级考验。”

罗峰在楼阁中修炼了基因原能，之后就好好睡了一觉。

虽然他还没有进入精英训练营，但是他看到黑龙雕刻上的学员排名，还有田琼随手挥出一枪的情景，莫名地感觉到了巨大的压力。

他深知，精英训练营中绝对是龙争虎斗的。

中午11点，罗峰吃了一顿丰盛的午饭，一直到11点50分，杨辉才出现。

“今天天气不太好，明明还是大白天，天却黑下来了。看来，待会儿会下暴雨。”杨辉走了进来，看了一下桌子上的空碗，“不错嘛，你的胃口不错。你准备好了吗，跟我去九重楼吧。”

“我需要准备兵器和作战服这些东西吗？”罗峰问道。

“不用，你就空手跟我过去吧。”杨辉说道。

罗峰和杨辉一道走向九重楼。

九重楼的每一层都有6米高，而且九重楼的长宽都超过了150米，不愧是巨型塔楼。

这座塔楼的外面看起来很古朴，内部却很高科技，地面都是坚硬的合金材料。

“走，上九楼。”杨辉和罗峰进入电梯。

电梯上升得很快。

“叮！”电梯门打开，已经到了九重楼的最高层。

九楼有一个空旷的大厅，大厅中有一些垫子，一些青年男女正坐在垫子上，随意地聊天。

当罗峰进去的时候，不少人都看向罗峰。

“兄弟，你是C国人？”

“嗯。”罗峰笑着点点头。

“加油啊！你若是加入精英训练营，C国的学员就多了一名。”一个光头青年笑着说道。

“别做梦了。”一个黑皮肤少女说道。

黑皮肤少女的脸上有着蝴蝶的文身，她瞥了罗峰一眼，冷笑一声，没有再说话。

罗峰则在杨辉的带领下，来到了大厅的最里面，那里有一条通道，通道的两边有几个房间。

很快，罗峰被带到最里面的一个房间，这个房间并不大，光线昏暗。

“啪！”灯打开了。

只见房间内有两个沙发，沙发上各放着一顶幽蓝色的头盔。

“这两个头盔是科学家们耗费不少心力才仿制出来的，仿的是古遗迹中挖掘出来的虚拟空间设备的意识感应器。”杨辉指着头盔，对罗峰说道，“我们只能模仿研制出这种简单的意识感应器，至于虚拟空间的主机，还是在地底沉睡了不知道多少年的那台古老机器。”

罗峰愣愣地盯着头盔，喃喃自语：“虚拟空间？！”

这未免太吓人了。

“虚拟空间的主机结构十分复杂，科学家们根本看不懂，更别提仿造了。”杨辉摇摇头。

“嗯！你戴上它，你的意识就会进入一个仿真度为100%的虚拟空间，那个虚拟空间和真实世界几乎一模一样。”杨辉缓缓地说道，“你进入虚拟空间后，我们会让你进入试炼塔，接受B级考验。”

第110章

试炼塔

“我要戴上它？”罗峰莫名有些紧张。

随后，他拿起其中一个幽蓝色头盔，疑惑地看向杨辉：“杨先生，我直接戴上头盔就行了吗？”

“跟我学！”杨辉笑了笑，随即躺在沙发上，“你也躺在沙发上。”

罗峰乖乖躺下。

那沙发非常舒服，刚好适合一个人躺下。

杨辉郑重地道：“你戴上头盔后，只要一会儿，你的意识会直接进入虚拟空间，不要慌张。来，戴上头盔。”

罗峰当即深吸一口气，将头盔戴上。

科幻小说中有关于虚拟空间的描述，罗峰这是第一次真正体验虚拟空间。

“嗯？”罗峰戴上头盔的瞬间，脑中嗡嗡作响。

杨辉见罗峰戴上了头盔，自己也戴上了头盔。

那是一片无边无际的银色大地，两道人影一前一后出现在地面上。

正是罗峰和杨辉。

“好神奇啊，这就是虚拟空间啊！”罗峰环顾四周。

这虚拟空间的天空好像宇宙的星空，无边的夜空中，有万千繁星闪烁着，令整个银色大地折射出梦幻的光芒。

“这银色大地仿佛镜子一样光滑。”罗峰很是惊诧。

他当即蹲了下来，手指敲打着地面，发出“锵锵”的声音。

“罗峰，试炼塔的虚拟空间的天空是星空，地面是银色大地。这银色大地的材质类似于合金。”杨辉遥指远处，笑着说道，“整个虚拟空间中，你能看到的唯一一座建筑就是那七层试炼塔，那正是你接受考验的地方。”

的确，罗峰环顾四周，只看到一座建筑。

三四百米开外，有一座高耸入云的庞大的塔楼，塔楼外墙有一幅幅雕刻。各种各样的怪兽雕刻环绕整座宝塔，那座宝塔有七层。

“我要在那里接受B级考验？”

罗峰心中一动，尝试调动精神念力。

“嗯？怎么没有精神念力呢？”

罗峰惊讶地发现，自己根本感觉不到一丝精神念力。

“不好！”罗峰当即蹦跳了两下，击出一拳，又踢出一脚，“我的身体似乎也不对劲了。”

“杨先生，我怎么感觉我的身体和过去不一样了。”罗峰问道。

杨辉朗声大笑，道：“这里可是虚拟空间。只有我们的意识可以进入这里，我们的肉身和武器等都不可能进来。”

“只有意识能进入这里？”罗峰心中一惊，“也就是说，我的精神念力根本无法进入这里。没有精神念力的辅助，我的实力相对较弱，恐怕不能通过B级考验。”

杨辉没有注意到罗峰的表情变化，继续说道：“罗峰，无论是谁，都只有意识能进入虚拟空间，而虚拟空间会为我们配备一具虚拟的肉身，这虚拟肉身的素质都是一样的。”

“一样的？”罗峰很是惊讶。

“是的！不管是战神，还是超越战神的存在，或者普通武者，甚至普通人，意识进入虚拟空间后，都会拥有一具同等身体素质的肉身，拳力达到10000千克，速度达到150米/秒，神经反应速度达到初级战将级，优等。”

罗峰闻言一怔。

所有人进入虚拟空间后，都拥有一模一样的身体素质？

“在虚拟空间中，所有人的身体素质都是一样的。即便极限武馆的馆主洪进入虚拟空间，也是拥有同样的肉身。这样一来，很容易检验出武者真正的战斗能力。”杨辉看着罗峰，“你现在随我去试炼塔吧！”

试炼塔高耸入云。

罗峰和杨辉站在试炼塔的入口处，渺小得宛如蝼蚁。

“罗峰，你快看那根石柱。”

杨辉指向试炼塔正门左边的一根黑色石柱，只见黑色石柱上浮现出几行字。

姓名：罗峰

性别：男

身份：精英训练营预备学员

试炼塔等级：1

罗峰转头看向试炼塔正门右边的一根黑色石柱，那根黑色石柱上同样浮现出几行字。

姓名：杨辉

性别：男

身份：战神

试炼塔等级：3.2

罗峰心中很惊讶。

自己的等级是1，而杨辉的等级是3.2，这试炼塔的等级到底是什么呢？

“罗峰，你是不是很好奇试炼塔的等级？”杨辉笑笑，道，“我给你解释一下吧。我和你进入虚拟空间后，都是使用的同样的肉身。然后，我们都进入试炼塔，一步步往里闯，闯过第一层后，就直接进入第二层，这时你的试炼塔等级就是2.0，待你闯入第三层后，你的试炼塔等级就是3.0。在第三层闯荡的时候，你的等级会是3.1、3.2、3.3……而你现在还没有开始闯荡试炼塔，所以等级只是1，这代表你在试炼塔的第一层，还没有任何成就。”

罗峰恍然大悟。

随即，他心中暗惊。

杨辉岁数都这么大了，战斗经验自然丰富，没想到，杨辉也才闯到试炼塔的第三层。

“试炼塔一共有七层。如今，还没有人能闯到试炼塔的第七层。”杨辉笑着说道。

“一个都没有吗？！”罗峰愣住了。

世界第一强者洪和第二强者雷神都没有做到吗？

“嗯！一个都没有。世界第一强者洪现如今也只闯到试炼塔的第六层，这已经是全球最强战绩了。”杨辉叹息一声，又道，“这就是实力的差距啊！即便我和馆主使用同样的肉身，我也只能闯到试炼塔的第三层，馆主却能闯到试炼塔的第六层。”

罗峰仰头看着这座七层试炼塔。

没想到，全世界都没有一个人闯到试炼塔的第七层。

忽然——

“罗峰，请选择作战服和武器，一分钟内，进入试炼塔接受B级考验。”忽然一道电子音回荡在虚拟空间之中。

罗峰的眼前当即出现数套作战服和数件武器。他顾不得仔细打量，立即选中了符合自己身体大小的作战服，还有血影战刀和六棱盾牌。

他奔跑的话，速度能达到150米/秒，穿作战服的速度也快得吓人。

一道幻影闪过，十秒钟不到，罗峰已经穿好作战服。

“罗峰，预祝你成功。”杨辉笑道，“B级考验是试炼塔第一层中等难度的考验，即便如此，精英训练营的数十名正式学员都在第一层闯荡呢！”

“嗯！”罗峰深吸一口气，直接走进前方黑漆漆的入口。

“呼！”空间仿佛发生了变化，罗峰一下子进入了苍茫的大草原。

“罗峰，”那道电子音回荡在整个大草原中，“B级考验的通过标准是，30分钟内，你要击杀围攻的100头初级兽将级莽牛怪兽。在这个过程中，你若是丧命了，即失败；若你击杀的莽牛怪兽没有100头，也算失败。这是你第一次进入试炼塔，有五分钟的准备时间。”

罗峰一听，脸色大变。

“100头莽牛怪兽，还都是初级兽将级的？！”罗峰被吓到了。

之前在荒野区，他遇到的怪兽虽然可怕，但是大多数是兽兵级怪兽，只有极少数兽将级怪兽。

没想到，他只是接受B级考验，就要遭到100头莽牛怪兽的围攻，而且都是初级兽将级的。

既然是初级兽将级莽牛怪兽，也就是说，任何一头莽牛怪兽的力量和速度都和罗峰相差无几。

30分钟内，罗峰要猎杀100头和自己实力相当的莽牛怪兽。

“这未免太不可思议了！第一层就这么难，难怪杨辉说精英训练营有好几十名学员的战绩依旧停留在试炼塔的第一层。”

洪使用的是和罗峰一模一样的肉身，却能闯到试炼塔的第六层，简直不可思议。

“幸好我原本的身体和这具虚拟身体的素质接近，比较习惯。”

罗峰当即迅速地闪躲，并且挥出血影战刀，适应了一下这具虚拟身体。

五分钟准备时间很快就过去了。

“B级考验，开始！”那道电子音响彻整个大草原。

与此同时，百米外的草地上出现了一头头近二米高的牛类怪兽。

这是牛类怪兽中以群居出名的莽牛怪兽！

那绵长的毛发，弯曲锋利的牛角，泛红的牛眼，都很是吓人。

“哞——”

每一头莽牛怪兽的牛角都带着淡淡的红色，仿佛染着血迹。

那牛角是极其锋利的，如果刺在罗峰的身上，即便刺不破罗峰的作战服，恐怕也会让罗峰的骨头断裂，内脏出血。

“哞——”

随着响彻大草原的牛吼声，100头初级兽将级莽牛怪兽红着眼，鼻孔喷着白气，四蹄撒开，迅速地冲向罗峰。

地面都在隐隐震动。

“继家乐超市那次，我这是第二次面对这么多初级兽将级怪兽。”罗峰心中暗道。

这B级考验不愧是用来考核全世界的天才武者的，果然难度很大。

若有精神念力辅助，罗峰倒是有信心能对付这么多兽将级怪兽。

可是，他如今并不能调动精神念力。

“只能拼一把了！”罗峰暗自思忖。

“精英训练营的几十名学员都还在试炼塔的第一层，这就说明闯过试炼塔第一层的学员有上百名。我就不信，我闯不过。”罗峰咬咬牙。

他已经陷入这种境地了，只能拼了。

“轰隆隆——”100头身躯比坦克还大的莽牛怪兽飞奔起来。

大地都震动起来了。

罗峰和莽牛怪兽群之间只有百米距离。

眨眼的工夫，莽牛怪兽群就朝罗峰冲了过去。

第111章

崭新未来

面对朝自己疾速而来的莽牛怪兽群，罗峰一手持六棱盾牌，一手持血影战刀，一动不动地站在原地。

“啊！”莽牛怪兽群喷出的气息弥漫开来。

冲在最前面的莽牛怪兽到了罗峰的面前。

罗峰有很多次和怪兽群战斗的经验，他巧妙地横移，再后退，血影战刀刀光一闪。

九重雷刀第二重的强劲力道迸发出来了！

第一头莽牛怪兽的口中喷出一口血。

罗峰目光冷厉，显得很是冷静。

他心中很清楚，面对怪兽群，特别是每一头怪兽都对自己有威胁的时候，绝对不能慌乱。

“莽牛怪兽的体形较大，比一般的铁毛野猪怪兽都要大得多，所以能同时攻击我的也就那么几头莽牛怪兽而已。”

罗峰必须借助这些莽牛怪兽的身体去抵挡攻击，而且自己要穿行在莽牛怪兽身体的间隙中。

时间渐渐流逝。

罗峰的身法绝对达到了入微级大成，他在莽牛怪兽群中灵活地躲闪着。

幸好罗峰之前有很多次在怪兽群中战斗的经验，如果他没有经验，对战100

头初级兽将级莽牛怪兽，还真是很麻烦。

除此以外，罗峰将九重雷刀修炼到了第三重，这令他拥有了击杀莽牛怪兽的能力。

“31、32、33……”

一头头莽牛怪兽或是弹跳飞扑，或是横冲直撞，都朝罗峰袭击而去。

罗峰则灵活地躲闪着，同时疾速出刀。

“不好！”一根锋利的牛角擦过罗峰的脸庞。

与此同时，罗峰身后的一头莽牛怪兽狠狠地撞击过来。

罗峰不能后退了。

这个时候，左右两边的莽牛怪兽和高空中扑过来的莽牛怪兽将罗峰包围了。

罗峰陷入了极其危险的境地。

“砰！”

一瞬间，罗峰左臂套着的六棱盾牌硬生生地抵挡住了左前方的一头莽牛怪兽的攻击。

“轰隆——”

强劲的撞击力使得罗峰的左臂瞬间麻木了，他的身体不由得往后退。

“噗！”罗峰喷出了一口鲜血。

他倒退的同时，步伐发生了变化。

一道冰冷的刀光闪过。

“哞——”半空中扑来的一头莽牛怪兽的蹄子被击中。

那莽牛怪兽坠落的同时，罗峰闪电般地往前冲，他的血影战刀的刀背顺势敲击着那莽牛怪兽的蹄子。

牛蹄受到敲击，使它痛得袭向后面冲撞过来的莽牛怪兽，造成一阵混乱。

短短的时间，罗峰击伤了三头莽牛怪兽，击杀了五头莽牛怪兽。

而他身受重伤，好在躲过了刚才的险情。

“我使出最强一击时，我的刀法的威力是很大的。可是，我面对莽牛怪兽群攻的时候，根本没办法同时劈出数刀。”

过去罗峰一直追求挥出一刀就能使出最大的威力。可是，刀法的威力越大，收刀耗费的时间就越长。

如果罗峰能在瞬间挥出十刀，击杀周围的十头莽牛怪兽，那么根本不需要靠着入微级大成的身法来躲闪，完全可以尽情地厮杀一场。

然而，他现在面对的是速度达每秒百米的莽牛怪兽，要在刹那间击杀同时朝自己扑来的十头莽牛怪兽，并不容易。

这对刀法力道的控制要求太高了。

“呼！”罗峰不敢有丝毫松懈，当即使出了入微级大成的身法。

罗峰有过数次感受完美级身法的经验，能最有效地利用周围环境中的任何一个物体。

也就是说，人和环境宛如一体。

“就是这样！”

面对这种前所未有的压力，罗峰的身法彻底爆发了。当他杀了70头莽牛怪兽的时候，他的心中有一种和周围的环境融为一体的感觉。

这一刻，看到周围的杂草，他都有种无比亲切的感觉。

他根本不需要思考，本能地利用每一头莽牛怪兽的尸身，甚至尸身上的某个部位。

“噗！”一头莽牛怪兽被击飞，鲜血喷出。

“用时21分18秒，100头莽牛怪兽全部被击杀，B级考验通过。恭喜你，罗峰学员。”那道电子音回荡在整个草原的上空。

罗峰这才清醒过来，他有些哭笑不得：“关键时刻，莽牛怪兽怎么就没了，再多来一点啊。”

罗峰学习了九重雷刀，九重雷刀中蕴涵了一套身法，名为流光，所以他很清楚在修炼身法的时候，从入微级到完美级是很难的。

之前罗峰很多次都是借用精神念力感应周围的一切，运气好的情况下，他能感受到完美级身法。

此次在虚拟空间中，罗峰根本没有精神念力的辅助，而且虚拟空间中的怪兽和现实世界中的怪兽很不同，这次的怪兽都是兽将级怪兽，每一头怪兽都对自己有极大的威胁，所以罗峰一直狠狠地逼迫自己。

不知不觉中，他的身法踏入了完美级，而且保持这种状态比之前久一些。这样一来，以后他的身法要真正踏入完美级，就很容易了。

可惜罗峰仅仅保持了片刻，击杀最后30头莽牛怪兽花费的时间不超过五分钟，考验结束了，他就从那种状态中脱离出来了。

“罗峰学员，五秒钟后，你会自动离开虚拟空间。”

精英训练营，九重楼的第九层。

当杨辉和罗峰从试炼室走出去的时候，第九层空旷的大厅中聚集了来自世界各地的天才武者，他们都惊讶地看过来。

其中一个黄皮肤青年直接问道：“老师，他通过考验了吗？”

“通过了。”杨辉笑道，“我带他去办理手续。下午1点，你们可以进行试炼了。”

顿时，整个空旷大厅都沸腾起来。

那些武者或和罗峰交谈，或议论纷纷，热闹得很。

……

从九重楼出来后，原本乌云密布的天空已经下起了大雨，罗峰和杨辉都打着伞。

“虽然这里只有180多名学员，可是牵扯到全世界的五大强国，还有HR联盟的各个家族，这其中的关系可复杂得很。”杨辉沉声道，“罗峰，你成了精英训练营的一员，只要你没有被淘汰，未来注定会很辉煌。”

“在精英训练营内，政府和军队都会拉拢你，一些特殊组织会拉拢你，就连HR联盟的一些家族也会拉拢你……你会面对金钱、权力等各种诱惑，你要记住，这些都不重要，最重要的是你自己的实力。你的目标只有一个，那就是冲刺精英训练营排行榜上的前三名。”

“你要知道，精英训练营的180多名学员都是绝顶天才，你也是。你现在要做的就是超越他们，让自己站得更高，看得更远。”杨辉郑重地说道。

罗峰点点头。

“你准备选哪个代号？”杨辉问道。

“今天是3月29日，那么你将在2257年4月1日正式加入精英训练营，你的代号的前四个数必须是5704，至于后两个数字，4月份就只有你一个人加入，你可以任选两个数字。”

罗峰恍然大悟。

难怪那黑色巨龙雕刻上的人名后面都有数字代号。

他看到的黑龙雕刻上排名第一的是雷纳特斯·布里奇，代号是530321，也就是说，这人是2253年3月进入精英训练营的，到如今，在精英训练营已经足足有四年了。

“最后两个数字，你选什么？”杨辉问道。

“嗯！那就选03吧！”罗峰回道。

在003号城市时，他因为偷龙蛋引出了一系列麻烦，而一份生命之水的价格是300亿，自己和3这个数字算是有缘。

“03。”杨辉点点头，“那么你的学员代号是570403，其他手续马上就能办好。”

当天，世界第一训练营的黑龙雕刻的排行榜上出现了一行字——No.183罗峰（570403）。

这个消息瞬间就传遍了全球的五大强国和各个基地市。一些政府军队的特殊部门、HR联盟的九大核心家族，以及数十个重要的大家族都得到了这个消息。

就在当天，这些机构和组织都得到了一份关于罗峰的详细资料。

罗峰的出生时间，他生活的廉租房小区，他的亲人等全都记录得清清楚楚。

C国J基地市，一座建造在地底的建筑内。

一个穿着宽松练功服的精瘦男子坐在装饰雅致的办公室内，他一手轻轻地敲击着桌子，一手翻阅着有关罗峰的资料。

“传令给JN基地市的分部，派人24小时暗中看着罗峰的家人，其一，确保罗峰家人不要离开JN基地市；其二，确保罗峰家人的安全，绝对不允许上次的事情再次出现。”

精瘦男子的下巴有一颗黑痣，他的目光冷厉。

“是！”

……

各国的政府军队、特殊组织、财团家族一得到罗峰加入精英训练营的消息，当即有了各种应对方案。

同样的，身为HR联盟C国执行总裁的维妮娜也第一时间得到了这份资料。

JN山水小区，华耀峰的山顶别墅。

“维妮娜，这个罗峰好像是众多怀疑对象之一。”

刚刚翻看这份资料，李耀就想起了众多嫌疑犯中不起眼的罗峰。

“没错，阿威死时，离阿威所在地距离较近的武者中有罗峰。”维妮娜说着，摇摇头，“不过，罗峰今年才19周岁，实力只是初级战将级。我们家族还在想办法，看是否能拉拢罗峰，为我波莱纳斯家族效力。”

“以他的实力怎么能加入精英训练营呢，难道他是精神念师？”李耀开始有所怀疑。

“不是，你看完这份资料就知道了。”维妮娜摇摇头，“耀，我觉得你为了找到凶手都魔怔了，看谁都像凶手。”

第112章

JN阁

春雨淅淅，连绵不尽。

“啪啪！”雨水落在伞上，水滴飞溅。

罗峰撑着伞，跟在杨辉的身旁。

两人走过一座拱桥后，杨辉指着不远处，对罗峰说道：“那边的园子就是JN阁，JN阁中已经有两名学员了，你是住在JN阁的第三名学员。”

“老师，这里是JN阁？”罗峰心中一动。

罗峰成了精英训练营的正式学员，而杨辉是精英训练营中的老师，他自然要称杨辉为老师。

“是的，JN阁里面住着的两名学员都是你的同乡，不过，他们都比你来得早一些。”杨辉突然压低声音说道，“我要提醒你一下，现在住在JN阁的两名学员中，有一名学员叫史江，此人非常厉害，我都没有赢他的把握。你入住JN阁后，一定要好好和他相处，这对你有好处。”

“老师，你都没有赢他的把握？！”罗峰大吃一惊。

杨辉可是中级战神级武者！

“嗯。”杨辉点点头，“史江是精英训练营排名前五的学员。精英训练营的很多学员已经拥有战神的实力，可是就是不去认证，因为这样就可以继续待在训练营中继续训练，精英训练营排名前三十的学员几乎都拥有战神的实力。”

罗峰眼睛瞪得老大。

排名前三十的学员几乎都拥有战神的实力?

这未免也太夸张了吧!

敢情这些人都是扮猪吃老虎啊!

明明早就可以毕业了,却硬要留在精英训练营,想要待满五年。

“排名前五的学员更厉害。”杨辉低声说道,“来自世界各地的天才武者,特别是排名前五的,竞争格外激烈。能长期保持前五的排名,史江的实力非同一般,他毕业之后,不管到哪里,绝对能得到极好的待遇。”

“如果他来极限武馆,轻易就能得到JN基地市会长之职。”杨辉说道。

罗峰震惊了。

JN基地市会长可是极限会馆的四大巨头之首啊!

“待他再熬几年,实力有所突破,成为我极限武馆的监察使都有可能。”杨辉很是感慨。

如今他的实力和史江差不多,可是他已经五十多岁了,而史江只有二十多岁,人家才是前途无量。

……

半晌,罗峰来到了JN阁。

JN阁的院子长宽都有数十米,白墙黑瓦,墙头上还雕刻着龙。

推开院门,只见JN阁内一共有三座楼阁。

罗峰和杨辉走进院子中,楼阁内很是安静。

杨辉直接大声喊道:“史江,赵若。”

顿时,左侧楼阁的二楼阳台上出现了一个穿着宽松睡袍的短发少女,而正前方楼阁里的人,直接跳了下来,那是一个穿着黑色练功服的青年,他打着一把伞。

罗峰仔细观察着那个青年。

青年比罗峰稍微矮一些,一米七出头的样子,很是精瘦,却给人一种很强悍的感觉。他的目光冷厉,让人心惊。

“他就是史江。”罗峰低声说道。

“啊！JN阁终于来新学员了！”一道兴奋的声音响起。

此时赵若也下了楼，兴奋地看着罗峰。

罗峰也打量着赵若。

一头短发，身材娇小，皮肤比较黑，眼睛比较小，算不上美女。

“他是罗峰，从今天起，他和你们一起住在JN阁。”杨辉笑着说道，“史江、赵若，你们是师兄师姐，罗峰刚刚加入精英训练营，你们可得多照顾他。”

“放心，交给我吧。”赵若拍着胸脯，“有我这个师姐在，不会让他吃亏的。”

“嗯，那我先走了。”

杨辉笑笑，拍拍罗峰的肩膀，而后直接离去。

JN阁一共有三座楼阁，正中间的楼阁是史江的居所，西侧的楼阁是赵若的居所，东边的楼阁自然是罗峰的居所。

“罗峰，坐吧！”赵若热情地招呼着。

此刻，罗峰和史江都在赵若住处的客厅中。

“我是2255年加入精英训练营的，史江师兄是2253年加入精英训练营的，我们可都比你早太久了。”赵若笑着说道。

旁边的史江露出了一丝笑容，道：“2253年、2255年、2257年，我们三个刚好相隔两年时间加入精英训练营，而且都是来自JN基地市的，这真是难得的缘分啊！”

史江的声音比较浑厚，他一开口，就透着一股淡定。

“我来自JN基地市苏城，史江师兄来自JN基地市的主市区。罗峰，你呢？”赵若问道。

“我来自JN基地市的Y城。”罗峰说道。

史江很是惊讶，当即道：“我外公就是Y城的。”

这三人同样来自JN基地市，不过三者加入精英训练营的途径都不同，史江是通过基础训练营的竞争，而后进入精英训练营的，赵若本身是军队的精英，而后被送到了精英训练营，唯有罗峰是从普通武者中直接选拔出来的。

“罗峰，待会儿回到房间的时候，打开精英训练营给你配备的笔记本电脑。”史江提醒道，“笔记本电脑中有一份学员须知，你好好看一下。”

“没错，那玩意儿很重要。”赵若说道。

“特别是积分。”赵若提醒道，“在精英训练营中，积分排名是最重要的。来这里之前，你应该看到门口的黑龙排行榜了吧？”

“看到了。”罗峰点点头。

前三名中，只有一人是C国的。

“黑龙排行榜就是积分排行榜，积分越高，排名就越高。每月1日到28日，都是赚取积分的时间，29日统计结果，得出本月的最终排名。待到下一个月，所有学员的积分清零，然后继续努力去赚取积分，争取排名靠前。”赵若解释道。

罗峰恍然大悟。

原来积分排名是每一个月一轮的。

“师姐、师兄，那积分是怎么来的？”罗峰问道。

“学员的积分是战绩点乘以战力振幅得出来的。”赵若解释道，“4月份，你也要开始争夺排名了。4月份的1日到28日，假设你的总战绩点是2000点，战力振幅是1.8，那么你的积分就是2000乘以1.8，也就是3600积分，而后按照积分的多少，得出排名。”

罗峰听了，心中更疑惑了。

战绩点和战力振幅又是什么？

“战绩点就是学员猎杀怪兽时获得的东西，至于详细情况，你回去看看学员须知，就知道了。”赵若耐心地解释道，“至于战力振幅，这是只有在虚拟空间中才能得出判定的，关于战力振幅的详细情况，你也回去看看学员须知。”

“罗峰！”史江开口了。

“师兄。”罗峰看向史江。

“记住，在精英训练营中，你想要自己的实力提升得快，就要为每个月的排名而努力，你冲的名次越高，表明你的实力就越强。”史江郑重地说道，“排名高低还关系到各种可占用的资源，有些资源是战神级武者都想拥有的，这也是不少实力达到战神级的学员依旧留在这里的原因。”

旁边的赵若撇撇嘴，道：“比如咱们的史江师兄。”

史江哑然失笑。

赵若捂嘴偷笑。

罗峰也笑了。

JN阁，罗峰的书房中。

罗峰开启笔记本电脑后，就坐在椅子上，仔细地阅读学员须知。

读后，罗峰对精英训练营了解得更透彻了。精英训练营中的硬件设备的确很多，当然最贵重的还是古文明遗迹设备。

而精英训练营中最重要的就是——积分排名。

排名高低牵扯到的东西很多。比如古文明遗迹的古老设备重力室，虽然现在地球上有仿造的重力室，但是对于武者的效果远远比不上那件古老设备。

整个精英训练营中只有一间重力室，到底给谁使用呢？这就要看学员的排名了。

排名越靠前的学员，分得的使用时间就越长。

这仅仅是其中一项奖励。

如果能累积获得九次排名第一，可以获得价值800亿的龙血，可任意选择三套秘籍，可以成为洪或者雷神的亲传弟子。

如果累积获得六次排名第一，可获得价值300亿的玉髓，可任意选择一套秘籍，可获得洪或雷神的一次指导机会。

看着学员须知上的内容，罗峰哑然失笑。

对于他而言，这些奖励都极具吸引力。

“可惜，这些奖励都是给排名第一的学员的，而且有的要累积9次排名第一。”罗峰心中暗道。

而后，他继续往下看。

“拳力发力达到等级6，即可获得价值800亿的龙血一份、SS级作战服一套、兵器全套……

“拳力发力达到等级5，即可获得……”

罗峰看着那一长串的奖励，都惊呆了。

“达到试炼塔等级5，即可获得极限武馆的巡察使一职、价值800亿的龙血、SS级作战服、兵器全套、任意三套秘籍，以及古文明遗迹黑神一套……”

……

所有奖励中，关于试炼塔的等级奖励明显是最高的。

按理说，巡察使可是超越战神的人物才能获得的职位。

“只要达到试炼塔等级5，基本上就什么都不缺了。”罗峰的心跳加速。

不过，一想到之前自己在试炼塔中接受B级考验的场景，他就觉得压力极大。

他只是在试炼塔的第一层试炼而已，就遭到了100头初级兽将级莽牛怪兽的围攻。而且，这还不是第一层中最难的考验。除此之外，试炼塔还有六层，每一层都有考验。

就连经验丰富的战神级武者杨辉也才闯到试炼塔的第三层，世界第一强者洪才闯到试炼塔的第六层。

想要闯到试炼塔的第五层，难度可想而知，难怪给出的奖励那般惊人。

第113章

实力大增

“达到试炼塔等级5，就能获得极限武馆的巡察使一职。”罗峰不由得又看了一遍，“还能得到古文明遗迹黑神一套，这黑神到底是什么玩意儿？”

罗峰有些心动。

巡察使的地位可不一般，就连军队也得小心对待他。也就是说，若是闯到试炼塔的第五层，就能成为巡察使。此外，还能得到神秘的来自于古文明遗迹中的黑神。

虽然罗峰不知道黑神是什么，可是他猜得出来，那黑神绝对是好东西。

……

很快，罗峰就看完了学员须知，他发现，整个精英训练营最受重视的有三项：试炼塔等级、拳力的发力等级、黑龙排行榜排名。

“原来积分是这样来的。”

积分等于战绩点乘以战力振幅。想要获得战绩点，有一个很简单的方法，那就是猎杀怪兽。

猎杀一头初级兽将级怪兽，计1战绩点。

猎杀一头中级兽将级怪兽，计10战绩点。

猎杀一头高级兽将级怪兽，计100战绩点。

猎杀初级领主级怪兽，计1000战绩点。

在精英训练营，即便是有实力猎杀初级领主级怪兽的学员，也不会真去猎杀初级领主级怪兽。一旦猎杀两头初级领主级怪兽，其实力评定就是战神级，那就成功毕业了，要离开精英训练营，而没有几个学员愿意提前离开精英训练营。

战力振幅也很简单，那就是拳力的发力等级乘以试炼塔等级。比如某人的战绩点是1000点，拳力的发力等级是1.5，试炼塔等级是2，那么他的战力振幅就是3，积分就是3000。

“精英训练营很重视学员的拳力发力等级和试炼塔等级，战力振幅稍微大一些，积分就高出一大截。”

罗峰看完学员须知后，又从笔记本电脑中调出一些教学视频。

在精英训练营，有不少战神级武者当老师。然而，学员们来自全球各地，而且都是绝世天才，他们的性格大多很古怪，不可能都规规矩矩地上课。

为了更好的教导他们，老师们用摄像机将一堂堂课程都记录下来，而后存在笔记本电脑中。

当然，学员们上课的时候，可以直接询问老师，让老师一对一指导、答疑，这个效果肯定比自己看教学视频要好得多。

“我从来没上过战神级武者的课，还是先看看这些视频吧。”罗峰仔细地翻看文件夹的目录。

文件夹的目录很清楚地将视频分为导引术、身法、发力、刀法、剑法、枪法、棍法、锤法等多种类别。

而罗峰现在倚仗的技能有三项，一是精神念力，二是入微级大成的身法，三是可以使身体瞬间爆发出2.8倍力量的发力方法。

“先看看身法。”罗峰打开一个教学视频观看起来。

身法境界分为基础级、入微级、完美级、意境级这四个级别。

罗峰点开好几个教学视频，都是讲解入微级身法的，至于完美级身法，显然这些老师都很难用语言详细描述。

这需要学员自己去感悟。

至于意境级身法，更是无法言传。

……

下午4点35分。

罗峰依旧坐在笔记本电脑前，观看一段有关发力方法的教学视频。

“老师，我的拳力爆发了，可以达到我正常力量的1.8倍。可是，我的双腿爆发，只能达到我正常力量的1.5倍。你说过，腿部力量爆发时，应该可以和拳头力量爆发达到同样的倍数，我怎么就做不到呢？”视频中，一个黑皮肤青年问道。

视频的语言被罗峰转换成了C国语言，罗峰自然听得明白。

视频中，一个白皮肤壮汉微微一笑，道：“这就需要你自己好好体会了。你仔细想想你的手臂和拳头是怎么发力的，回去再好好琢磨琢磨腿部的发力方法，你已经能做到使得拳头力量达到之前的1.5倍了，这代表你有很大的进步。接下来，只能靠你自己了，老师只能指导而已。”

“轰！”罗峰仿佛被一道雷电劈中了。

他愣愣地坐在电脑前，眼睛瞪得滚圆，随后露出狂喜之色。

而后，他猛地一拍脑袋，跳了起来：“我真是个笨蛋，这么简单的事情我竟然都没想到。”

“天哪，我竟然一直都没意识到这个问题。老师说得对，手臂和拳头都能发力，我的腿部自然也能发力。”罗峰隐隐颤抖着，“通过学习九重雷刀的发力方法，我的力量可以达到正常状态的2.8倍，可是，我奔跑的速度一直都是初级战将级武者的速度。”

“我竟然没想到这个。我既然能将暗劲传递到手臂，自然也能将暗劲传递到双脚啊！”

罗峰有些哭笑不得。

这个道理很简单，厉害的武者对力量控制得很精准，其拳头能爆发出惊人的力量，其腿部自然也能爆发出惊人的力量。然而，这么长时间了，罗峰硬是没有想到。

“普通武者可比不上精神念师，他们没办法用精神念力给自己的身体加速，那么，修炼九重雷刀的武者刀法的攻击力很强，可是速度慢，怎么越级挑战呢？一个初级战将级武者恐怕远远跟不上高级战将级武者的速度。”

罗峰是能够越级战斗的，是因为其精神念力给了他辅助。

“我真蠢！九重雷刀的发力方法可以用在手臂上，同样可以用在腿上，这样一来，双腿的力量变强了，速度变快了。速度和力量都跟上了，才可能越级战斗。”

罗峰眼睛一亮。

“我现在的爆发力达到了之前的2.8倍。也就是说，我的双腿能爆发出之前2.8倍的力量，速度恐怕能翻倍了。”

对于真正的高手而言，速度其实比力量更重要。

两个高手对战，如果自己的速度比对方快很多，完全可以将对方玩弄于股掌之中。

“速度！我要让自己的速度更快！”

罗峰顾不得再看教学视频，直接合上笔记本电脑，朝楼下冲去。

学员居住的楼阁都有地下密室，地下密室的墙壁是由克罗合金构成的，可以供学员在此训练。

罗峰居住的楼阁的地下密室内。

“啪！”罗峰打开灯，灯光透过合金钢板的一个个针孔照进来，使得整个地下密室都亮了起来。

地下密室大概有两米五高、五米长、五米宽。

只见墙壁上有一个个凹陷的拳印和脚印，这些都是过去的学员留下的。

罗峰猛地一个前冲，将暗劲灌入拳头中，而后直接一拳砸向墙壁。

“轰！”墙壁微微一震，而后出现了一个很淡的拳印。

2月底，罗峰一拳的拳力近10000千克。现在已经是3月底了，一个月的时间，罗峰的拳力增强了，达到了11500千克，有一点进步。如果他的力量爆发了，拳力是超过30000千克的，也就是说，一拳的力道超过30吨。

然而，他奋力一击，也仅仅在墙壁上留下很淡的拳印。和那些曾经居住在这里的前辈们相比，罗峰的实力显然还弱得很，之前的那些学员恐怕当时已经拥有战神级的实力。

“再看看我的双腿的爆发力。”罗峰心中暗道。

而后，他尝试运用九重雷刀第一重的发力方法，在原有力量的基础上，再发出一道暗劲。

“噗！”只见罗峰的右脚化为了幻影，不停地疾速踹出。

“有点感觉。对，力道发出去了，就是这样！”

以罗峰如今修炼到九重雷刀第三重的境界，很容易就让双腿达到了1.4倍的爆发力。

随即，罗峰开始闪电般地在密室中不断地前后冲刺，并且左右横移，他开始了身法训练。

战斗的时候，身体是不断改变方向的，要数次爆发出1.4倍的力量，这可比仅仅爆发出一次要难得多。

20分钟后，罗峰的双腿完全熟悉了数次爆发出1.4倍的力量。

毕竟罗峰施展刀法时，能连续爆发出2.8倍的力量，现在只是用同样的发力方法来让双腿的力量爆发而已，他需要做的就是让腿来适应。

接下来是九重雷刀的第二重，欲让双腿的爆发力量达到之前的2.1倍。

……

“罗峰，你太刻苦了吧，住进JN阁的第一天，就进入地下密室苦练了。你快点准备一下，马上就要八点了，来自C国的师兄师姐为你举办了晚宴，给你接风呢。”赵若的声音从外面传来。

地下密室内，罗峰身上的衣衫完全被汗浸湿了，脸上有着难掩的兴奋之色。

听到赵若的呼喊，罗峰才停了下来。

“快八点了？我是四点多进入地下密室的，没想到，已经过去三个小时了。”罗峰心中很是喜悦，“三个小时，我的双腿现在差不多可以爆发出之前2.1倍的力量了。要想爆发出2.8倍的力量，估计还得耗费一些时间。”

罗峰想到这里，立即冲出地下密室。

“师姐，我去冲洗一下，换身衣服，马上出来。”罗峰说道。

此时雨已经停了，院子里的史江和赵若看见一身汗的罗峰，不由得笑了。

“罗峰师弟的确很勤奋。”史江赞叹道。

“他太勤奋了，明明知道晚宴是8点举行，这家伙却一直在地下密室中苦修到7点半。”赵若无奈地道。

在精英训练营，所有学员都很刻苦，不过，像罗峰这种第一天就钻进地下密室苦修的，还真的是极少见。

罗峰冲洗了一番，换上干净的衣服，站在浴室的镜子面前，笑容满面。

“我相信，不久之后，我的双腿就能爆发出2.8倍的力量，我的双腿的速度也能翻倍。那样的话，我能闯到试炼塔的第几层呢？”

速度翻倍，这又是什么概念呢？

如果罗峰接受B级考验时，他的速度已加快了一倍的话，再配合他那入微级大成，接近完美级的身法，要解决那100头莽牛怪兽，是轻而易举的。

“嗯，我这就去参加晚宴，见一见我那些实力超群的师兄师姐。”罗峰对着镜子微微一笑，而后转头，迅速下了楼。

他和史江、赵若一起离开了JN阁，去参加精英训练营中C国武者为他举办的宴会。

第114章

新人

晚上八点，精英训练营1号餐厅的二楼，有21名来自C国的武者齐聚于此，他们是为了欢迎罗峰的到来。

在异乡外地，看到老乡是特别亲切的，那些师兄师姐都热情地和罗峰交谈着。

一个小时后——

“呼，他们总算放过我了。”罗峰端着酒杯，站在角落。

“这晚宴是为你准备的，你今天可是主角，大家自然都找你喝酒、聊天。”赵若的脸微微泛红。

“罗峰师弟，今天的晚宴可是褚强师兄出的钱。你知道这一顿花了多少钱吗？”

罗峰摇摇头，道：“这些菜肴都非常好吃，至于价格，我还真猜不出。不过，即便再贵，100万差不多了吧？”

“100万？你在开什么玩笑呢！”赵若压低声音，又道，“精英训练营中的厨师可都是世界顶尖的，而且，这些菜肴的不少材料取自一些厉害的怪兽。就这么一顿晚宴，最起码花费上千万。”

“什么？这顿要花费上千万？”罗峰难以置信。

“你可别嫌贵。在其他地方，即便你有钱，都吃不到这些美味。”赵若得意扬扬地道，“不过，对于褚强师兄来说，这点钱还真的不算什么。在精英训练营，排名前十的学员只要愿意加入某个组织，绝对能获得大笔钱财。”

“褚强加入某个组织了？”罗峰问道。

昨天进来的时候，他看到黑龙排行榜上的第二名就是褚强。能够在精英训练营排名第二，虽然只是暂时的，但也很厉害了。

“褚强是被C国的军队拉拢了的，一年前，此消息就传遍了。”赵若压低声音道，“而且，我听说极限武馆也想拉拢褚强，C国内的几个组织都抢着拉拢他。C国的军队专门为褚强设置了一个行动部门，褚强毕业之后，直接是那个行动部门的老大。”

罗峰闻言，大吃一惊。

“褚强的实力的确很惊人！”赵若惊叹道，“在精英训练营中，他能稳稳地排名前五。要知道，单论实力，能排名前五的只有十个人，而能在黑龙排行榜长期稳定排名前五的，只有一两个人。”

罗峰点点头。

黑龙排行榜是按照学员的积分排名的，虽然学员的实力强，排名会很高，但是排名不仅仅展示一个人的实力。

这个月，你能冲到前五名，下个月，或许是另外一个实力相当的学员冲到前五名，有一部分学员的实力是差不多的，所以有十名学员有资格冲进前五是正常的，而若是能长期稳定排名前五，那就很可怕了。

“军队每年会给褚强一大笔钱。”赵若感叹一声，又道，“在精英训练营，有钱的是三种人，一种是褚强这种，实力强，而且加入了某个组织；第二种是加入HR联盟某个核心家族的；第三种就是精神念师。

“不过，第二种人其实是比较吃亏的，虽然他们加入的那些家族很有钱，但是那些家族的势力根本不能跟军队相比，又怎么跟极限武馆和雷电武馆相比？

“第三种就不必说了。精神念师本身的实力就很强，还能用精神念力操控暗器，猎杀怪兽简直是轻而易举。单单靠售卖猎杀的怪兽的材料，他们就能赚到很多钱了。一名精神念师赚的钱能比得上我们十名学员赚的钱。”

罗峰闻言笑了。

他就是精神念师，自然清楚精神念师赚的钱是极多的。

“这三种人是精英训练营中财大气粗的。”赵若嘀咕道。

“罗峰！”一道爽朗的声音响起。

罗峰和赵若当即转头看去，只见一个身材高大的青年朝他们走了过来。

正是精英训练营的风云人物——褚强。

“褚强师兄。”赵若打了招呼，而后笑道，“你们聊。”

话落，她就乖乖走开了。

罗峰和褚强站在角落中，低声聊着。

“罗峰，”褚强看了远处的其他人一眼，低声说道，“C国的军方对你很感兴趣，不知道你有没有兴趣加入军队？”

“嗯？”罗峰闻言一怔。

他刚刚加入精英训练营，C国军方就来拉拢他了。

褚强干了杯中的酒，说道：“你放心，对待人才，C国军方一直都是很大方的，你毕业之后，在军队中的待遇是很好的。你的实力越强，待遇就越好，至于详细的情况，待会儿我们可以慢慢商量。而且，你只要答应加入C国军方，五年内，军方每年会提供50亿的活动经费给你。”

罗峰闻言，心跳不由得加速。

如果不是精神念师，正常武者猎杀怪兽的效率是不高的。比如初级战神级武者是很难猎杀初级领主级怪兽的，一名初级战神级武者一年能赚50亿，就算是很不错了。

而战神级武者的消费很高，所以战神级武者们大多很缺钱，龙血、生命之水、SS级作战服等都是天价，大多数战神级武者是买不起的。

罗峰当初在铁甲龙怪兽老巢仅仅得到一件SS级的作战背心，显然死在铁甲龙怪兽手下的战神级武者买不起全套作战服，只买了防护作用最强的作战背心。

“师兄，我才刚刚进入精英训练营，暂时没打算加入什么组织，过几年再说吧。”罗峰说道。

“哦！”褚强点点头，又道，“行，你的想法是对的，这五年内，你可以好好训练，提升自己的实力。如果你以后有加入C国军方的想法，告诉我一声就行。”

……

这晚，罗峰收到了六份邀请，其中三份来自于C国。罗峰这才知道，C国内除了军方之外，还有一些特殊的部门。不过，相比之下，还是C国军方的后台最硬。

其他三份邀请分别来自于HR联盟的两个核心家族和名叫“火焰军团”的雇佣军。

在全世界，雇佣军有不少。不过，大多数雇佣军的实力一般，只有少数实力极其强大。

洪和雷神能够各自占领一个基地市，又分别让极限武馆和雷电武馆的分馆遍布全球，势力之大，不亚于一个强国，这两人堪称两大枭雄。

当然，也有其他有野心的强者想要建立专属势力，成为一方诸侯，火焰军团就是两名超越战神级的武者联手建立的，火焰军团是雇佣军中最强的。

罗峰收到了六份邀请，可他一律拒绝了。

3月30日清晨，气温很低。

不少学员在精英训练营内跑步，罗峰是其中之一。

“罗峰！”

正在石头小径上跑步的罗峰听到声音停了下来，回头看去。

只见一个有着金色短发的青年笑着走过来，他说着并不流利的C国语言，让人一听就知道他不是C国人。

“我是威廉·伊迪森，来自E国。”金发青年自我介绍道。

“威廉？”罗峰心中嘀咕。

这个名字和R国那边的亚历山大，A国那边的大卫一样普遍。

“威廉，你好。”罗峰笑着打招呼。

“我对C国一直很是好奇。”威廉热情地说道，“在精英训练营，来自C国的天才武者很多，你也是来自C国，还是单独被招进来的，我很想和你比试比试，切磋一下，不知道你能不能满足我这个请求。”

罗峰一怔：“你要和我比试？”

“嗯，我们去挑战室比试，可以吗？”威廉道。

“挑战室？”罗峰当即想到了学员须知的内容。

挑战室是古文明遗迹的产物。进入挑战室后，双方戴上意识感应器，进入虚拟空间，然后在虚拟空间中进行一场生死战。一般来说，这种战斗都会有赌注。

“我们不赌大的，就赌10亿怎么样？”威廉笑着说道。

“威廉！”一声娇喝响起。

罗峰转头看去，只见穿着紫色练功服的赵若一脸怒色。

“威廉，你太不要脸了！罗峰师弟才进入精英训练营，还只是个新学员，你就要和他在挑战室决战，还赌10亿，你这不是让他送你钱嘛。你这个龌龊的家伙，这个月已经偷偷找了几个新学员，让他们和你赌战，输钱给你。你有本事的话，就和我赌啊！”

“赵若师姐，这和你没关系吧。罗峰的实力这么强，说不定是我输给他呢。”威廉嗤笑道。

赵若看向罗峰，道：“罗峰，别相信他。精英训练营中有些人是很阴险的，专门欺负新学员，当然他们不敢明着欺负新学员，而是变着法子找新学员进行赌战，几乎都是新学员吃亏。这人的战力振幅达到了中等，虽然不高，但是也不低，新学员一般都不是他的对手。”

“10亿而已。”威廉看着罗峰，“罗峰，你随便加入某个组织，一年不只赚这点钱。”

罗峰这才明白过来。

精英训练营中的某些人仗着新学员不懂行情，热情地拉他们去进行赌战，趁机狠狠地宰新人一笔。

“威廉！”这时，一个青年跑了过来。

这个青年名叫江辰，也是来自C国，他和罗峰在昨天的晚宴上已经认识了。

“罗峰，别和他赌战。这家伙阴得很，我进入精英训练营的第一天，就被这家伙骗去挑战室对战，最后被他狠宰了一笔。”

“多嘴！”威廉的脸色很不好看。

他本来看见罗峰一个人在跑步，才过来邀请他赌战的，没想到，被别人破坏了。

“你想要和我赌战，可以。”罗峰笑着看向威廉。

“罗峰。”赵若和江辰都大吃一惊。

“哦！你同意了。”威廉露出惊喜之色，“罗峰，那我们定个时间吧。”

“嗯！不过，10亿实在是太少了，要赌就赌大一点吧，50亿，如何？”罗峰看了威廉一眼，“你同意的话，我们就去挑战室，不然就算了。”

赵若和江辰都瞪大了眼睛。

“50亿？！”威廉愣住了。

第115章

挑战

初级战神级武者辛苦一年才赚50亿，虽然精英训练营的天才武者们前途无量，如果接受各方组织的拉拢，能收到不少资助，但是50亿可是大数目，一般只有精神念师和排名靠前的学员才敢玩这么大。

当然也有例外，双方争一时之气的，也可能赌很大。

威廉眼睛微眯，仔细地打量着罗峰。

“罗峰……”赵若和江辰都吃惊地看着罗峰。

“你不敢就算了。”罗峰摇摇头，对赵若和江辰说道，“师姐、江辰，我们走吧。”

赵若和江辰这才回过神来，欲跟着罗峰一起离开。

江辰临走前，狠狠地剜了威廉一眼，他可是被威廉狠宰了一笔，心中窝着火呢。

眼看罗峰三人就要离开了。

“等一下。”威廉喊道。

“怎么，你敢赌了？”罗峰眉毛一挑，看着威廉，“50亿呢，不然我不玩。”

“行，50亿，我和你赌战。”威廉肯定地道。

“好，痛快！”罗峰粲然一笑。

“那你说个时间吧。”

“明天。”罗峰淡淡地道。

具体时间是没办法给出的，因为只有一个挑战室，或许有其他学员会占用，所以必须等电脑系统通过后，才能确定具体的时间。

“好。”威廉冷笑一声，转头就走。

JN阁。

史江去了九重楼修炼，听到这个消息后，立即赶回了JN阁。

史江、赵若、罗峰都来自C国的JN基地市，而且他和赵若都比罗峰大，又先进入精英训练营，自然会帮罗峰。

“罗峰，”赵若有些生气，“你怎么能和威廉赌战呢？我提醒过你，威廉这个人很阴险，而且实力很强。你是不是认为，你是天才武者，而且同龄人中没有比你强的，你就能打败威廉？”

“你这是盲目自信。”赵若越说越生气，“很多进入精英训练营的新学员都被威廉此等阴险的老学员骗去赌战，十有八九都是输的。你以为你是天才武者，就很厉害啊。能进入精英训练营的，哪一个不是天才武者啊？而且，威廉在精英训练营中学习了很久。”

“好了，赵若。”旁边的史江开口了。

“赵若师姐，”罗峰笑笑，倒了一杯茶，“你别生气。对了，你说威廉的战力振幅达到了中等，对吧？”

“嗯！”

“看来罗峰是有所准备啊！”史江惊讶地看向罗峰。

在虚拟空间中进行生死决战，双方的身体素质完全一模一样，这个时候，就要看各自的拳力爆发程度、速度、身法等因素了。

战力振幅等于拳力发力等级乘以试炼塔等级。

战力振幅为1~2，乃初等。刚刚进入精英训练营的学员大多是初等。

战力振幅为2~4，乃中等。精英训练营中，经过一年半载训练的学员都能达到中等。威廉的战力振幅就达到了中等。

战力振幅为4~8，乃高等。精英训练营的学员的战力振幅达到高等，才算是合格学员。

战力振幅为8~16，乃优等。这就是精英训练营中的优秀学员的标准。因为8~16的范围较大，所以就算同样是优秀学员，实力差距也很大。

战力振幅大于16，乃特等，又称为超等。连洪和雷神都会抢着来收此等学员当徒弟，世界各大强国组织都愿意付出巨额代价来拉拢这样的学员。

“嘿嘿，还行吧。”罗峰笑笑。

“你有信心就好。”史江拍了拍罗峰的肩膀，鼓励道，“让威廉知道，我们C国人可不是那么好欺负的。”

“嗯，师兄、师姐，我先去训练了。明天就要进行赌战了，我的压力很大啊。”罗峰笑道。

“你现在知道压力大了？”赵若没好气地说道，“之前你还说10亿太少了，还说什么一定要50亿，否则你可不玩，啧啧，那口气可是大得很。”

罗峰听到赵若这番话，有些哭笑不得。

赵若的嘴皮子实在是厉害，他惹不起啊！

罗峰立即开溜，道：“师兄、师姐，你们聊，我先走了。”

说完，他就立即回到了自己的住处。

这一天，他除了吃饭，都在地下密室中进行速度训练。上午开始训练，一直到晚上七点多，他修炼的九重雷刀第三重越加厉害了，2.8倍的爆发力能通过他的双脚爆发出来。

如今，他即便不使用精神念力，他的速度也堪比刚刚踏入高级战将级境界的武者。

晚上八点。

罗峰洗了澡，穿着浴袍，坐在笔记本电脑前。

“威廉的战力振幅达到了中等，也就是2~4，而我的拳力发力等级是2.8。”

他还没在精英训练营中进行测试，所谓的拳力发力等级，是在他原有力量的基础上，能爆发出的几倍爆发力。

至于试炼塔等级，按照精英训练营诸多学员在内部论坛交流的情况来看，罗峰独自猎杀了100头莽牛怪兽，通过了试炼塔第一层的B级考验，试炼等级应该为1.6。

“我的试炼塔等级肯定不止1.6，不过，单单以2.8乘以1.6，我的战力振幅就超过了4。威廉之所以邀我赌战，不就是欺负我经验少吗？哼！我虽然在荒野区待的时间不长，但是我杀的怪兽极多，恐怕是别的武者一辈子都比不上的。”

罗峰想到这，当即点开邮箱，邮箱内有一封文件。

这台笔记本是精英训练营配备的，自然连接着精英训练营的内部网络。

“挑战书？”

精英训练营的电脑系统接到威廉的挑战申请之后，通过申请，而后才将挑战书给罗峰发过去。

“确认接受！”罗峰当即回复了。

仅仅回复这封邮件还不够，他还必须将50亿汇到挑战系统的专项账户上。只有威廉和罗峰将赌注都汇入这个专项账户，他们的赌战才会成立，他们才有资格进入挑战室进行决战。

当然，战斗结束后，这两笔钱会直接汇入胜者的账户。

“不就是50亿吗？”

罗峰从自己的不记名账户直接拨出50亿，转入了精英训练营的专项账户。

“过去我一直不敢轻易动用这笔钱，现在我进入了精英训练营，还收到了很多组织的邀约，那些组织都给出了天价。”

罗峰根本不担心赌战胜利后，钱转到自己的正常账户会引起李威父母的怀疑。因为精英训练营学员的账户有上百亿是很正常的。

“嘀！”又收到了一封邮件。

罗峰点开一看。

“效率好高啊，这么快就出时间了。3月31日上午11点15分？嗯！可以。”

一座楼阁中。

几个白皮肤的青年男女正聚在一起。

“他的钱已经汇过去了，赌战时间是明天上午11点15分。”威廉说道。

旁边一个身材精瘦的金发青年不由得说道：“威廉，这次你有点大意了。那可是50亿啊，我感觉这次有点悬。”

“坎迪斯，你在担心什么？”威廉目光冷厉，“这次我肯定能赢。”

“你赢的希望的确挺大。”坎迪斯点点头，继续道，“罗峰的实力如果远远超过初入精英训练营的新学员，恐怕早早就被招募进来了，不会等到今天，这说明他的实力比一般新人强不了多少。”

“不过，他敢要求和你赌50亿。”坎迪斯眉毛紧皱，有些担忧，“我还是觉得，你得小心。”

“坎迪斯，你可是波莱纳斯家族的第一继承人，用不着在乎50亿的赌注吧。”旁边一个棕发少女笑着说道。

……

E国的威廉挑战来自C国的新学员罗峰，赌注是50亿，这个消息很快传遍了精英训练营。

3月31日上午11点10分。

不少学员都来到九重楼准备观战。

九重楼的第九层。

有四五十名学员聚集于此，其中有来自E国的，有来自A国的，有来自C国的，还有来自R国的……就连今年才加入精英训练营的一群新学员也都赶了过来。这些人中，有很多人吃过亏。

“50亿？这两人赌得真大。”

“不知道是威廉赢，还是那新学员赢。”

两个白皮肤青年小声地议论着。

听他们说的语言，还有长相，就知道是来自R国的。

“威廉·伊迪森、罗峰，你们进入挑战室吧！”一道电子音回荡在九楼的大厅内。

罗峰和威廉相视一眼，当即都朝挑战室走去。

“威廉，击败那小子。”坎迪斯大声喊道。

“罗峰，一定要揍扁他。若是你赢了，师姐为你亲自下厨。”赵若也大声喊道。

不少学员都在为他们加油。这不仅仅是老学员和新学员的战斗，也是E国和C国的一次交锋。在精英训练营内，学员之间的竞争是很激烈的。

“咔！”威廉和罗峰打开了挑战室的门，都走了进去。

罗峰目光一扫，挑战室内的布局和试炼室的几乎一样，放着两个沙发，还有两个幽蓝色的头盔。

“罗峰，谢谢你送我50亿。”威廉微微一笑，随后躺在沙发上。

“呵呵！你这话未免说得太早了，待会儿你可别哭。”罗峰说完，也躺在了沙发上。

两人几乎同时戴上了幽蓝色的头盔。

第116章

决战体育馆

无边无际的大地上矗立着一个擂台。

“咻——”一个黄皮肤青年和一个白皮肤青年倏地出现在擂台上。

正是罗峰和威廉。

“请选择兵器和作战服。”一道响亮的声音回荡在天地之间。

与此同时，罗峰的眼前浮现出了大量兵器和装备等，和上次在试炼塔外的情景一模一样。

罗峰熟练地选择了血影战刀、六棱盾牌，以及适合自己身体的作战服。

两人都迅速穿上作战服。

罗峰的目光落在擂台的柱子上，那柱子上浮现出了几行文字。

姓名：威廉·伊迪森

性别：男

身份：精英训练营的正式学员

战力振幅：中等

而后，罗峰转头，看着身侧的柱子，柱子上的文字和介绍与威廉的大体相同，除了姓名不同，还有一处区别是罗峰的战力振幅是初等。

“请选择战斗场景。”那道声音再度响起。

罗峰和威廉的眼前都浮现出八幅地图。

“你来选。”威廉微微一笑，道，“免得你输了还不服气。”

“那就……体育馆吧。”罗峰随意选了一个战斗场景。

“体育馆？！”威廉很是惊讶。

他仔细地打量着罗峰，不知道罗峰到底是信心十足，还是狂妄自大。

“轰隆隆——”天地震颤，罗峰和威廉周围的场景开始发生变化。

刹那间，罗峰和威廉出现在一个巨大的体育场馆内。

体育场馆中没有任何阻碍物，周围则有一个足以容纳数万名观众的看台。

“唰！”灯光照亮了整个体育馆。

偌大的体育馆内，只有罗峰和威廉两人。

“战斗开始！”那道电子音回荡在体育馆内。

威廉一手持圆盾，一手持长剑，傲慢地看着罗峰：“罗峰，我给了你机会，让你选择有利的场景，然而，你选择了没有任何阻碍物的体育馆。我会让你知道，精英训练营的老学员和初入精英训练营的新学员的差别。”

“来吧！”罗峰眼睛微微眯起。

他进入精英训练营后，威廉是他的第一个对手。

威廉的嘴角微微上翘，猛地一个前冲，瞬间前行了近五十米的距离。

长剑疾速袭向罗峰，剑尖直接刺向罗峰的眉心。

罗峰猛地大退一步，闪电般地挥刀。

“哧！”威廉手中的长剑微微一斜，和罗峰的血影战刀擦过。

而后，长剑贴着罗峰的血影战刀的刀锋，刺向罗峰的脖子。

“嗖！”罗峰大退一步，同时左手的六棱盾牌迅速抵挡。

“咻！”那把长剑划出一道弧线，沿着罗峰左手持的六棱盾牌的边缘，划向罗峰的右手。

罗峰瞬间就后退上百米，直接跃到了看台上。

“怎么，你害怕了？”威廉朗声笑道。

他一手持着圆盾，一手持着长剑，缓步朝罗峰走来：“罗峰，在普通武者中，你的实力的确很强，可是，精英训练营中的老学员可不是你想象的那么简单的。这一次，你输了50亿，就算交了学费吧。”

罗峰低头一看右手，右手的护臂上有一道白印，手臂上有一道伤口，鲜血渗出。

幸好，手臂上的伤口并不深。

“他的剑速并不算快，可是刹那间，我竟然完全被压制住了。他连续施展出几招，毫无破绽，全部是攻击力极强的招数。”罗峰的额头渗出了冷汗，心中暗道，“看来我只能靠速度压制住他。”

威廉依旧很是淡定，根本没把罗峰放在眼里。

“剑法和刀法单单很快是不行的，要做到如行云流水，各种攻击手段信手拈来，形成组合技。”威廉笑着说道，“我进入精英训练营后，每天练剑的时间都超过了五个小时，手臂疼得不行了，我才歇息。你想赢我，还差得很远呢！”

威廉说完，脚下一用力，直接跃向看台。

罗峰的眼睛瞪得老大，将一重重暗劲灌入血影战刀之中。

“呼！”一道光疾速朝威廉袭去。

“铛——”一连串声音响起。

威廉的长剑和罗峰的血影战刀重重相撞，随后威廉直接后退开去。

“哧！”

前方的看台上出现了一道裂痕，瓷砖碎石朝四面八方飞溅开去。

“好快的刀法，不过，你的刀法基础实在很一般。”威廉朗声大笑，又跳上了看台。

他踏着看台上的一个个塑料椅，仿佛一阵狂风般朝罗峰席卷而去。

“我承认，你的剑法境界比我的刀法境界要高。不过，你本身的速度实在是太慢了。”

罗峰在威廉冲到眼前的时候，速度瞬间爆发了。论速度，罗峰比威廉要快得多，两者的速度根本不在一个层次上。

很显然，威廉的发力比罗峰要差很多。

“咻！咻！”罗峰和威廉都变成了幻影。

其中一道黑色幻影的速度明显比另外一道幻影要快得多。黑色幻影疾速移动时，每一次都能产生尖锐的呼啸声，还能形成战刀气流。

罗峰仗着自己速度快，瞅准机会狠狠地挥出一刀。

没有出击的机会时，他就立即躲闪。之后，再趁机挥出一刀。

毕竟罗峰的刀法境界不如威廉的剑法境界。

“浑蛋！”威廉怒喝一声，“你……你……你有本事……就和我正面战斗。”

威廉气得不行了。

在他看来，罗峰的这种战斗方法很是阴险，罗峰就是仗着自己的速度快、刀法威力大，根本不和他正面战斗。

“正面战斗？好！我满足你的要求。”罗峰的声音回荡在体育馆中。

罗峰说着，又朝威廉挥出了一刀。

忽然——

罗峰连续移动三步，惊险地躲过了威廉的攻击。

威廉很是震惊，心中暗道：“怎么可能呢？”

他感觉到一道幻影疾速飘过，心中暗道不妙，果然他的视线内已经没有了罗峰的踪影。

“哧！”一道刀光继续袭向威廉。

“噗！”威廉猛地喷出一口鲜血。

威廉无力地倒下。

“罗峰胜！”那道电子音回荡在体育馆内。

只见体育馆好似一道模糊的幻影，而后完全消失了。

罗峰和威廉都站在空旷的擂台上。

“不可能。”威廉死死地盯着罗峰，“我不可能输。我是精英训练营的老学员了，我在精英训练营中苦修了一年，一年内，我几乎每天都努力苦修剑法和身体发力方法，我的实力比刚进入精英训练营时要强得多，我怎么可能输给你这个新学员呢？”

“你输了，就要认输！”罗峰冷冷地道。

威廉双拳紧攥。

如果是平日里切磋功力，他输了也就罢了。可是，这一次可是赌战，吸引了很多学员过来观战，他输了，一是丢了面子，二是输了50亿。

高傲如他，怎么能甘心认输啊？

“你已经输了。”罗峰对威廉说道，“我承认，你的剑法境界比我的刀法境界高得多。”

罗峰的速度和力量都远超威廉，可就是没办法很快地战胜威廉，那是因为罗峰的刀法不够精湛。

过去罗峰一直认为自己的刀法还不错，特别是有了精神念力的辅助之后，他在荒野区简直是大杀四方。

可是，和同样是天才武者的威廉一比，他的刀法根本不算什么。

威廉的剑法如行云流水，一招连一招，逼得罗峰不得不退。

幸亏最后时刻罗峰施展出了接近完美级的身法。罗峰的速度本就比威廉快得多，再加上鬼魅般的身法，自然能一招击败威廉。

“我的速度和力量都远超威廉，我竟然都赢不了威廉，最后，还是靠身法才取胜。”

罗峰虽然赢了，但是对自己不太满意。

“输了！”威廉心中很是愤怒。

如果他知道罗峰赢了他还很不满意，恐怕会气炸。

九重楼第九层的大厅中。

来自各个地方的不同肤色的青年男女齐聚一堂，有的是光头，有的扎着小辫子，有的体格很大，有的则很是瘦小……

这群来自世界各地的天才武者议论纷纷。

“罗峰经过此次一战，就知道新学员和老学员的实力差距有多大了。”

“他原本只输10亿的，非要将赌注加到50亿。”

“他既然主动送钱，威廉有什么理由不收呢？”

显然，大多数人都认为威廉会赢。

“此次挑战，罗峰胜！”一道电子音回荡在大厅中。

顿时，大厅中的人都安静下来。

“什么？！”来自E国的武者都瞪大了眼睛。

“上帝！”来自A国的武者都大吃一惊。

“50亿啊，都被罗峰赢走了？”来自R国的武者忍不住惊叹。

“咔！”挑战室的门打开了。

脸色难看的威廉和拿着手机的罗峰一道走了出来。

第117章

罗峰的老师

“罗峰师弟，你拿着手机在看什么呢？”赵若走过去，笑着问道。

来自C国的一些学员都迎了上去。

“哦，银行发来了余额变动通知短信。”罗峰回道。

此话一出，旁边威廉的脸色更难看了。

“余额变动通知短信？啧啧，师弟刚刚进入精英训练营，就赚了50亿，这在精英训练营的历史上都是很少见的。师弟，你今天可得请客啊，而且得请我们吃大餐。”赵若连声说道。

旁边C国的学员们都跟着起哄。

“当然没问题。”罗峰微微一笑，而后看着赵若，“师姐，你不是说，我赢了的话，你就亲自下厨吗？”

“呃……这个……”赵若不好意思地摸摸脑袋。

“赵若师妹，我刚才听得清清楚楚，你的确是那样说的。”史江笑道。

赵若眉头一皱，看着史江，道：“师兄，我之前没看出来，你竟然这么坏。行，我下厨就下厨。”

大厅内，来自C国的武者谈笑风生。

旁边E国的武者很不开心，他们小声地聊着。

其中一个身材娇小的棕发少女不由得埋怨道：“威廉，你怎么输给新学员了啊！你的爆发力不算强，可是你的剑法比较精湛，远远超过了与你同年进入精英训练营的学员，你怎么会输呢？你是不是大意了？”

“没有。”威廉摇摇头，道，“我尽了全力。罗峰的身体爆发力比我强得多。”

“威廉，这次输了就输了。”旁边的一个金发青年开口了，“不过，那50亿不能任由罗峰那小子轻轻松松地拿去，回头我们想个办法让他还回来。”

其他人都点点头。

……

罗峰的心情很好。这次挑战他赢得不够干脆利落，发现了自己的缺点，不过这是好事。更重要的是，这次他赚了50亿。

本来他购买一份生命之水还缺一些资金，此次赢了50亿，资金总算是很充足了。

“上次拍卖的时候，生命之水拍卖了300亿，那算是天价了。如果还有一份生命之水进行拍卖的话，或许拍卖不到300亿，我现在的资金算是比较充足。即便拍卖的价格过高，我也可以向银行借贷。”

每个人都有借贷的额度，武者的实力越强，地位越高，能从银行借贷的金额就越高。精英训练营的学员借贷上百亿并非难事。当然，这种借贷的贷款利率也是很高的。

“走，我们吃午饭去。”

“哈哈！我们今天去二楼吃，罗峰请客。”赵若兴奋地道。

“没问题。你们尽管放开肚皮吃。”罗峰笑道。

这时，E国的一群武者走了过来。

为首的男子身材高瘦，他紧紧地盯着罗峰，道：“罗峰，你的实力很强，我很佩服，不知道我有没有机会和你赌战，赌多大，任你决定，你玩多大，我就陪你玩多大。”

周围的学员都安静了下来。

事情越来越有趣了！

那些来自R国的、A国的、洪宁基地市当地的学员，以及C国其他基地市的学员都唯恐天下不乱，期待E国的学员和C国的学员再战一场。

“嗯？”罗峰仔细地打量着眼前的人。

这人身高近一米九，身材精瘦，目光冷厉，气质不凡。

这人竟然任由自己报赌注！

“豪气！不愧是波莱纳斯家族的第一继承人。”一道低沉的声音响起。

“豪气个鬼。”赵若忍不住小声嘀咕。

“坎迪斯，你进入精英训练营已经3年了，你可是实力极强的老学员，是3月份排名第42的学员，好意思和罗峰这个新学员约赌战？”史江上前一步，挑衅道，“要不，你和我约，赌多大，任你决定。”

坎迪斯脸色一变。

史江可是能稳定排名前五的学员，这说明他的实力在整个精英训练营是极强的。

自己若是答应和他赌战，岂不是明摆着送钱给他吗？

“史江，你应该和雷纳特斯赌战。”坎迪斯淡淡地说道。

“原来你也知道怕啊！”史江说完，看向罗峰。

罗峰却目光灼灼地看着坎迪斯。

史江和赵若心中一惊。

难不成罗峰真的想和坎迪斯一战？

坎迪斯可和威廉不一样，威廉进入精英训练营只有1年，而坎迪斯在精英训练营中已经待了3年，而且3月份排名第42，是精英训练营中的优秀学员。

坎迪斯见状，心中一喜：“这个罗峰莫非真的想和我一战？”

当即，坎迪斯郑重地道：“罗峰，我很想和你切磋一番，不知道……”

“坎迪斯·波莱纳斯？”罗峰心中默念。

发出天价悬赏的秃鹫夫妇一直在追查杀害李威的真凶，毒蝎名叫维妮娜·波莱纳斯，是波莱纳斯家族族长的亲妹妹。

“没想到，我在这里遇到了波莱纳斯家族的人。”罗峰心中暗惊。

“抱歉，我还要和师兄师姐们去吃午饭，先失陪了。”罗峰说完，就和史江等人走向电梯。

他可不傻，明明没有把握，还和人家去争斗。

傍晚，微风吹拂。

JN阁的院落中。

“罗峰，这位就是江老师，以后你就跟着江老师学习。”史江道。

罗峰一脸惊讶。

眼前的女子身穿紫色练功服，身材高挑。

能在精英训练营当老师的，起码是战神级武者。而且，这些战神级武者都有一些绝活，能够教导这些天才武者。

眼前的这个江老师看起来很年轻，貌似比罗峰大不了多少。

罗峰怎么都想不到，此人竟然是他的老师，接下来的五年，他都要跟着这位老师学习。

“我叫江芳。”紫衣女子淡淡地说道。

“接下来的五年，我是你的直属老师。”江芳顿了顿，继续说道，“之前有五名学员跟着我，你是第六名学员。”

罗峰微微躬身，叫道：“江老师。”

“嗯！带着你的血影战刀，跟我出去。”江芳说道。

“是！”罗峰立即取了血影战刀，背在身上，跟着江芳走了出去。

罗峰怎么都没想到，自己在精英训练营的老师是一个女子。

江芳一边走着，一边笑道：“我听说，中午你击败了威廉，是吗？”

“嗯。”罗峰点点头。

“威廉的剑法不错，达到了剑法境界的第二层次。你能够击败他，你的实力想必也不弱。”江芳满意地点点头。

而后，她从腰间拔出了两把弯刀，对罗峰道：“来，你用刀法和我对攻，我会使出和你不相上下的力量和速度。”

单单论身体素质，江芳就已经是战神了。

正因为她的基因改善了，身体发生了蜕变，所以才显得年轻。她看起来也就二十多岁的样子，实际年龄已经三十多岁了。

“是，老师。”罗峰拔出血影战刀。

“出刀！”江芳下令。

“是！”罗峰当即闪电般地往前冲，血影战刀直接朝江芳袭去。

江芳的右手没有动，仅仅动了左手。

江芳左手上的弯刀和罗峰的血影战刀碰撞到一起。

罗峰有一种虚不受力的感觉，他还没来得及收刀，江芳的刀已经擦过他的脖子，而后迅速收回了。

“你输了。”江芳看着罗峰，大喝一声，“再来。”

罗峰当即释放出精神念力，精神念力缠绕着江芳的弯刀，如果江芳欲控制弯刀割喉，罗峰的精神念力可以直接抵挡住弯刀。

没办法，他只能这样做，江芳这一刀实在是太吓人了。

“是！”罗峰再一次发出了攻击。

“锵！锵！”江芳左手的弯刀仅仅和罗峰的血影战刀撞击了两下，罗峰就大退一步了。

“你的刀法怎么这么弱？”江芳疑惑地看着罗峰，“你真的击败了威廉？”

罗峰闻言，很是惭愧。

江芳的确有理由瞧不起他。

江芳的速度、力量根本不及罗峰，却总是能轻而易举地打乱罗峰的进攻节奏，并且那刀光一道接一道，轻易就将罗峰给击垮了。

论刀法境界，江芳要比威廉强得多。而且，江芳使用的是单刀，另外一把弯刀根本没动。

罗峰使用了精神念力，才勉强能和江芳拼一把。可是，如果罗峰仅仅用刀的话，根本不是江芳的对手。

“老师，我是靠速度和力量压制住了威廉，而后一举击败了他。”罗峰回道。

“哦？”江芳露出一丝喜色，“看来，你的拳力发力很厉害，这对于身体发力和力量控制的要求非常高，这说明，你能很好地控制力量。嗯，你的刀法还不够精湛，不过以后会不断进步的。你的拳力发力是多少？”

“2.8倍。”罗峰回道。

“啧啧！你初入精英训练营，拳力发力就这么高了，难怪能被直接招募进来。”江芳满意地点点头，“罗峰，你的刀法尚不够精湛，这是很正常的，你不要觉得沮丧。你还这么年轻，如果你现在的刀法境界就很高了，那就太不正常了。我是从小练刀的，练了二十多年，我的刀法才达到现在的境界。”

“你跟我来。”江芳收回双刀，而后径直往前面走去。

罗峰紧紧地跟在她的身后。

第118章

在精英训练营的日子

九重楼的楼梯内。

江芳向罗峰详细地介绍道："九重楼中，最重要的当然是九楼的挑战室、试炼室、重力室，这三个房间都是由古文明遗迹中发掘出的宝物构建而成的。当然，七楼和八楼中也有很多训练室，比如科学家们仿造的重力室等，虽然那些重力室的效果没有9 楼的重力室好，但也总比没有重力室要好得多。"

"嘀！"电梯门打开了。

两人经过第九层的大厅，直接朝训练室走去。

"每月的1日到30日，试炼室和重力室中都有学员在训练。在这30天中，每天中午12点到下午 1 点是休息时间。一般来说，如果有新的预备学员要进行考核，就是在这一个小时中进行的。"江芳说道。

"而3月有31日，这一天，重力室和试炼室都是空的。"

江芳说着，带着罗峰来到了一个房间的门口。

第九层有三个房间，其他两个房间分别是试炼室和挑战室，罗峰都进去过。

忽然，一道光芒闪过。

"嘀！"房门打开了。

罗峰和江芳一道进入了房间。

"这就是重力室。"江芳说道。

罗峰仔细地观察着重力室，墙壁和地面都是由一种合金构成的，正是因为这种奇异的合金材质，让人感觉重力室很是特别。

“我们的科学家至今都没有完全弄明白这种合金的质地。”江芳指着墙壁说道，“即便是超越战神级的武者，也很难在墙壁上留下一丝印记。”

罗峰闻言一怔。

他看到旁边的墙壁上有一个凹陷的拳印。

江芳眼中满是崇敬的神色，道：“这拳印是第一强者洪留下来的，超越战神级武者之中，也只有洪能在这面墙壁上留下拳印，其他人都做不到。”

“嘀！”说完，江芳就按动了旁边的开关。

“你的身体素质达到了初级战将级，9倍重力应该接近你的极限了。”

说完，江芳迅速按动了某个按键，显示屏中的数字不断变化。

“嗡——”一股力量瞬间袭向罗峰。

他还没来得及深吸一口气，那重力的数值很快就从8变成了9。

罗峰感觉到眼前一黑，而后人就跪倒在地，他的心跳声仿佛擂鼓一般响亮。

“你感觉怎么样？”江芳定定地看着罗峰。

罗峰勉强站起身来，他的脸色苍白，身体摇摇晃晃。

“我感觉，心跳很快，呼吸困难，身体很沉，全身都很难受。”

罗峰背着一把血影战刀，9倍重力下，血影战刀的重量达到了1000千克。

“罗峰，你知道重力室对于武者的重要性吗？”江芳承受了同样的重力，却依旧谈笑风生。

罗峰疑惑地看着江芳。

“武者吸收宇宙能量并将其转化为基因原能，再让身体吸收基因原能，改善基因，强化身体。可是，武者全身的细胞吸收基因原能达到一定程度时，就饱和了，再也没办法吸收。”江芳顿了顿，继续说道，“这和运动量越多，吃饭越多是一样的道理。只有身体的细胞都参与到运动之中，细胞吸收基因原能的量才会变多。所以，我们正常训练，很难使得身体的细胞都参与运动。”

罗峰点点头。

这个道理他懂，这和修炼九重雷刀的层次越高，身体素质提升得越快的道理是一样的。

“而重力室就不同了，重力室的引力是作用在武者身体的每一处的，引力会深入武者的筋骨、血管、五脏六腑等的细胞中。”江芳解释道，“引力是无所不在的，自然能作用到武者身体的每一处。”

罗峰眼睛一亮。

“在重力室，特别是在你的极限重力下，就算你站在那里一动不动，你身体的每一个细胞也都在与引力抗衡，当然这是消耗能量的，不过这比你刻苦修炼的效果要好得多。”

“没错！”罗峰点点头。

江芳微微一笑，又道：“当然，如果配合修炼的话，效果更好。可以说，在极限重力下修炼2小时，1个月就能抵得上10个月的修炼效果了。”

“10倍？！”罗峰瞪大眼睛。

如果坚持在重力室修炼，自己原本需要3年时间才能成为高级战神级精神念师，现在只需三四个月就行了。

“不过，九楼的重力室就一个。”江芳继续说道，“要知道，就连雷电武馆的精英训练营也没有重力室。183名学员共用一个重力室，你又能分到多少修炼时间呢？”

罗峰哑然。

“排名越高的学员，能使用重力室的时间就越长。”江芳继续说道，“科学家仿造的重力室的重力范围在1倍到3倍，也就是说，学员们在仿造的重力室中，最高只能处于3倍重力的环境中。而在重力室修炼，越接近自己的极限，效果越好。”

“九楼的这个重力室就不同了，重力范围是1倍到1000倍。”江芳感叹道，“这可比科学家们仿造的重力室要强很多。”

“1000倍？！”罗峰震惊了，“谁能承受1000倍重力啊？”

“当然，这是我们将重力室改造之后，设定出的重力范围。”江芳指着显示屏，又道，“显示屏和开关等都是我们改装过的。当然，重力室的主要部件是无法改装的。”

古文明重力室只有一个，罗峰这个新学员又能占用多久呢？

科学家仿造的重力室的重力极限是3倍，可是好在数量很多，精英训练营内一共有十个仿造的重力室。

“罗峰，你是新学员，排名第183，是单数。四月份的前28天，单数的日子，你就跟着其他学员一起前往荒野区猎杀怪兽，赚取战绩点。双数的日子，你就留在精英训练营中，好好学习，好好修炼，到时候我会指导你的。”江芳嘱咐道。

“是，老师。”罗峰点点头。

在精英训练营，就得抓紧机会好好修炼，强大自身。

晚上11点。

罗峰穿着浴袍，坐在书房里，看着笔记本电脑。

“排名第1，可使用古文明重力室90小时，试炼室90小时。”

“排名第2，可使用古文明重力室60小时，试炼室60小时。”

……

“排名第11~30，可使用古文明重力室6小时，试炼室6小时。”

“排名第31~50，可使用古文明重力室4小时，试炼室4小时。”

“排名第51~100，可使用古文明重力室2小时，试炼室2小时。”

“排名第101~183，可使用古文明重力室1小时，试炼室1小时。”

罗峰看着最后一行数字，有些哭笑不得。

他是新加入精英训练营的学员，排名第183。4月份，他只能使用古文明重力室 1 小时，试炼室 1 小时。

“我只能使用1个小时啊！排名第一的学员多好，能使用重力室和试炼室整整90小时，单数日他可以出去猎杀怪兽，双数日就留在精英训练营里训练，每个月苦修15天，每天有12个小时待在古文明重力室或试炼室中，实力自然提升得很快。”罗峰很是羡慕。

在古文明重力室一天只训练2小时，就能抵在外面训练10天，更别说人家一天可以在里面训练6小时。

“幸好4月是我进入精英训练营的第一个月，我有一个特权，可以进行一次试炼塔等级考核。”罗峰心中暗道。

试炼塔等级考核是初入精英训练营的学员第一个月都拥有的特权。试炼塔考核消耗的时间是不被计算在所分配的时间额度内的。罗峰4月份在试炼室只能训练1个小时，如果试炼塔等级考核要耗费40分钟，那罗峰可以在试炼室待1小时40分钟。

试炼塔等级考核耗费的时间不等，有的人耗费的时间长，有的人耗费的时间短。

“现在我的刀法还不够精湛。这段时间，我要好好苦修，26日的时候，再进行试炼塔考核。”罗峰暗暗做了决定。

4月份，只有他一个新学员加入精英训练营，所以他可以任意选择这个月的其中一天进行试炼塔等级考核。

时间飞快流逝。

4月1日，罗峰跟着91名老学员前往距离训练营300公里的荒野区，他们来到了荒野区中的一座城市——1001号城市，这个编号是洪宁基地市的创始人洪亲自定的。

所有学员必须在这个城市猎杀怪兽。有一颗卫星是专门监视1001号城市的。

精英训练营有铁律：

一、私自交易怪兽材料，将怪兽材料转给其他学员，帮其他学员增加战绩点，一经发现，即刻开除；

二、自相残杀，杀害其他学员的，一经发现，处死。

“哧！”血影战刀疾速朝一头驮山鹿怪兽袭去。

“这西亚地带的怪兽和C国腹地的怪兽都大不相同。”

罗峰在荒野区猎杀怪兽，很是得心应手。当初，他可是在荒野区和怪兽群厮杀，以此来练习刀法的。

别的学员担心陷入怪兽群的围攻中，罗峰却根本没有这种顾忌。所以，罗峰猎杀怪兽的效率很高，赚得的战绩点也很高。

……

“刀法和剑法的境界都分为基础、专精、圆满、意境这四个级别，你现在给我打好基础，每天待在仿造重力室的2个小时内，都好好练习刀法。在训练室的2个小时，也给我好好练刀，回到宿舍后，也要抽时间练习，基础不牢靠怎么行呢？练的时候，要动脑子，好好思考怎么才能做到如行云流水。”江芳喝道。

“是，老师！”

……

无论是在重力室，还是在训练室，抑或是在JN阁的地下密室，罗峰一直都在不断地修炼刀法，而且还将精神念力作用在血影战刀上，以感应血影战刀的轨迹。

凭借精神念力的仔细感应，罗峰在不断地改善着刀法。

“这小子的进步速度真吓人。不过，他年纪轻轻，就进入了精英训练营，想必是有点本事的。”江芳很是震惊，但是并没有放宽对罗峰的要求。

她向罗峰传授了各种训练方法。

……

除了这些之外，罗峰每天还要坚持进行基因原能修炼。

只有完成了所有训练，罗峰才通过笔记本电脑和家人或者徐欣聊聊天。

“罗峰，看你的样子，似乎挺累的。”

“不累，看到你，我就一点都不累了。”

罗峰看着视频中的徐欣，笑着说道。

“没想到，你也会说俏皮话啊。”

……

在精英训练营的日子，罗峰完全沉浸在训练之中。

这里有很多天才武者，比他厉害的天才武者多的是。整个精英训练营就有数十名精神念师，那些精神念师的精神念力都比他强不少，另外，刀法、身法、发力都比罗峰强的武者也比比皆是。

身体发力达到4倍的武者，精英训练营中有好几名。

身法境界达到意境级的武者，精英训练营中也有好几名。

精英训练营中的武者的刀法境界几乎都很高，罗峰属于垫底的。

不过——

“罗峰的身法和身体发力本来就是优势。在精英训练营中，他的刀法进步速度算不上优等，但算是上等。我相信，他很快就能达到刀法的第二境界了。”江芳对这个弟子很满意，“再过个两三年，罗峰完全有可能冲进前十名。”

……

罗峰在精英训练营中不断地训练。无论是身体素质、刀法、身法，都有很大的进步。

这种进步速度可比之前他一个人训练时要快得多，毕竟精英训练营中有很多战神级的老师经常开课，甚至还有巡察使讲课。

4月26日，上午。

JN阁，罗峰的书房内。

“你冲到黑龙排行榜的前100名真的很难。”视频中，徐欣感慨道。

“的确很难。”罗峰点点头。

近一个月的时间，罗峰除了睡觉，偶尔和家人、徐欣视频聊天外，其他的时间都用来修炼了，他的进步的确是惊人的。

“精英训练营的天才非常多。当初被我击败的威廉在黑龙排行榜上是第150名，初入精英训练营的学员大多排在150名以后，想要冲进120名都难如登天，更别说冲进前100名了。”罗峰说道。

徐欣笑了，道：“你现在的实力很强啊。”

“还行，只是我没能冲进前120名。”罗峰无奈地说道。

这26天里，他猎杀怪兽的效率堪比老学员，加上战力振幅达到了4.48，积分还蛮高的，可是仍旧没冲进黑龙排行榜的前120名。不过，总算是比威廉的排名靠前。

“罗峰，别给自己太大压力。你现在已经很强了，你不是说了嘛，今年进入精英训练营的一批学员中，你排名第二。”徐欣劝慰道，“照你所说，你的战力振幅远远不止4.48，待你通过试炼塔等级考核后，你的战力振幅还会提升，说不定，你到时候就能冲进前100名。”

“在精英训练营，能够冲进前100名的都是了不起的人物。”徐欣感叹道。

徐欣出身于大家族，背景强大，自然知道有关精英训练营的不少消息。

“今天进行试炼塔等级考核，加油啊！”视频中，徐欣高举拳头。

“嘿嘿。”罗峰咧嘴一笑。

“嗯！看我的！”

在试炼塔闯过的关卡越多，学员的等级就越高。

当初通过B级考验之后，罗峰的试炼塔等级自动变为1.6。自从他的速度大大加快，加上刀法提升，他的试炼塔等级绝对会提升不少。

中午时分。

罗峰打电话和父母聊了一会儿，就走出了JN阁。

刚巧赵若从外面回来，看到罗峰，笑着问道：“罗峰，你去吃午饭啊？”

“我已经吃过了。”罗峰笑道。

“我刚才去看了黑龙排行榜，你的排名竟然是第126名。你可真厉害，我也才进入前100名。”赵若打趣道。

罗峰咧嘴一笑，道：“师姐，那你可要小心了，我的目标是短期内冲进前100名。”

“短期？两个月，还是三个月？”赵若眉毛一挑。

“呃！我回头再和你聊，我先去忙了。”罗峰没有多说。

罗峰决定4月26日中午进行试炼塔等级考核，精英训练营内并没有人知道此事。

罗峰疾速朝九重楼走去。

一路上，不少学员和罗峰打招呼。在精英训练营，强者都能得到学员们的尊重。

罗峰在进入精英训练营的第一个月，就排名第126，实力是比较强的。虽然说截至28日晚上12点才结束本月积分排名，不过，已经能看出罗峰的实力了。

罗峰年仅19周岁，就这么厉害了，将来的实力肯定会更强啊！

精英训练营中，不少来自世界各地的学员都和罗峰的关系不错。

九重楼第九层。

六名黑皮肤的学员刚刚结束试炼塔和重力室的修炼，在这里切磋。

“罗峰，你怎么来这里了？”一名会说C国语言的黑皮肤的学员问道。

“有事。”罗峰淡淡一笑，朝试炼室走去。

试炼室门口的仪器扫描了罗峰一番，确认了罗峰的身份。

“咔！”试炼室的大门自动开锁。

罗峰轻轻推开门，就进去了。

“咦？已经过了12点，他怎么能进入试炼室？”

“对啊！这个时间点，是不可以进入试炼室的。”六名黑皮肤的学员交谈着。

“啊！罗峰是新学员，四月份是他进入精英训练营的第一个月，新学员第一个月拥有试炼塔等级考核的特权。”

“难道他还没有进行试炼塔等级考核？现在都4月26日了。”

“他肯定没有进行试炼塔等级考核，否则中午12点到下午1点，学员根本进不了试炼室。”

“天哪，他还没进行试炼塔等级考核，就冲到了黑龙排行榜的第126名。他考核通过后，岂不是能冲到前100名？”

“这也太惊人了！”

“快，我们去黑龙排行榜旁边等着，待会儿排名肯定会更新。”

“走！”

六名黑皮肤学员讨论了一会儿，而后迅速下了楼，朝精英训练营正门口的黑龙排行榜赶去。

在精英训练营，新学员第一个月就冲进前100名几乎是不可能的事情，能创造如此战绩的，绝对非同一般。

难道又会出现一个非同一般的学员？

第119章

排行榜的变化

试炼室中，罗峰打开了灯。

罗峰躺在沙发上，拿起一旁的幽蓝色头盔。

“加油！”罗峰轻声说道。

而后，他吻了一下头盔，直接戴上。

“嗡——”刹那间，他进入了虚拟空间。

无边无际的大地是银色的，天空则是宇宙星空，天地之间唯一的建筑是一座直冲云霄的七层巨塔——试炼塔。

罗峰来到试炼塔的正门口，看到试炼塔左边的柱子上浮现出的几行字。

姓名：罗峰

性别：男

身份：精英训练营的正式学员

试炼塔等级：1.6

罗峰微微一笑。

在电子音的提醒下，他迅速地换上了作战服，配备好兵器和盾牌，而后直接跨入试炼塔。

苍茫的大草原上，罗峰倏地出现了。

“罗峰，”电子音回荡在大草原上，“你已经完成了第一层B级试炼，下一步为C级试炼，要求在50分钟内猎杀200头莽牛怪兽，这200头莽牛怪兽中，有190头初级兽将级怪兽和10头中级兽将级怪兽，祝你好运！”

罗峰点点头。

在精英训练营待了近一个月，他对于试炼塔每一个级别的考验是什么已经很清楚了。试炼塔第一层的B级试炼是猎杀100头初级兽将级莽牛怪兽，而这次C级试炼是猎杀200头莽牛怪兽，其中有10头中级兽将级怪兽，而自己的身体素质仅仅达到了初级战将级。

50分钟内，他必须全部解决，才算成功。

“哞——”草原上瞬间出现了200头莽牛怪兽，其中有10头巨型莽牛怪兽的牛角是火红色的。

大地一阵震动。

在10头中级兽将级莽牛怪兽的带领下，莽牛怪兽群疯狂地冲向罗峰。

以罗峰此刻的身体素质，若是正面被撞击一次，恐怕会失去战斗力，被莽牛怪兽群践踏成肉泥，所以他绝对不能出现任何失误。

“来吧！”罗峰一手持六棱盾牌，一手持血影战刀，疾速冲向莽牛怪兽群。

另一边，那六名黑皮肤学员正在传播罗峰进入试炼塔考核的事情，很快，不少学员都知道了此事。

顿时，不少学员都停下了手头的事情，一个个匆忙赶往精英训练营正门口。他们想要见证正门口的黑龙排行榜的变化。

黑龙排行榜是经常变化的，直至28日半夜12点，才会停止发生变化。

荒野区1001号城市，一座破败的三层别墅的顶楼内。

坎迪斯穿着一身黑色作战服，正独自坐在地上，一手拿着水囊，为自己补充水分。

他是HR联盟九大核心家族之一波莱纳斯家族的第一继承人，可是他从来没有放松过。

“自身的实力强才是最重要的，其他都是虚的。”坎迪斯喝了一口水，暗自思忖，“今天是26日，距离本月的排名截止日期只剩两天了，这一次，我排名前50应该没问题。”

坎迪斯的目前排名是第39名。

“这一次，我想要冲进前30名。”坎迪斯目光坚定，“没想到，来自C国的那个小子进步速度那么快，现在都已经冲到第126名了。”

自从坎迪斯的好友威廉和罗峰赌战并落败后，以坎迪斯为首的小团体就经常找罗峰的麻烦。比如在荒野区抢夺罗峰的猎物，或者破坏罗峰的狩猎行动。

精英训练营只是禁止学员们自相残杀和私自交易怪兽材料，至于其他捣乱行为，精英训练营是管不着的。

“嗯？”坎迪斯看向手腕上的通信手表，“是威廉的电话。”

“回拨！”坎迪斯当即发出了指令。

很快，电话就接通了。

“威廉，我现在在荒野区，你这么急着打电话给我，难道是想我了？”坎迪斯揶揄道。

“坎迪斯，别开玩笑了。我告诉你一件事，来自C国的那个小子今天才进行试炼塔等级考核。”

“他今天进行试炼塔等级考核？这跟我们有什么关系？”

坎迪斯刚说完，脸色大变。

“你说什么？他……他今天才进行试炼塔等级考核？之前的25天，他都没进行试炼塔等级考核，却能冲到黑龙排行榜的第126名？这怎么可能呢？不可能啊！”

坎迪斯对罗峰很不屑，自然不愿相信罗峰的实力有这么强。

“我也不愿意相信，可是，这是事实。罗峰现在正在试炼室中进行考核，有几十名学员正守在黑龙排行榜这里，等着排名更新，就连精英训练营的一些老师都过来了。”威廉的语速极快，“如果罗峰真的能够冲进前100名，那可了不得，他进入精英训练营还不到一个月啊。”

“我不相信！”坎迪斯声音冰冷，“我不相信他能冲进前100名。”

“我也不愿相信，可是按照现在的情况看来，罗峰很有可能冲进前100名。”威廉无奈地道。

“你好好盯着黑龙排行榜，电话别挂，一看到排名更新，立马告诉我。”坎迪斯叮嘱道。

“好！”

试炼塔的第一层。

莽牛怪兽尸身遍布苍茫的大草原。

此时，罗峰的身上满是血迹，他的脸色苍白，嘴角也有血迹。

“用时41分26秒，猎杀190头初级兽将级莽牛怪兽和10头中级兽将级莽牛怪兽，通过C级试炼，即通过试炼塔第一层的考验。恭喜你，罗峰学员。”那道电子音再次响起。

整个大草原突然消失了，罗峰置身于无边无际的沙漠中。

这就是试炼塔的第二层。

据罗峰所知，试炼塔的每一层都有A、B、C三个等级的试炼。试炼塔第二层中，完成A级试炼，试炼塔等级为2.3，完成B级试炼，试炼塔等级为2.6，完成C级试炼，试炼塔等级为3.0。

现在，罗峰完成了试炼塔第一层的C级试炼，试炼塔等级为2.0。

“没想到，试炼塔第一层C级试炼的200头莽牛怪兽竟然那般可怕。”罗峰回想起之前战斗的场景，不由得后怕。

“那200头莽牛怪兽中，有10头中级兽将级莽牛怪兽，这10头中级兽将级怪兽的威胁不算很大，最麻烦的是，它们分别统领其他莽牛怪兽，进行一次次有组织的攻击。”

相较于B级试炼的怪兽，C级试炼的怪兽的进攻不是漫无目的的，而是有组织的。

若非罗峰的刀法比过去要强很多，在这些莽牛怪兽群的围攻下，罗峰早已经没命了。

“罗峰，恭喜你完成第一层的试炼。接下来，你要接受试炼塔第二层A级的试炼，你的目标是在10分钟内猎杀50头初级兽将级铁甲蝎怪兽，祝你好运。”电子音回荡在沙漠的上空。

铁甲蝎怪兽是沙漠地带中一种常见的怪兽，也是蝎类怪兽中数量最多的。

“照其他学员所说，铁甲蝎怪兽的体格偏小，十多头甚至超过二十头铁甲蝎怪兽可以同一时间攻击人类。而且，它们闪躲的身法极其诡异，极难对付。试炼塔第二层A级试炼的难度明显比第一层的要大得多。”罗峰感觉压力很大。

忽然，一头头暗红色的铁甲蝎怪兽从沙漠中爬了出来。

很显然，这些铁甲蝎怪兽都是能够轻易钻入沙漠的。每一头铁甲蝎怪兽的皮都呈暗红色，长长的尖锥尾巴则呈黑色，没人敢怀疑这蝎子尾巴的威力。

试炼塔第二层A级试炼正式开始!

荒野区1001号城市，坎迪斯正倚靠着墙壁，时不时和威廉聊上几句。

“变了，罗峰的排名变了！”通信手表中传来威廉的惊呼声。

“罗峰的排名是多少？”坎迪斯心中一惊。

“之前罗峰的排名是第126名，现在变成第108名了。”

听到这话，坎迪斯深吸一口气。

罗峰只是初入精英训练营的新学员，第一个月就登上了黑龙排行榜的第108名，这未免太惊人了。

这一刻，坎迪斯心中有些慌。

罗峰现在的实力就这么强了，将来肯定很了不得。

然而，他已经和罗峰结下梁子了。

“大不了，以后我不招惹他，也不接近他。”坎迪斯心中暗道，“更何况，他现在也就排名第108，还没进入前100名。”

坎迪斯不知道的是，罗峰的排名之所以从第126名跃升到第108名，是因为罗峰通过了试炼塔第一层C级的试炼，试炼塔等级从1.6变为了2.0，这也说明罗峰增加了四分之一的积分。

“排名又变了！坎迪斯，罗峰的排名又变了。”威廉的声音再次从通信手表中传了出来。

“排名是多少？”

“现在已经变成第99名了！罗峰冲进前100名了！”

坎迪斯闻言，脸色一沉。

精英训练营正门口。

数十名学员和十几名老师都紧紧地盯着黑龙排行榜，当他们看到黑龙排行榜再一次更新，罗峰的排名变成第99名的时候，都激动不已。

“新学员第一个月就冲进了黑龙排行榜的前100名，此事在精英训练营的历史上只发生过五次，那五位都是一等一的绝世武者。最早的还是发生在20年前。五人中，四人已经成了高级战神级武者，另一人则突破了战神级，成了超越战神级武者的存在。”一个大胡子壮汉说道。

“了不起。”

“罗峰的身法、速度、刀法应该都很强。”

“快，快将这个消息告诉巡察使！”

第120章

罗峰的排名

在全世界的战神圈子中，江芳的名气是极大的。

她出身贫寒，正好是大涅槃时期动荡的那几年出生的，命途多舛。她的丈夫在荒野区的一次狩猎中为救她而死，自此，江芳就再也不掺和各大势力的争斗，一心扑在武道之上，获得了巨大的成就。

江芳人称“月魔女”，两把弯刀使得出神入化。她不喜欢和其他武者钩心斗角，也不喜欢掺和外界争斗，便在极限武馆的精英训练营当了老师。

她在精英训练营一待就是十年，除了研究刀法，她唯一的乐趣就是培养弟子，看着弟子拥有一番成就，她觉得很自豪。

“江，恭喜。”一个光头汉子说道。

“哈哈！这都是罗峰自己的功劳，他很有天赋。”江芳笑着说道。

旁边的大胡子壮汉说道：“是江芳小姐教得好，这叫名师出高徒。”

在精英训练营，女老师是很少的，而江芳自身的实力很强，再加上身材高挑，长得漂亮，追求江芳的战神级武者不少，江芳的人脉也很广。

“罗峰出来了。”

随着一道惊呼声，江芳转头看去。

只见罗峰缓缓地走出了九重楼。

罗峰刚走出九重楼，就看到江芳朝自己走来。

江芳堪称精英训练营的金牌教师，实力强，教出来的弟子都很优秀。

罗峰对江芳很是尊敬。这一个月来，江芳对他的帮助的确很大。

“老师。”罗峰恭敬地行礼。

“罗峰，不错啊，你现在是黑龙排行榜上的第99名。”江芳夸赞道，“你的试炼塔考核情况如何？”

“在接受试炼塔第二层A级试炼时，我失败了。”罗峰无奈地回答道。

他早就听说铁甲蝎怪兽很难缠，真正战斗起来时，他才发现这些铁甲蝎怪兽不止难缠，简直是要人命。每一头铁甲蝎怪兽都有很多刀锋般的爪子，还有着威力极大的尾椎刺。

虽然罗峰的实力比第一次进入试炼塔时要强得多，可那50头铁甲蝎怪兽的实力更强。他使尽了手段才杀了36头铁甲蝎怪兽，还差点被铁甲蝎怪兽给拖进沙漠底下。

在沙漠中，铁甲蝎怪兽群真的很可怕。

此次，他最终的试炼塔等级是2.2。

“铁甲蝎怪兽群的确很难对付。”江芳缓缓地说道，“不过，你已经很厉害了。你现在的排名是第99名，此时距离排名截止还有两天，你再努力一把，保持在前100名。你来到精英训练营的第一个月就冲进了前100名，作为你的老师，我为你感到骄傲。”

罗峰粲然一笑。

的确，他还得继续苦修。

晚上八点多。

一辆辆专用车开到了精英训练营的正门口，那些在荒野区猎杀怪兽的学员们都回来了。

“听说罗峰今天接受了试炼塔等级考核，冲到了第99名。”

“我也听说了，罗峰真给我们C国长脸啊！”

这群学员回到精英训练营的第一件事，就是去看黑龙排行榜上的排名。

因为他们都交了怪兽材料，获得了战绩点，大多数的排名都上升了，只有少数学员的排名不上升，反而下降了。

“罗峰的排名掉到第101名了。”

坎迪斯刚刚进入精英训练营就听到这句话，不由得抬头看去。

的确，中午还排名第99的罗峰，现在已经是第101名了。

“越临近28日深夜12点，学员们的排名变动越大。罗峰，你想冲进前100名，没门。”坎迪斯的嘴角勾起一丝冷笑。

他背着背包，直接朝自己的住处走去。

27日一大早，罗峰就跟着其他学员一起离开了精英训练营。

此时，他发现自己的排名已经降到第102名了。很显然，昨天晚上那91名猎杀怪兽的学员的战绩点变了，从而令排名发生了不少变动。

整整一天，罗峰都在猎杀怪兽，直至晚上10点，他才回到精英训练营。

“罗峰，今天你的收获不少啊！”

精英训练营的专用车上，有极限武馆的工作人员正在收购怪兽材料，而后将报酬转入罗峰的卡中，当即提高了罗峰的贡献点，同时提高了罗峰的战绩点。

“你的排名应该能提高几位。”

“承你吉言。”罗峰咧嘴一笑。

精英训练营的正门口。

罗峰下了车后，一边走着，一边看向巨大的黑龙雕刻。

很快，他就发现了自己的名字。

“冲到第98名了。”罗峰笑笑，当即朝JN阁走去。

一群白皮肤的青年见状，都议论起来。

“罗峰竟然还笑得出来。他现在虽然是第98名，明天说不定就是100多名了，明天他是没资格出去猎杀怪兽的，待明天那91名学员猎杀怪兽归来，罗峰的排名恐怕会大大靠后。”

“杰森，你竟然还取笑罗峰？我记得，你来到精英训练营的第一个月是第179名。”

4月28日，晚上10点。

精英训练营那巨大的黑龙雕刻旁，已经聚集了不少学员。

他们都坐在地上，彼此谈笑着。他们拼搏了一个月，该做的都做了，能拼的也拼了，接下来就是等待最后的结果了。

精英训练营三公里外的一栋住宅楼内。

“快，把器材都设置好。”

“你们都给我快点！老板给我们那么多钱，只是让我们来这里做点小事，我们一定要做好，明白吗？”一个有着黄色短发的男子低吼道。

其他五人正迅速地搬运器材。

“明白。”

“队长，搞定了。”

房间墙上巨大的屏幕上出现了一个排名榜单，正是黑龙排行榜。

“很好。”黄发男子点点头，又道，“等到深夜12点，榜单定格，我们第一时间将榜单传给老板。对了，老板还说了，让我们特别关注C国罗峰的动静。”

“明白。”其他五人都恭敬地应道。

不仅仅他们在关注黑龙排行榜的动态，还有全球各个组织的不少情报人员都在盯着黑龙排行榜。

4月28日，晚上10点18分。

九重楼的试炼室。

“咔！”试炼室的门打开了。

罗峰身穿一套深青色的练功服，躺在沙发上，再一次戴上了头盔，进入了虚拟空间。

另外一个沙发上躺着一个黑皮肤少女。仅仅过了两分钟，黑皮肤少女取下了头盔，睁开眼睛，咒骂两声，就离开了试炼室。

试炼塔有规定，不容许两个或者多个学员进入，所以学员们都是单独进入试炼塔的。

试炼塔的第二层。

无边无际的沙漠中，50头铁甲蝎怪兽从沙子中冒出来，迅速将罗峰给包围了。

“今天我有1个小时的时间，就跟你们这些怪兽玩玩。”罗峰斗志昂扬。

下一瞬，战斗开始了。

……

试炼塔等级考核只有一次，学员失败了，考核也就结束了。

不过，除了试炼塔等级考核外，罗峰还有进入试炼塔的机会。3月份，他的排名是第183名，拥有在试炼室和古文明重力室各训练1小时的机会。

在这1个小时内，罗峰失败了的话，可以继续尝试，无论他失败多少次，都可以重来。不过，一旦1个小时到了，他就会被立即踢出虚拟空间。

50头铁甲蝎怪兽或钻入沙地，或飞扑，或冲击，一时间，将罗峰团团包围住了。

罗峰一闪身，一道道刀光将铁甲蝎怪兽布下的阵给破了，并且猎杀了数头铁甲蝎怪兽。

“哧——”一道刀光闪过，三头铁甲蝎怪兽从半空中坠落。

罗峰的脸上出现一道伤口。

“我在这虚拟空间中‘死’了三次，总算通过了第二层的A级试炼。”罗峰笑道。

只要试炼时间没到，无论他“死”多少次，都可以重来。

“用时5分06秒，击杀50头初级兽将级铁甲蝎怪兽，第二层A级试炼通过，恭喜你，罗峰学员。”那道电子音回荡在炎热的沙漠中。

一阵光芒闪烁，沙漠中的铁甲蝎怪兽的尸身全部消失了。

罗峰的身体恢复了完好的状态。

罗峰心里很清楚，试炼塔第二层A级的试炼是很难的，已经到了自己的极限了，自己“死”了三次才通过。至于B级试炼，难度更大，除非他有特殊的技能，否则短时间内根本不可能通过。

“我就当是来练习身法和刀法的。说不定，经过此次试炼，我的身法能步入完美级呢。”

罗峰手持血影战刀，继续接受试炼。

晚上10点多，一辆专车停在精英训练营的正门口，而后，两名全副武装的学员走了出来，其中一人是坎迪斯。

今天正是他狩猎归来的日子。

“坎迪斯！”威廉当即迎了上去，笑着说道，“恭喜你，你已经是第38名了。”

“那罗峰排名多少？”坎迪斯和威廉并肩朝黑龙雕刻走去。

“你看，罗峰排第101名，哦，不，是第102名。”威廉遥指还在变动的黑龙排行榜。

坎迪斯抬头看向黑龙排行榜，轻蔑一笑，道：“说实话，罗峰那小子的实力的确很强，可是，他进入精英训练营不到一个月，就想冲进前100名，简直就是做梦。”

“新学员第一个月就冲进前100名的，寥寥无几。今天是28日，罗峰只能单数日出去狩猎，他的确没希望了。”威廉笑笑。

坎迪斯不屑一笑。

忽然——

“黑龙排行榜的名单又变了。”

“罗峰的名次竟然上升了。”

“怪事。今天是28日，罗峰不能出去猎杀怪兽，他的名次怎么上升了呢？”

不少围观的学员都震惊不已。

坎迪斯和威廉都抬头一看，顿时傻眼了。

罗峰的排名竟然从第102名冲到了第98名。

“难道有人在和罗峰赌战，罗峰赌赢了？”坎迪斯一副见了鬼的表情，“不可能啊！”

“不可能！他的名次怎么可能还上升呢？”威廉也不相信。

他们不相信也没用，事实就是如此。

其实这一次是因为罗峰通过了试炼塔第二层的A级试炼，试炼塔等级从2.2变为2.3，所以他的排名上升了。

时间渐渐流逝。

10点56分。

“天哪！”

“怎么会这样？”

“上帝，这是怎么回事？”

围观的学员都目瞪口呆。

坎迪斯和威廉看着刚刚刷新的排名，愣住了。

罗峰的排名从第98名上升到了第82名，这未免太惊人了！

一时间，精英训练营正门口的近百名学员都沸腾了。

“罗峰作弊！”

“罗峰肯定是和别人赌战，赌注是积分。有人故意通过赌战送积分给罗峰，从而帮他提高排名。”

一些学员看到罗峰的排名变动这么快，认为罗峰一定是作弊了。

“罗峰没有作弊，他现在就在试炼室中。”一道声音响起。

“他此刻就在试炼室，我们看着他进去的。”又一道声音响起了。

几个青年从九重楼的方向走了过来。

顿时，原本喧哗的一些学员都安静了下来。

其实，高喊作弊的只是极少数学员，都是一些嫉妒心很强的学员。

“罗峰是10点20分进入试炼塔试炼的。我试炼结束后，下一个就是他。”一个黑皮肤少女说道。

“瑞贝卡，罗峰真的是在你之后进入试炼室的？”一个白皮肤青年问道。

“是的。”黑皮肤少女点点头。

“原来如此。看来，罗峰的试炼塔等级上升了，所以名次也上升了。”

众多学员都不由得期待起来。

“3月份，罗峰在黑龙排行榜上的排名是最末的，所以这个月他只有一个小时的试炼室使用时间。”一个黄皮肤的中年男子道，“马上就要到11点20分了。到时候，他会被踢出虚拟空间。各位，我们就等着排行榜更新吧。”

现在已经是11点18分了，11点19分，11点20分……

坎迪斯和威廉都死死地盯着黑龙排行榜。

“罗峰的排名不可能再上升，不可能再上升。”坎迪斯心中默念着。

排行榜再一次更新了。

第121章

动荡

灯光下，黑龙排行榜上的名字很是清晰。

这一刻，黑龙排行榜旁边的学员和老师都震惊地看着那个名字——No.68罗峰（570403）。

此刻是11点20分，距离本月排行榜最终截止时间只有40分钟了。

那些出去狩猎的学员也早早回来了，排名变动的可能性很小。

也就是说，4月份，罗峰的排名是第68名，这几乎是板上钉钉的事。

“这下闹大了！”

“罗峰到底是哪里冒出来的变态？！”

“天哪！”

这些学员都惊叹不已。

罗峰加入精英训练营不到一个月，就排到了第68名，这真的很了不得。

“这怎么可能呢？！”坎迪斯的眼中满是难以置信。

他不愿意相信此事。

“坎迪斯，怎么办？”旁边的威廉出声了。

坎迪斯低声回道：“从今天开始，我们不要再去招惹罗峰。”

“嗯！”威廉点点头。

“这小子真是走狗屎运了。”坎迪斯咒骂一声。

他一向没把罗峰放在眼里，没想到，罗峰来到精英训练营的第一个月就排到了第68名，他的心里很是不爽。

可是，他再怎么不爽，也知道不能再招惹罗峰。过去，他们和罗峰只是意气之争，并没有什么生死仇怨。

罗峰的实力这么强，他们只能忍下一口气，以后就当罗峰不存在。

“罗峰要发达了。”一个微胖的青年惊叹道，“精英训练营有史以来只有五名学员第一个月就冲进了前100名，最近的一次还是在8年前。罗峰这次不仅仅冲进了前100名，还是第68名。”

第98名和第68名都是前100名，可是意义完全不一样。

第68名的实力可比第98名强太多。

众所周知，各个强国和各大组织都是很重视人才的。罗峰这种实力强大的武者，自然很受各个强国和各大组织的青睐，他若是选择加入某个强国或者某个组织，他的待遇还用得着说吗？

精英训练营三公里外的一栋住宅楼内。

“天哪！”黄发男子惊叫一声。

他看着屏幕上的排名，目光停留在“罗峰”二字上。

作为情报小队的队长，他对于精英训练营可是了如指掌的，他心里很清楚罗峰排名第68名意味着什么。

“快，给老板打电话！”黄发男子当即下令。

“队长，还没到12点呢。”一个女子说道。

“少废话，给我快点拨通老板的电话！马上！”黄发男子目露凶光。

那女子不再说话，立即开始拨电话。

……

“天哪！这个天才武者竟然是C国的，快连线将军，我要马上和将军对话。”

……

“第68名？！他才19周岁啊，而且出身于普通家庭，小时候根本没受过特别的训练。这罗峰真是了不得啊！快，连线首长！”一个中年人下令道。

这一刻，驻扎在洪宁基地市各地，来自各个强国的军方组织、行政特别组织、一些家族财团，以及雇佣军的情报人员都知道了精英训练营黑龙排行榜的最新排名。

当即，这些情报组织的负责人立即向总部汇报。

罗峰进入精英训练营没多久，就冲进了前100名，堪称绝世天才，排名第68，更是了不得。而且，他才19周岁啊！

对于五大强国和两大武馆而言，武者的身体素质提升很快，这并不算什么，还不至于引得他们要拼命地拉拢过去。

毕竟，武者只要通过一些宝物，比如龙血，也能大大提高身体素质。

可是，武者的身法境界、拳力、刀法境界等是没办法通过物质去提升的，这些都是要靠武者一次次战斗，不断积累经验，加强悟性，才能提升的。

在精英训练营，这就是所谓的战力振幅。一分力量可以发挥出十分的战斗力，乃至百分的战斗力。

这才是真本事！

罗峰排名第68，显然他的战力振幅很高。

JN基地市，主市区。

JN大学的女生宿舍楼。

602室就是徐欣的宿舍。这个宿舍有公用的客厅和四个小房间，每个女生住一个小房间。在JN大学，这种宿舍算是高档的，每年要缴纳极高的住宿费。

“三妹，我觉得王家少爷不错啊，他对你可是痴心一片。”一个披散着长发的混血少女说道。

她穿着睡衣，躺在沙发上，手中端着热腾腾的咖啡，好不惬意。

“二姐，徐欣姐喜欢的是罗峰，你就别为王家少爷当说客了。”

此刻，除了徐欣，其他三个女生正在聊天。

“别说了。”徐欣眉头微皱。

徐欣显然很不高兴。

其他三个女生都讪讪一笑，没有再聊这个话题。

住在这个宿舍的，都是家庭条件很不一般的。不过，相比起来，徐欣的家境是最好的，而且背景强大。那三个女生自然都不敢得罪徐欣。

徐欣拿着一本经济学的书，随意翻着，可她的注意力根本没在书本上。

她很是心烦。

她的年纪不小了，很多与她同龄的女孩子都结婚了。她是徐家大小姐，地位高，追求她的人很多，而不少追求者都和徐家有着千丝万缕的关系。

虽然徐欣的态度很强硬，但是她不能完全决定自己的婚事，还要考虑到整个家族的利益。

徐欣的手机响了。

“哥哥打来的电话！”

徐欣拿起手机，进入了自己的房间，关上房门后，才接通电话。

“哥，什么事？”徐欣疑惑地问道。

“喜事，大喜事啊！”徐刚兴奋的声音传来，“妹妹，你的眼光还真是好啊！罗峰这次可是做了一件惊天动地的大事。”

“什么大事？难道罗峰进入精英训练营前100名了？”徐欣当即紧张起来。

“何止啊！罗峰这次可是排名第68呢！”徐刚激动地说道，“这个消息很快就传开了，现如今HR联盟的各个家族的人都知道此事了。据我猜测，五大强国和各个基地市的组织应该都知道了，现在世界各地的武者都在议论罗峰……”

徐刚滔滔不绝地说着，后面的话徐欣根本没注意听。

她只知道一件事，那就是罗峰排名第68。

她是徐家的大小姐，知道不少关于精英训练营的事，自然清楚这个名次意味着什么。

“妹妹，现在整个家族都赞同你和罗峰的婚事，不仅仅爸妈同意，就连爷爷那一辈的长辈都赞同。”徐刚笑着说道。

之前，他也不同意妹妹和罗峰在一起，现在他完全改变主意了。

徐欣听到这话，苦笑一声。

她和罗峰都还没表明心意呢，怎么就谈到婚事了？

再者，之前家族的人根本不允许她和罗峰来往，现在得知罗峰在精英训练营排名第68名，一个个都改变主意了，这也太势利了。

“哦，我知道了。”徐欣淡淡道。

“妹妹，听你这语气，你一点都不开心啊！”徐刚道。

“你听错了，我很开心。”

话落，徐欣就挂断了电话。

“也好！这下我应该没什么麻烦了！”

既然家人都赞同她和罗峰交往，那她就不用再忍受那些追求者的纠缠了。

“雨过天晴了！”徐欣嘴角挤出一抹笑。

她当即坐到笔记本电脑前，和罗峰连线。

洪宁基地市，精英训练营。

罗峰和赵若、史江交谈了几句，就冲进自己的楼阁。

“天哪，我冲到第68名了，竟然惹出这么大的动静。”罗峰脑中思绪翻涌。

刚才他一走出九重楼，就被大批学员给围住了，准确地说，那些学员是来给他道喜的，还有不少学员代表各方势力向他发出了邀请，待遇都好得让他心动。

各方势力给出的待遇都很吸引人，每年的活动经费都有上百亿，这可是高级战神级武者才有的待遇。

“试炼塔的规定也太严了，刚到1个小时，就把我踢出虚拟空间了。”罗峰有些遗憾，“如果能让我在里面多待一段时间，那……”

这一次罗峰在试炼塔中的收获非常大。然而，他并不满足，他还想再多试炼一会儿。

试炼塔第二层的试炼很难。对于通过试炼塔第二层B级的试炼，他本来是没抱希望的。短短三分钟，他就接连“死”了三次。不过，第四次的时候，他竟然再一次进入了完美级身法的意境中，在此等身法的配合下，他爆发出极快的速度和极强的攻击力，直接通过了B级试炼。

罗峰的排名从第98提升到第82，提升了16个名次。

紧接着，他接受了C级的试炼。

试炼时间结束前的最后时刻，那道电子音提醒他只有30秒的时间了，他一分神，就“丧命”了。

不过，他并没有沮丧，C级的试炼实在是太难了，稍微分神，就很可能“丧命”。

尽管这样，罗峰还是获得了2.9的试炼塔等级。很显然，C级试炼他已经完成了一大半，离成功不远了。

他的排名从第82提升到了第68。

“从B级试炼到C级试炼，我的完美级身法境界维持了40多分钟，看来，我的身法应该算是达到完美级了。”罗峰心中大喜。

身法的境界提高一个层次，战斗力就翻了数倍，否则他怎么可能轻易地通过B级试炼，差点也通过C级试炼了呢？

“嘀嘀！”笔记本电脑传来一道声音。

那是视频聊天的申请提示音。

罗峰走过去，一看电脑，不由得露出一丝笑容。

“是徐欣！”

当即，他点击“接受”按钮。

电脑屏幕上立即出现了视频聊天窗口。

第122章

圆桌会议

深夜12点。

罗峰还在和徐欣聊天。

与此同时，笔记本电脑收到了本月黑龙排行榜的最终排名。罗峰看了一眼，他是第68名。很显然，最后的40分钟，排行榜并没有什么变动。

今夜，罗峰很是开心。

然而，坎迪斯的脸色很难看，他狼狈地回到了自己的住处。

坎迪斯楼阁的书房中。

洗完澡的坎迪斯坐在笔记本电脑前，笔记本电脑接到了两条视频聊天的申请。

坎迪斯瞥了一眼，一则视频聊天申请是来自波莱纳斯家族总部的，另外一则视频申请则来自于如今居住在C国的姑妈维妮娜·波莱纳斯。

他接受了维妮娜的聊天邀请。

“姑妈。”坎迪斯笑着打招呼。

“坎迪斯，我的宝贝，好久不见。”维妮娜热情地说道。

坎迪斯和维妮娜的感情很好。小时候，坎迪斯父母的关系很不好，很快，他父母就离婚了，坎迪斯是维妮娜带大的。对坎迪斯而言，维妮娜比他的亲生母亲还亲。他的实力之所以这么强，也离不开维妮娜的苦心教导。

“宝贝，你的脸色很差，你的状态似乎不太好。”维妮娜说道。

“嗯，有点。”坎迪斯点点头。

“此次因为罗峰的事情，家族的长辈对你很不满。”维妮娜道。

坎迪斯忍不住骂道：“我就知道那些老家伙会找我麻烦，上个月月底，他们让我邀请罗峰，我否决了他们的提议。可是，当时我就算出面，也不可能成功，罗峰早就拒绝各家族的邀请了。”

4月1日，罗峰正式加入精英训练营，HR联盟核心家族之一波莱纳斯家族本来是想邀请罗峰的。可是，当时坎迪斯、威廉正好和罗峰有些矛盾，坎迪斯怎么会愿意出面去邀请罗峰呢？

“家族中有些长辈就是故意在找你的麻烦。”维妮娜劝道，“你别太在意。”

“我的哥哥弟弟们都眼馋我的位置，他们都想看我犯错，从而罢免我的第一继承人的位置。”坎迪斯冷笑道。

波莱纳斯可是超级家族大财团，内部争斗是很残酷的。

“宝贝，放心，姑妈是绝对支持你的。”维妮娜笑道，“而且，波莱纳斯家族中，支持你的人很多。你进入了世界第一训练营，表现还不错，待你从精英训练营毕业之后，到时实力非凡，自然能接手整个家族。”

“嗯！”坎迪斯点点头。

“这次你的排名不错，你再努力一把，争取今年冲进前30名。”维妮娜鼓励道。

“我会努力的。”坎迪斯点点头。

他的姑妈和姑父都很支持他。

“姑妈有一件事情想要请你帮忙。”维妮娜的脸色有些难看。

“什么事？”坎迪斯疑惑地道。

维妮娜叹息一声，道：“你也知道，你的弟弟李威不在了。”

“嗯。”坎迪斯是知道这事的。

“你如今也在精英训练营，我想让你密切关注一下罗峰，如果发现罗峰有可能是精神念师，第一时间告诉我。”维妮娜说道。

此次罗峰锋芒太盛，引起了维妮娜和李耀的关注。

所以维妮娜特意来找坎迪斯帮忙。

“精神念师？！”坎迪斯很是震惊，“姑妈，你怀疑罗峰是杀害小威的凶手？”

关于天价悬赏，坎迪斯当然是知道的。

“如果罗峰真的是精神念师，那他就是凶手无疑了。”维妮娜点点头。

“他是精神念师的可能性不大。”坎迪斯眉头一皱，“不过，姑妈，你放心，我会密切注意他的。”

4月份的前28天，学员们的竞争是很激烈的。不过，排行榜上的排名已经定了，29日和30日这两天，学员们倒是轻松得很。

29日上午8点，九重楼二楼的小型练武厅。

“师姐。”

“师兄。”

罗峰步入练武厅，和其他三名学员打招呼。

很快，又有两名学员进来了。

此时，练武厅中一共有六人，其中四人是C国人，另外两人则是白人。这六名学员中，有三个女子。

精英训练营的女生是极少的，一个小组中有一半是女子的情况极少。

“罗峰，你竟然冲到了第68名，厉害啊！”一个高大的青年竖起了大拇指。

“师弟，”一个有着棕色长发的白皮肤女孩看着罗峰，说道，“今天早上，在餐厅用餐的很多学员都在议论你呢。以前我没看出来你这么厉害，我要向你学习，今天下午，我们一起练刀吧？”

“珍妮特，你莫不是看上罗峰了？”另外一个白皮肤女孩笑道，“罗峰，珍妮特是找机会和你约会呢，别错过机会哦。”

“我是喜欢罗峰，怎么了？”珍妮特眉毛一挑。

“哈哈！罗峰师弟，人家都说喜欢你了，你可要抓住机会啊！”

顿时，其他学员都开始起哄。

精英训练营中的女学员是很少的，男学员们都很愿意找女学员当伴侣，毕竟能进入精英训练营的，实力都很强，将来很可能是战神级武者。

战神级武者和战神级武者结婚，以后子女的前途也会很好。

罗峰哑然失笑。

西方女孩的确比东方女孩要开放一些。

江芳现在一共有六名弟子，因为江芳是C国人，所以一般是收C国人为弟子，偶尔也会收其他国家或者基地市的武者当弟子。不过，江芳有个原则，只收其他国家的女武者当弟子。

“老师来了！”

“老师早上好！”

身穿紫色练功服的江芳从门外走进来，笑着说道：“今天是29日，你们都在啊！罗峰，你昨天表现得真不错。”

……

上午10点半，刀法教学课才结束。

大家都准备离开。

“罗峰，你等一下。”江芳叫住了罗峰。

其他五名学员都离开了，练武厅中只剩下罗峰和江芳。

“老师。”罗峰疑惑地看着江芳。

江芳看着罗峰，笑得眼睛都眯了起来。

身为老师，她能有如此优秀的弟子，是一件开心的事情。

江芳轻声说道：“罗峰，你进入精英训练营的第一个月就冲到了第68名，而且你才19周岁。此外，你出身贫寒，并无特殊的辅助条件，实在是了不得啊！我敢断定，各大强国和各个组织都会向你抛出橄榄枝。”

“嗯！”罗峰点点头。

“不过，老师要提醒你一点。”江芳说道。

“老师请说。”罗峰恭敬地说道。

江芳道：“精英训练营是极限武馆建立的，虽然极限武馆和各大强国、HR联盟等组织都有协商，各方势力可以公平争夺人才，但是你可是难得的天才武者，极限武馆绝对不会轻易任你加入其他组织的。作为你的老师，我希望你能加入极限武馆。”

虽然罗峰本来就是极限武馆的一员，但是他并非一辈子都要待在极限武馆中。他已经加入了精英训练营，是有权接受其他组织的邀请的。

“为什么？”罗峰问道。

“因为极限武馆给你的条件将是最好的。”江芳笑着说道。

“最好的？”罗峰不解。

“当然。”江芳点点头，“你知道的，我们极限武馆的馆主可是世界第一强者，他得到的古文明遗迹等奇特宝物可是最多的。你应该知道龙血吧，在全世界公开贩卖龙血，并且能持续供货的，只有我们极限武馆的馆主。”

罗峰一听，眼睛瞪得老大。

听江芳这话的意思，极限武馆馆主洪是世界上的第一大财主啊！

“你等着吧，最近一两天，极限武馆的高层应该会召见你。”江芳说道。

虚拟空间。

大型会议厅的地板是银色的，墙壁是银色的，就连厅中那巨大的圆桌都是银色的，唯有六张椅子是黑色的。

此刻，银色圆桌周围摆着六张椅子，五个白袍人坐在其中五张椅子上。

会议厅没有天花板，上面是无垠的星空。

五个白袍人中，有三个C国人，一个白人，一个黑人。

“各位，罗峰的试炼塔等级是2.9，拳力发力等级是2.8，也就是说，他的战力振幅达到了8.12，算是优等。”其中一个C国人说道。

罗峰的战力振幅刚好跨入优等的行列。

那个身穿白袍的黑人点点头，道：“罗峰猎杀怪兽的战绩点和在精英训练营三年的老学员相差无几。罗峰的战力振幅是优等，虽然是刚刚达到优等，但是堪比四年老学员的平均水平了。因此，罗峰排名第68是毫无异议的。”

“王巡察使，极限武馆拉拢罗峰，我是完全同意的，不过你给他的待遇……”

“弗拉基米尔，我认为我给的待遇不算高。”

五个白袍人激烈地谈论着。

如果极限武馆的一些战神级武者看到这个场面，一定激动不已。这可是极限武馆的最高等级的会议——圆桌会议，有资格参与圆桌会议的只有六个人，那就是极限武馆的馆主洪和五大巡察使。

五大巡察使都是超越战神级武者的存在，极限武馆馆主和五大巡察使都是极限武馆的高层，其中任何一人都足以让一个国家的首领忌惮。

一般来说，圆桌会议都是五大巡察使举行的，极限武馆馆主很少插手。因为五大巡察使分散在世界各地，所以圆桌会议都是在虚拟空间中进行的。

极限武馆的那些战神级武者只听说过圆桌会议，却从来没有看到过。

“五位巡察使！”一道电子音响起。

当即，会议厅中鸦雀无声。

五位巡察使抬起头来，只见会议厅上方的星空飘下五份文件，文件分别落在五位巡察使的面前。

“这是馆主对招揽罗峰的决定，你们有意见的话，可以向馆主禀报，没有意见的话，请执行此项决定。你们有没有意见？”那道电子音再次响起。

“没有。”

五位巡察使快速地翻看了文件，同时回应。

“好！王巡察使，请马上执行！”

第123章

召见

四月的最后一天，上午时分，春雨飘飘，空气清新。

洪宁基地市精英训练营中的一栋古式别墅内。

江芳正盘膝坐在练武厅中，她缓慢而又深深地呼吸，在这个过程中，她的全身都在冒汗，皮肤微微泛红。

忽然，一阵悠扬的笛声响起。

江芳顿时睁开了眼睛。

“这个时候，谁打电话给我？”江芳疑惑地起身，去拿放在角落的手机。

一看到手机上显示的名字，江芳脸色一变。

她当即接起电话，态度很是恭敬：“王巡察使！”

“江芳，你去通知一下你的弟子罗峰，并且带他到我这里来。”一道沙哑的声音从手机中传出。

“是！”江芳连忙应道。

挂了电话后，江芳露出了一丝笑容。

“上面果然来找罗峰了。精英训练营已经8年没有出现进来第一个月就冲进前100名的新学员了，更何况，罗峰还是第68名，如此优秀的学员，自然能得到上面的青睐。”

这早在江芳的预料之中，随即，她拨了罗峰的电话。

“嘟——”一阵忙音响起。

“嗯？罗峰怎么不接电话啊？”江芳眉头微皱。

随即，她挂了电话，换了一身衣服，亲自去了罗峰的住处。

JN阁，罗峰所住楼阁的地下密室。

罗峰赤裸着上半身，只穿了一条长裤。此时，他的身上全是汗水，头发也完全被汗水浸湿了。

“啊！”罗峰脚下一动，同时右手呈刀状猛地一劈。

“哧！”一道仿佛纸张被撕裂的声音响起。

罗峰顺势一个大退步，右手猛地往上一劈。

他的精神念力清楚地感觉到，在这一记手刀的作用下，空气仿佛水浪一般朝两旁分开，并且发出了响亮的气爆声。

在这个地下密室中，罗峰的身影时而模糊，时而清晰，每一次移动的速度都快得惊人。

他的手不断地发出一次次攻击，每次都能爆发出正常力量的2.8倍力量。

拳打千遍，身法自然。

这是江芳对他说过的一句话。

江芳曾说，无论是刀法、身法，还是其他，只有经过一次次的练习，才会有所进步。如果他只是坐在那里空想，是没有用的。

想要提升实力，就只能通过长期磨炼，再加上动脑筋，有悟性，这样才能有所进步。

江芳穿着一身黑色的宽松练功服，撑着一把雨伞，缓步走来。

“罗峰！”江芳一进入JN阁的庭院，就大声唤道。

旁边一栋楼阁的二楼，一个撑着伞的少女疾速跳了下来。

正是赵若。

赵若笑嘻嘻地说道：“江芳老师，你来找罗峰师弟啊，你打个电话就行了，何必亲自跑一趟呢？”

“嗖！”只见一道人影迅速蹿进罗峰所住楼阁的一楼，而后迅速蹿到楼上。

“老师，我一会儿就下来。”

赵若和江芳见状，都愣住了。

她们可都是高手，眼力很好，自然看到刚才罗峰赤裸着上身，仅仅穿着长裤。

“师弟修炼真努力啊，全身都是汗。”赵若赞叹一声，又道，“老师，师弟的身材还真不错，我说得对吧？”

“你这小丫头！”江芳哭笑不得。

赵若扮了个鬼脸，嘻嘻一笑。

“史江呢，他不在吗？”江芳问道。

“史江师兄一早就去九重楼了。他和我们可不一样，每个月都有很长的修炼时间，此刻不是在试炼室，就是在古文明重力室。”赵若佯装叹息一声，继续道，“再过一两年，罗峰师弟估计也能冲到前10名。和他们俩一比，我的实力差得远了，好没面子啊！”

江芳笑了笑，道：“你这丫头，想要实力有所提升，就多花点心思在修炼上。”

这时，罗峰穿着休闲装，拿着一把伞，急匆匆下楼了。

“老师。”

“跟我来。”江芳直接说道。

罗峰撑着伞，跟在江芳的身侧，一道离开了JN阁。

两人并肩行走在烟雨笼罩的精英训练营内，倒不失为一道风景线。

江芳看了罗峰一眼，笑道：“罗峰，王巡察使要见你。”

“巡察使？！”罗峰大吃一惊。

巡察使可是极限武馆的高层人物。据他所知，极限武馆中真正做主的是馆主和五位巡察使，馆主乃世界第一强者，地位超然，绝大多数事情馆主是根本不插手的，都是由五位巡察使决定的。

“上次我就说了，上面会召见你，我没说错吧？”江芳笑道。

“老师，我去见巡察使，需要注意什么吗？”罗峰有些忐忑。

那可是巡察使啊！

巡察使是极限武馆的高层人物，拥有极强的武力。过去罗峰也就在战神级武者陆纲的悼念会上，远远地看了朱喜巡察使一眼。那一次，军方、政界的大人物和战神级武者都乖乖地去接机，态度毕恭毕敬。

“别担心，你又不是犯了什么错误，不用紧张。此次是极限武馆要招揽你……”江芳淡淡地说道，“所以，千万不要拘谨。我相信，王巡察使看到你，绝对不会摆出巡察使的派头。”

“你只要注意点，别傲慢就行。”江芳说道。

“哦。”罗峰点点头。

他跟着江芳继续往前走。

很快，他看到，精英训练营的老师们的住处旁边，有一栋看似普通的别墅，这栋别墅具有C国古代建筑的风格，和其他老师的别墅相比，唯一的区别是占地面积较大。

“江芳老师，巡察使大人正在里面等你和罗峰学员。”别墅门口的一名老者笑着说道。

罗峰刚进入别墅，一眼就看到，有三个妇人正在大厅中谈笑。

“小江来了啊。”其中一个保养得很好的贵妇人笑着说道，“老王在楼上的会客室等你们，老王说了，让那个叫罗峰的小伙子单独上去就行了。小江，你过来陪我们聊聊。”

“是啊！小江，我们聊聊天啊，你平常总是修炼，我们都难得见一面。”另外一个妇人说道。

精英训练营中的妇人大多都是战神级老师的家眷。

“你上去吧。”江芳对罗峰说道。

“嗯！”

罗峰独自沿着楼梯往上走，来到了二楼，闻到了一股淡淡的却让人身心舒坦的茶香。

他循着茶香，走到了会客室的门口。

门是敞开的。

“进来。”一道沙哑的声音响起。

罗峰走进会客室，第一眼就看到了正盘膝静坐的精瘦男子。

此人乍一看年纪近四十岁，八字胡，看起来很精神。

此刻，他正闭着眼睛，一手拨弄着佛珠。

他面前的茶桌上放着一杯茶。

“巡察使大人。”罗峰微微躬身。

王巡察使当即睁开眼睛。

罗峰被他紧紧地盯着，莫名地感觉有些紧张。

这个会客室宛如一个虚拟的空间，而王巡察使仿佛是这虚拟空间中的神灵，给罗峰一种无形的压力。

“坐！”王巡察使说道。

会客室内并没有椅子，罗峰要怎么坐呢？

罗峰愣了愣，只能学着王巡察使的样子，盘膝坐在地板上。

“你仔细看看桌上的合同，如果没问题的话，就签了吧。”王巡察使淡淡地说道。

随即，他又闭上眼睛，拨弄着佛珠。

桌上有一份合同，一共有三页纸。

罗峰拿过来，仔细地看了起来。

这是极限武馆的正式招募合同，条件完全不同于一般的合同。

普通武者加入极限武馆后，是没有薪水的，过去罗峰就没有薪水。当然，极限武馆对于这些普通武者并没有什么要求。

可是，这份合同很是不同，上面列出了武者的权利，当然也有武者的责任。

“武者的年活动经费是50亿？！”罗峰眉头一皱。

这笔活动经费不算多，甚至可以说是很低。

要知道，初级战神级武者一年就能赚这么多。以罗峰现在的实力，他可是比高级战神级武者还要强，其他组织给他开的年活动经费没有低于100亿的。

“咦！这份合同还写着，在极限武馆，可以领取薪水的只有极少数人，而且是按照地位领取薪水的。”

合同还有关于各种级别武者领取活动经费额度的内容，即便是地位极高的监察使，一年的活动经费也就100亿。极限武馆的活动经费确实比较低。

不过，加入极限武馆的，一般都不是为了钱财。

“咦！”罗峰翻看第三页纸的时候，眼睛一亮。

乙方在2257年8月1日前，战力振幅达到12，可获得9系作战服、兵器全套，任何一套秘籍，价值800亿的龙血。

乙方在2257年8月1日至2258年1月1日，战力振幅达到12，可获得9系作战服、兵器全套，价值300亿的玉髓。

乙方在2260年1月1日前，战力振幅达到16，可获得SS级作战服、兵器全套，价值800亿的龙血，任何三套秘籍，古文明遗迹黑神一套。

第124章

可再生

合同中一共有五条奖励的条款，每一条奖励条款都很吸引人。

不过，这对武者的要求也很高。

“武者的战力振幅要达到12。”罗峰心中暗叹，“如果武者的战力振幅能达到12，绝对能在精英训练营稳稳地排进前20。”

罗峰阅读过精英训练营的学员须知，又和史江、赵若等老学员聊过，自然很清楚战力振幅要达到12有多难。

可以这么说，整个精英训练营现在没有一个学员的战力振幅超过了16。

也就是说，学员的战力振幅达到14~15，就能冲进精英训练营的前5名了。

战力振幅达到13，一般都是前10名。

战力振幅达到12，一般都是前20名。

“这上面的奖励条款惊人，条件也很苛刻。第三条，在2260年1月1日前，我的战力振幅必须达到16，才可获得那么多的奖励。当然，如果将奖励的宝贝换作金钱的话，那是一个不可思议的天价。”

这些宝贝的价值是很高的，即便是超越战神级武者的存在，都舍不得卖。

“可是，不到三年时间，我的战力振幅必须达到16。”罗峰感觉很有压力。

不过，在精英训练营的历史上，还是有学员在毕业时战力振幅达到16的。

“这五条奖励条款，我最有可能做到的是前两条，也就是战力振幅达到12。”

他的战力振幅越早达到12，奖励就越高。当然，8月1日前，他的战力振幅达到12，奖励是极其惊人的。如果是8月1日以后才达到，奖励就少一些。如果是明年或者后年才达到，根本就没有奖励。

“你看完了吗？”那道沙哑的声音再次响起。

茶桌对面的王巡察使睁开了眼睛，紧紧地盯着罗峰。

“看完了。”罗峰点点头。

“你有异议吗？”王巡察使淡淡地问道。

罗峰恭敬地回道：“巡察使大人，我想问一下，最后五项奖励条款的一些宝贝能不能换成价值300亿的生命之水？”

罗华要靠着生命之水才能重新长出双腿，而生命之水什么时候拍卖，罗峰根本不知道。

还不如趁此机会从极限武馆这里获得。

“不能！”王巡察使摇摇头，肯定地说道，“这个合同的内容都不可更改。”

“嗯？”罗峰很是惊讶。

极限武馆的巡察使们未免太霸道了吧，既然是签合同，说明双方是平等的。而且，这是极限武馆主动来邀请他，又是巡察使出面，显然极限武馆是很有诚意的，为何不能更改合同内容呢？

“罗峰学员，这份合同是馆主亲自拟定的，除了馆主，任何人都无权更改合同内容。”王巡察使解释道。

“哦！”罗峰愕然。

罗峰这一代年轻人是从小听着洪的传奇故事长大的。

洪是极限武馆的馆长，也是世界第一的强者。这份合同竟然是洪亲自拟定的，难怪巡察使都不敢随意更改。

“你很想要生命之水吗？”王巡察使看着罗峰。

“是的。”罗峰点点头。

“这不难。按照惯例，今年下半年，就会举办生命之水的拍卖会。到时候，你直接参加拍卖会即可。”王巡察使缓缓地说道。

“真的吗？”罗峰心中大喜。

王巡察使点点头，道：“嗯！生命之水本来就不是什么稀罕之物。如果不是A国政府敝帚自珍，故意想要榨取其他组织和武者的金钱，根本就没必要拍卖。”

面对罗峰，王巡察使并没有保密。

“生命之水真的不是稀罕之物？”罗峰大吃一惊，“生命之水的主材料可是超越领主级存在的王级怪兽地龙王的精魄……”

“你听谁说的？”王巡察使平静地反问道。

“我在网络上看到的。”罗峰如实回道。

王巡察使端起面前的茶杯，轻轻抿了一小口，道：“照你所说，生命之水是稀罕之物，这么稀罕的东西的制作材料怎么会公开呢？网络上的传言是假的，不过是A国政府特意让大家以为生命之水稀少、珍贵，故意放出的谣言。”

“谣言？”罗峰眉头微皱。

“记住，”王巡察使看着罗峰，郑重地说道，“能够在网络上搜到相关信息的宝物几乎都是可再生的，都是明码标价的。即便是拍卖，也卖不出很高的价格。”

“可再生的宝物？！”罗峰心中一惊。

王巡察使微微点头，又道：“是的！只要是可再生的，就代表这种宝物并不珍贵，只需投入金钱，就可以制造出来，比如生命之水。实际上，A国政府获得了一套古文明遗迹里的医疗装置，而后投入了大量能源和材料，从而制造出了一种药水，即生命之水。”

罗峰很是震惊。

原来生命之水是A国政府用古文明遗迹的医疗装置制作出来的药水。

“只要大量投入能源和材料，就能制作出一种药水。你觉得，这药水能有多珍贵？”王巡察使淡淡一笑，又道，“龙血价值800亿，你认为所有龙血都是用一头王级怪兽龙的心头血制作而成的？极限武馆的龙血是明码标价的，只要你有钱，极限武馆就可以将龙血卖给你。即便你要买十份龙血，极限武馆都可以卖给你。然而，全世界的王级怪兽龙不超过十头，这么多龙血从哪里来呢？”

对啊！即便将所有王级怪兽龙全部杀掉，都做不出十份龙血，极限武馆明码标价的龙血却很多。

“当然。真正的龙血的确是用王级怪兽龙的心头血制作而成的，相较于极限武馆提供的龙血，前者的效果当然更好。”王巡察使说道，“不过，只有馆主能制作出真正的龙血，这并不是什么秘密。”

罗峰点点头。

“只有全世界独一无二的，无法再生的宝物，才能卖出天价。”王巡察使说道，“那样的物品才是真正的宝物，你在网络上是看不到这种宝物的相关信息的，因为这种宝物根本不可能公开贩卖，更不可能公开拍卖。你知道吗？能够强化身体的宝物，全世界有十多种，其中明码标价卖的只有龙血。其他十几种宝物，有的宝物不可再生，可效果还不如龙血，而有的宝物的效果比龙血好得多。龙血能让武者的实力增强一倍，而有一件宝物能让武者的实力增强两三倍，乃至十倍。可惜，早在20年前，这件宝物就被某武者给拿走了，世界上已经没有了。”

罗峰听了，很是震撼。

原来宝物也分为可再生和不可再生的。真正的稀罕物是独一无二的，根本不会公开贩卖。

洪和雷神此等人物根本不缺钱。无论是什么稀罕宝物，只要他们想要，都能第一时间弄到手。

“难怪极限武馆能给出那么好的福利。龙血是极限武馆制作的。那些秘籍卖的是天价，实际上也是极限武馆在操作，至于作战服，极限武馆只需要出成本。”

罗峰知道了内幕，但还是觉得那些奖励挺丰厚的。即便不是真正的龙血，制作起来也绝对不简单，是需要大量的金钱投入的。

作战服的制作是需要很多材料的，仅仅材料的成本价就很惊人。

“这份合同是无法更改的。听我说了这么多，你现在愿意签了吗？”王巡察使难得地露出了一丝笑容。

“嗯。”罗峰点点头。

当即，他签了合同。

“你再签一下这份合同。”王巡察使递过另外一份一模一样的合同，“一份合同由你保存，另外一份合同由极限武馆保存。”

签了合同，罗峰就是极限武馆的核心成员了，每年的活动经费为50亿。当然，活动经费的金额不是固定的，而是根据罗峰的实力而变的。

罗峰目前的第一个目标是，在8月1日之前，争取让战力振幅达到12。

“如果我能成功的话，就能获得一份龙血。”

龙血可以让武者的实力翻倍，并且修炼速度会加快。目前最重要的是，加强身体素质，身体素质越强，精神念力自然就越强。

罗峰的最终目标是成为高级战神级精神念师，他若是得了龙血，能更快地实现这个目标。

4月30日傍晚，精英训练营餐厅一楼。

几种肤色的学员围坐在一起吃晚饭。

“罗峰，你的心情不错啊！”赵若调侃道。

“还行。”罗峰咧嘴一笑。

他和极限武馆签了合同，自然算是一件喜事。此外，他得知生命之水原来是可再生的资源，这样一来，他就不愁有钱都买不到了，自然很开心。

“各位学员！”忽然，一个浑厚的声音回荡在餐厅中。

所有学员抬头看去。

只见一位战神级老师满脸笑容，朗声说道：“告诉大家一个好消息，8月1日那天，极限武馆的总馆主，也就是世界第一强者洪，会亲自来精英训练营。”

“什么？！”

“洪，洪要来精英训练营！”

一些黑皮肤的学员激动不已，兴奋地跳起舞来，其他学员则议论纷纷。

在他们心中，洪简直是神灵般的存在。全世界的武者和普通人都知道洪是世界第一强者。

在精英训练营都是很难看到洪的，一般来说，洪是数年才来一次精英训练营。没想到，今年夏天他们竟然有机会能见到洪。

“罗峰，是洪啊。”赵若拉着罗峰，兴奋地跳了起来，“我来到精英训练营两年多了，还没有见过洪呢。”

“嗯。”罗峰心中也很是激动。

他有机会亲眼见见世界第一强者，实在是很幸运。

“8月1日。”罗峰暗自思忖，“嗯，还有三个月的时间，我一定要努力修炼，尽力使战力振幅达到12。”

第125章

三个月

罗峰4月份的排名是第68，所以5月份的双数日他去荒野区猎杀怪兽，单数日留在精英训练营中。

5月1日下午4点多。

“叮”的一声，九重楼一楼的电梯门打开了。

“嗯，对，罗峰，你现在采用的刀法专精路线是很有前途的。你刚刚达到刀法的第二境界，现在需要做的是稳固刀法，直至第二境界大成。”江芳、罗峰、珍妮特等人一道从电梯中走了出来。

罗峰若有所思地点点头，道：“老师，我知道了。”

“好好努力！”江芳笑着鼓励道。

走出九重楼的大门，江芳直接朝自己的住处走去。

罗峰、珍妮特，以及一名C国武者朝学员的宿舍楼走去。

“珍妮特！珍妮特！”一连串喊声响起。

罗峰等人当即停下，转头看去。

只见坎迪斯迅速从一楼大厅冲了出来，看着珍妮特，笑道：“珍妮特，今天晚上你有时间吗？有时间的话，我们共进晚餐吧！”

罗峰一听，不由得笑了。

原来坎迪斯想追求珍妮特啊！

精英训练营中的女学员很少，追求她们的人自然很多。

“抱歉，今天晚上我要和罗峰师弟共进晚餐。”珍妮特微微一笑，而后伸手抱住罗峰的左臂。

坎迪斯脸上的笑容顿时僵住了。

罗峰一怔。

“师姐。”罗峰看向珍妮特，心中有些无奈。

珍妮特的确很漂亮，身材好，皮肤极为白皙，宛如天使。在上课的时候，珍妮特有好几次暗示罗峰，她想要和罗峰约会，可是罗峰一直没答应，然而她一点都不气馁。

西方女孩的确很有勇气。

不过，罗峰的心里已经有徐欣了。

“珍妮特！”坎迪斯有些恼怒。

“坎迪斯，抱歉。”珍妮特微微笑着，随即拉着罗峰走开了。

看着罗峰和珍妮特消失在拐角处，坎迪斯的脸色很是难看。

这时候，从一楼大厅中走出一个男子，正是威廉。

“坎迪斯，我早就说了，你偏偏不信。精英训练营的很多学员都知道，珍妮特对罗峰有意思，还主动提出想和罗峰约会呢。女孩追男孩容易多了，说不定他们早就在一起了，你还死乞白赖地追着珍妮特，你没自尊吗？”威廉不满地说道。

“浑蛋！”坎迪斯双手紧攥，脸色铁青。

精英训练营中的女学员本就很少，像珍妮特那般漂亮的更少。自从珍妮特进入精英训练营，很多男学员都爱慕珍妮特，坎迪斯就是其中之一。除了看中珍妮特的美貌，更重要的是，坎迪斯想要战神级武者当自己的妻子，如此一来，将来波莱纳斯家族肯定有更多人支持他。

“罗峰和珍妮特是同一个老师，两人天天在一起，他们走到一起也不足为怪。”威廉摊手，又道，“那个江芳老师除了收C国武者之外，就只收来自其他国家的女学员。E国的男武者根本不可能成为她的弟子。”

“我就不信，我追不到珍妮特！”坎迪斯眼睛眯起，冷冷地说道。

坎迪斯出身于波莱纳斯家族，自然是有些手段的。而且，他进入精英训练营已经三年了，今年是第四年，作为老学员，能够在黑龙排行榜排第39名，也算得上是人才。明年他是很有希望冲进前20名的。

坎迪斯还真的没把一般的学员放在眼里。

“罗峰，你竟敢和我争女人！”坎迪斯的脸色铁青，“不行！我不能冲动！我必须忍！”

在极限武馆高层的一番操作下，罗峰和极限武馆签约的消息已经传开了，各大强国、各大组织的人都已经知道了此事。坎迪斯心里很清楚，将来罗峰肯定会成为极限武馆的核心高层人物之一，这样厉害的人物，就算是波莱纳斯家族也不敢轻易招惹，所以他不敢乱用手段。

“哼！”坎迪斯只能忍住这口恶气。

这也是大家族的继承人必须具备的一项能力。

“罗峰，那我就和你公平竞争。珍妮特一定是属于我的。”坎迪斯默默道。

……

那边，罗峰和珍妮特刚刚走过拐角，罗峰就和珍妮特拉开了距离。

“师姐，我已经有女朋友了。”罗峰道。

论容貌，珍妮特的确比徐欣漂亮，论实力，珍妮特也比徐欣要强得多，然而，罗峰心中只有徐欣。

“你有女朋友又怎样，就算你结婚了，我也能把你抢过来。罗峰师弟，师姐是不会轻易放弃的。”

珍妮特对罗峰微微一笑，而后直接朝她的住处走去。

罗峰心中无奈。

天哪，他怎么会遇到这样的女生啊？

“唉！不想这些了，离吃晚饭还有两个小时，我回去好好琢磨琢磨刀法。我的刀法如今有了霹雳的感觉，照老师所说，我应该将刀法的第二境界巩固住，直至大成。”罗峰想着。

当即，他赶回JN阁，在地下密室中研究刀法。

对于罗峰而言，精英训练营简直就是提高实力的一个圣地。这里有供武者修炼的最佳方法；武者遇到困境后，还能请老师解惑；这里还有仿制的重力室和专门的刀法训练室，能让武者的实力得到大幅度的提升。

罗峰研究刀法，琢磨身法，感受自己对力量的控制，感悟九重雷刀刀法。

每隔一天，他还会去荒野区猎杀怪兽。

每一天，他都过得很充实。

他一直有一个目标，那就是在8月1日之前争取让战力振幅达到12。虽然这个目标要实现真的很难，然而，无论多难，他都想要拼搏一把。

他能做的，就是抓紧每一天不断地练习。

时间飞快流逝。

罗峰全身心地沉浸在武道的世界中，转眼已经到了7月。

7月，白天无比炎热。深夜时分，却莫名地凉爽。

JN阁，罗峰住处的静室内。

檀香弥漫在整个静室中，让身处其中的人的心静了下来。

罗峰穿着一袭宽松的丝绸长袍，盘膝静坐，吸收宇宙能量，而后炼化出基因原能，从而强化身体。

他全身的细胞都在吸纳宇宙能量，经线粒体转化，宇宙能量转化为基因原能。

在吸收基因原能的过程中，细胞内的人体基因发生着极为细微的变化。虽然这种变化很细微，但是积少成多，罗峰的肉身变得比钢铁还要坚硬，皮肤的韧性也很强。

许久，罗峰睁开了眼睛。

"时间过得真快，转眼已经是7月了。"罗峰心中暗道。

8月份，是最危险的一个月。

每年的1月份和2月份，精英训练营的学员是可以回家的。其他的10个月中，只有9个月是安全的，学员们或是在精英训练营中训练，或是在精英训练营严密监控的荒野区1001号城市中猎杀怪兽，这九个月，精英训练营很少会出现学员丧命的事件。

唯一危险的是8月份。

8月份，所有学员都要离开精英训练营，乘坐飞行客机，前往某个危险之地。

要知道，普通武者在荒野区的死亡率是比较高的，而精英学员如果不经历生死磨炼，也是难成气候的，所以每年8月份是精英训练营的学员经历生死磨炼的一个月。

当然，精英训练营的学员们实力较强，死亡率是比较低的。即使如此，每年8月份，精英训练营学员还是有接近10%的死亡率和淘汰率。

“今天是7月1日了，我还有一个月的时间。不过，我现在的战力振幅才达到8.96，距离达到12差距还很大。”罗峰眉头微皱。

这两个月，罗峰的进步是很惊人的。他的刀法霹雳已经完全自成一派，刀法已经初步达到第二境界，接下来只需专心训练，就近乎大成了。

江芳都连连夸赞罗峰呢!

至于身法，已经达到了完美级，而且基本巩固了。

他唯一的弱项是九重雷刀的第四重一直没有练成，按理说，他在力量控制上的进步很大，应该早就可以练成第四重，然而事实正好相反。

5月份的时候，罗峰的试炼塔等级达到了3.0，至于试炼塔第三层的A阶段试炼，罗峰根本撑不过10秒。直至后来他的完美级身法巩固，刀法略有所成，5月底，他的试炼塔等级才勉强达到3.1。

6月初，罗峰的试炼塔等级达到3.2，他的战力振幅达到8.96。

总的来说，这两个月中，罗峰没有突破试炼塔第三层的A阶段试炼。当然，精英训练营的战神级武者杨辉的试炼塔等级也才达到3.2，罗峰能冲到这个级别已经很不错了。

罗峰最大的优势其实是拳力发力。《九重雷刀》号称是激发武者拳力发力的世界第一秘籍。其他一些秘籍并没有这么大的效果，如SS级秘籍，即便武者修炼到最高境界，其拳力可能也只能达到之前的三四倍。

而若是修炼到九重雷刀的最高境界，武者的拳力能达到之前的7倍。罗峰现在的拳力只达到之前的2.8倍，就比很多精英训练营的老学员都强了。

虽然罗峰对自己不太满意，但是他现在在精英训练营的名气极大。5月份的时候，罗峰在黑龙排行榜的排名是第56。至于6月份，他直接到了第48名，名列前50，而坎迪斯只是第40名。

对于罗峰而言，这两个月内，他进步最大的是身体素质。

第126章

疯狂手段

在精英训练营中，罗峰使用古文明重力室的机会很少，可是，每次使用古文明重力室后的效果是极其惊人的。

每天他可以在仿制的重力室内训练两个小时，虽然仿制的重力室最多只有正常的3倍重力，可是可以使用的时间长啊。

相较于在JN基地市的时候，罗峰的进步速度快了很多。

3月底，罗峰刚进入精英训练营，他的拳力达到了11500千克。

4月底，罗峰的拳力就达到了13600千克。仅仅一个月，他的拳力就增加了2100千克，提升得明显比之前多。

5月底，罗峰的拳力达到了16500千克，一个月就增加了2900千克。5月份，罗峰使用古文明重力室的时间有2个小时，多出的1个小时他并不是一次使用的，他分成了3天，每天20分钟，这样一来，训练效果要好得多。

当然，罗峰的身体素质增强了，某种程度上，加快了修炼速度。身体越强，修炼速度自然就越快。

6月底，罗峰测试了，他的拳力达到了19600千克，一个月就增加了3100千克。

拳力在16000千克到32000千克之间，是中级战将级武者的水准；拳力在32000千克到64000千克之间，是高级战将级武者的水准；拳力超过64000千克，则是战神级武者的水准。

罗峰现在在2.8倍的爆发下，拳力达到55000千克左右，离成为初级战神级武者不远了。

“上个月，我排名第48，这个月，我在古文明训练室练习的时间就翻倍了。”罗峰心中暗道。

在古文明重力室训练的效果是很好的。本月，罗峰在古文明训练室有4个小时的练习时间，他可以分成12次，每次练习20分钟。

这也是精英训练营的学员们长期摸索出来的最高效的修炼方法。

“上个月，我的拳力提高了3100千克。本月，我的拳力进步幅度估计能达到4000多千克。再这样下去，10个月的时间，我的身体素质就能达到初级战神级武者的境界了，而我的精神念力能达到高级战神级武者的境界。”

也就是说，明年上半年，罗峰应该就拥有战神级武者的实力了。当然，前提是他的暗金色圆球有那么多的精神念力。

他期待识海中的暗金色圆球的精神念力能一直持续到自己成为高级战神级武者。

“如果我能得到一份龙血，那么，短短一两个月的时间，我就能成为一名高级战神级武者。”罗峰心中默念。

使用对象的实力不同，龙血发挥的效果也是不一样的。实力越强的武者，龙血的效果就越弱。不过，正常情况下，使用龙血的武者的实力都能翻倍，此外，龙血的药效能令武者日后的修炼速度更快。

罗峰有一个能获得龙血的机会，那就是在8月1日前，他的战力振幅达到12。

“战力振幅要达到12，我现在的战力振幅才达到8.96，怎么办呢？”罗峰很是苦恼。

“即便我不断地苦修，短短一个月的时间，我也很难突破。”罗峰咬咬牙，心中暗道，“舍不得孩子，套不着狼，看来我只能使用那个方法了。”

武者提高实力的最佳方法是生死战。

而生死战分为两种，一种是武者和怪兽的生死战，一种是武者和武者的生死战。

一般来说，和战斗技巧高的武者进行生死战，效果更好。如果和实力相差太大的武者进行生死战，也没什么意思，一招就能击败对手，或者一招就被对手击败，失去了那种生死拼搏的意义，最佳的对手是实力相当，而且能进行生死搏斗的。

然而，现实世界中，又有多少武者是愿意生死相拼的？幸好精英训练营中有挑战室，在挑战室的虚拟空间中，武者可以不顾一切地进行生死搏斗。

不过，在挑战室赌战，武者需要耗费金钱或者积分。

“不就是钱吗？上次我打赢了威廉，得了50亿。此外，极限武馆将今年的活动经费50亿都汇给我了，我有充足的资金，可以进行赌战。我就不信了，一个月的时间，我会输掉100亿，就算输了100亿，只要我的战力振幅达到12，也值了。”

在这一个月里，罗峰选择了在挑战室进行赌战。

第二天，罗峰从荒野区猎杀怪兽归来。

晚上八点多，JN阁。

“什么，你选择和那么多人赌战？！”史江大吃一惊。

罗峰点点头，道：“是的，师兄。不过，我对精英训练营中的武者的实力不太了解，希望师兄能告诉我，哪些武者的实力和我相当，我想找那些实力和我相当的武者进行赌战。”

若是选择和比自己强得多的武者赌战，一来，没啥效果，二来，那就是送钱给人家。

“罗峰，你可真是拼命啊！”史江摇摇头，显然并不赞同，“你可知道，虚拟空间系统接收的最低赌注是10亿。每赌战一次，就要耗费10亿，这可是大数目。而且，实力比你弱的学员，肯定不会愿意接受赌战，那些有信心击败你的学员倒是会接受赌战。可是，这么大规模的赌战，你恐怕要输不少钱啊。”

史江叹息一声，又道：“你已经选择赌战，我也不好说什么。这样吧，我告诉你一件事，精英训练营中的有些学员善于猎杀怪兽，排名较高，可实力并不强，而有的学员实力强，却不善于冲排名。”

黑龙排行榜上的名次是按照学员的积分来排的。一定程度上，排名反映了学员的实力，却不是百分百的。

史江作为老学员，而且是精英训练营中一等一的强者，的确了解不少学员的实力。

“我给你一个名单，名单上的学员的实力和你比较接近。至于谁赢谁输，就要看你们的临场发挥了。”史江说道。

而后，他打开笔记本电脑，调出黑龙排行榜的名单，而后看着黑龙排行榜，迅速地敲着键盘，罗列出一份名单。

名单上一共有32个学员的名字。

史江认为，这些学员的实力和罗峰相差不大。

“谢谢师兄。”罗峰看了看名单，说道。

这些学员的名次大多在第30名至第60名之间，果然，有几个例外，其中排名最靠后的是第91名，排名最靠前的是第21名。

晚上9点多。

京都阁。

“罗峰，你怎么来了？坐吧！”

京都阁的三名男学员正聚在一起聊天，看到罗峰前来，都站起来，笑着迎接。

“王师兄。”罗峰打了招呼，而后谦逊地道，“我来这里，是想和你赌战。”

上个月，王涛的排名是第36。

“赌战？”王涛眉头一皱。

罗峰可是精英训练营的红人，他可没招惹过罗峰。

其他两名学员闻言，都脸色一变。

在精英训练营中，赌战一般是挑衅的行为。

“王师兄，我只是想和你比试一场，并没有其他意思。你若是接受赌战的话，我们可以不赌积分，就赌最低额度，10亿。”罗峰连忙说道。

王涛一听，这才笑了。

对于学员而言，最重要的是积分，积分可是关系排名的。

一般来说，赌战的话，要么是赌积分，要么是赌钱，要么就是积分和钱都赌。赌积分，最低额度是2000积分，而赌钱，最低额度是10亿。

罗峰说了，不赌积分，只赌钱，且是最低的额度，显然是为了切磋，并没有挑衅的意思。

“哈哈！行！我就和你赌战一次。回头你发挑战申请书，我们明天就赌战一场。”王涛爽快地说道。

10亿而已，他还是有的。况且，他觉得自己赢的可能性很大。

他给罗峰一个面子，何乐而不为呢？

7月3日，罗峰和王涛赌战。

两人在虚拟空间的热带雨林环境下，进行了生死战。

结果，罗峰输了！

第一场赌战输了之后，罗峰继续挑战其他学员。

这个月，罗峰在精英训练营掀起了赌战狂潮。很少有学员这么疯狂地赌战，不过罗峰不赌积分，只赌最小额度，选择的对手实力几乎都比他强，所以大多数学员都愿意接受他的挑战。有些学员听说罗峰喜欢挑战，主动来和罗峰进行赌战。

在精英训练营，单数日，罗峰都能找到对手进行生死战。

截至7月27日，罗峰一共赌战了36场，输了19场，赢了17场。每场的赌注都是10亿，显然学员们都不想把赌注下得太大。

28日，晚上11点多。

坎迪斯往自己的住处走去。

“这一个月，罗峰的名次竟然又上升了，他冲到了第43名。现在离12点不足一个小时，估计名次很难变动了。”

威廉和坎迪斯并肩走回住处。

坎迪斯的脸色很是难看，低声喝道："威廉，你别在我的面前提那个罗峰。"

威廉看了看坎迪斯。

坎迪斯脸色铁青，显然一肚子火。

"我早就说了，让你别再追珍妮特了。"威廉坐在椅子上，"珍妮特的眼里只有罗峰。"

"哼！罗峰那个浑蛋小子。"坎迪斯气极。

这三个月，坎迪斯一直想方设法博取珍妮特的欢心，可惜，他都失败了，珍妮特的眼里只有罗峰。

今天晚上，在看黑龙排行榜上的排名时，坎迪斯又去跟珍妮特套近乎，被珍妮特羞辱了一顿。

"忍！"坎迪斯劝自己必须忍耐。

他的理智告诉他，不能招惹罗峰，只能忍下这口气。

忽然，一阵脚步声响起。

"嗯？"坎迪斯和威廉都疑惑地抬头看去。

这个点，很多学员都在看黑龙排行榜，谁会来他们这里呢？

一道人影进入了院落。

坎迪斯脸色大变。

威廉瞪大了眼睛："他怎么来了？"

来人竟然是罗峰。

"坎迪斯，你好。"罗峰微微一笑。

史江当初写的名单中有坎迪斯的名字。

"罗峰，你来这里，有什么事吗？"

虽然恨不得将眼前的人杀了，但是坎迪斯勉强挤出一丝笑容，保持了基本的礼貌。

罗峰笑笑，淡淡地道："坎迪斯，我想和你赌战一场，我没有其他意思，只是想和你切磋切磋。我们不赌积分，呃，明天也没有积分可赌。我们就赌钱，而且只赌最低额度，也就是10亿，怎么样？”

“赌战！”坎迪斯和威廉顿时恍然大悟。

他们早就听说罗峰这个月疯狂地约赌战。

没想到，今天罗峰竟然主动来找坎迪斯赌战。

“这浑蛋小子，总是和珍妮特卿卿我我，我早就想教训他了。”坎迪斯一肚子火。

看着自己喜欢的女孩总是和别的男人亲近，他却只能强忍怒火，实在是不容易。

“我一直不好去找你麻烦，没想到，你竟然主动送上门了。”坎迪斯心中暗道。

他怎么可能错过这个机会呢？

这可是难得的机会，而且还是罗峰自己送上门来的。

他不狠狠教训罗峰一顿，都对不起这些日子以来强忍怒火的自己。

“行啊！不过，我觉得赌注太小了。罗峰，你好歹是精英训练营的红人，别那么小气，赌注100亿，怎么样？”坎迪斯紧紧地盯着罗峰。

对罗峰而言，100亿是大数目。只有下这个赌注，他赢了的话，才能让罗峰心疼吧！

“100亿？！”罗峰大吃一惊。

之前赌战，赌注只是10亿，这坎迪斯怎么提出赌注要100亿呢？

在精英训练营，一年都难得出现一次金额这么大的赌战。坎迪斯可是精英训练营的老学员，无论是实力，还是身体素质，坎迪斯都要比罗峰强很多。可是，论战力振幅，坎迪斯估计比罗峰高不了多少，坎迪斯怎么一下子押这么大的赌注？

“怎么，你怕了？”坎迪斯似笑非笑地看着罗峰。

“不是我怕了，我只是想和你比试一番，没有其他意思。你何必赌这么大呢？”罗峰说道。

坎迪斯心中冷笑。

不赌大一点，即便他赢了，根本没办法让罗峰心疼，怎么能发泄他心中的怒火呢？

“哈哈！罗峰，你之前可是赢了我50亿，眼睛都不眨一下。这次跟坎迪斯赌战，赌注只是100亿，你怎么就不敢了呢？”威廉在旁边说道，他紧紧地盯着罗峰，“难道你认为自己一定会输给坎迪斯？如果这样的话，你又何必来找坎迪斯赌战呢？”

罗峰眉头微皱。

坎迪斯和威廉这样说话，显然是在挑衅自己。

“当初你认为自己能击败威廉，所以和他赌50亿，狠狠赚了一笔，现在你没有把握打赢我，就不肯赌大的了？”坎迪斯挑衅地看着罗峰。

“坎迪斯，你真的要赌100亿？”罗峰问道。

“当然，那样才有意思。”坎迪斯笑道。

“那好，如你所愿。”罗峰回道。

罗峰很清楚自己的实力。

这一个月，一开始赌战，罗峰输多赢少，到后来，他赢多输少，每次生死战后，他都有一些体会和进步。罗峰自认实力增强了不少。

7月25日，他的试炼塔等级达到了3.4。

“虽然我没有十足的把握赢坎迪斯，但是我赢的概率有五成。100亿赌注的确有压力，不过，这场生死战或许能让我再次突破。”罗峰暗自思忖。

离8月1日只剩下三天。

他想要使自己的战力振幅达到12，这一次大赌战是一次机会。

“如我所愿？”坎迪斯惊讶地看着罗峰，“你的意思是，你接受100亿赌注的赌战？”

“没错，我接受。”罗峰点点头，“我回去后，就向系统发出申请。”

“很好。”坎迪斯微笑着点点头，眼眸中却闪过一道精光。

……

经过电脑系统的审核，罗峰和坎迪斯的赌战申请通过了，此次赌战将在7月29日上午9点15分开始。

7月29日，JN阁。

“罗峰！罗峰！”赵若那清脆的声音响彻整个JN阁。

“师姐，”罗峰出现在二楼的阳台上，他看着下面的赵若，问道，“一大早，你找我有事吗？”

“你这家伙竟然这么淡定！”赵若瞪大了眼睛，“我刚才在餐厅吃早饭的时候，听到学员说了，你和坎迪斯在今天上午会进行一场赌战，而且，你，你竟然和他赌100亿。”

对于战神级武者而言，100亿可是大数目。

第127章

罗峰对战坎迪斯

这些天才武者虽然受到各大强国和各个组织的拉拢，本身是不缺钱的。可是，他们购买秘籍和作战服等是要花大钱的，如果没把握的话，谁舍得赌100亿啊？

“快说，此事到底是真是假？”赵若催促道。

“是真的。”罗峰点点头。

“天哪！”赵若紧紧地盯着罗峰，“你疯了，真是疯了。”

“师姐，我需要好好静修，准备一会儿的生死战。”罗峰没有再说什么，直接回到了自己的静室。

面对这位比男学员还彪悍的师姐，罗峰觉得还是躲起来比较好。

静室中，檀香弥漫。

罗峰盘膝静坐，心如止水。

作为7月份已经战了36场的老手，罗峰心里非常清楚，两个实力不相上下的学员进行生死战，谁输谁赢真的没办法断定。如果其中一人的情绪低落导致状态不佳，很可能瞬间被对手击败。而若是其状态极佳，又很可能击败对手。

最佳的状态就是心如止水，也就是完全处于空冥状态。话是这么说，可是又有几人能真正做到心如止水，没有丝毫杂念呢？

……

两个小时后。

精英训练营九重楼第九层的大厅中，一百多号人齐聚在这里。

整个精英训练营一共有183名学员，加上老师，超过了200人。现在，这里就聚集了一百多名学员，比上一次罗峰和威廉之战吸引的学员多得多。

这可是赌注为100亿的赌战啊！

精英训练营的学员一年都很难遇到赌这么大的。况且，此次赌战的双方都很了不得，一个是优秀的老学员坎迪斯·波莱纳斯，另一个是最近迅速崛起的新学员罗峰。

“这一战，坎迪斯的赢面要大一些。”

来自E国的学员中，一个俊秀的青年被一群学员簇拥着，他对这一战的结果做出了判断。

“在进行生死战时，罗峰很有灵性，也很有悟性，他获胜的概率不小。”史江也做出了判断。

“坎迪斯会赢。”来自A国的学员中，一个娇小的黑皮肤少女淡定地说道。

“坎迪斯有七成取胜的概率，而罗峰只有三成。”来自I国的学员中，一个身材高大的光头壮汉缓缓地说道。

精英训练营内的所有风云人物都做出了各自的判断。

这些风云人物中，实力最弱的都冲进了前十名，其中任何一人都能轻易地击败罗峰和坎迪斯。

上一次，罗峰和威廉的赌战，并没有吸引几个风云人物。今天这一战吸引了非常多的风云人物，毕竟罗峰和坎迪斯的实力都很强，赌注也够大。

“坎迪斯、罗峰，进入挑战室！”一道电子音回荡在第九层的大厅中。

一直静心等待的罗峰陡然睁开眼睛。

“罗峰，加油。”旁边的江芳鼓励道。

罗峰看了看江芳，又看了看旁边的C国学员们，重重地点点头，直接朝挑战室走去。

坎迪斯也走出人群，走向挑战室。

“咔！”挑战室的大门打开了。

罗峰和坎迪斯先后进入挑战室，旋即，房门自动关闭。

罗峰躺在沙发上，拿起幽蓝色的头盔，不由得瞥了旁边的坎迪斯一眼。

坎迪斯也转头看来，那碧蓝色的眸子紧紧地盯着罗峰："罗峰，你可别输得太难看，那就太没意思了。"

罗峰咧嘴一笑，直接戴上了头盔。

坎迪斯也戴上了头盔。

虚拟空间中。

罗峰和坎迪斯都迅速穿好作战服，选好兵器。

作为黑龙排行榜名次较低的罗峰，先选了战斗场景——暴雨下的破败城市。

大雨倾盆，一座座高楼早就破败了，有的甚至倒塌了。

一条双向四车道的街道上，有不少生了锈的汽车。

突然，两道人影同时出现在街道上。

正是罗峰和坎迪斯！

"你竟然选择了暴雨下的破败城市为战斗场景！"坎迪斯身穿黑色作战服，在数十米外遥看罗峰。

罗峰目光冷厉。

他的刀法蕴含的霹雳意境，就是在雨夜中苦修才悟出来的。平常修炼刀法的时候，他发现，下雨的时候，自己施展起霹雳刀法更加自如。

"战斗开始！"那道电子音再次回荡在荒芜城市中。

"嗖！"坎迪斯一闪身，迅速地冲向罗峰。

"锵！"罗峰闪电般地拔出血影战刀，也迅速地往前冲。

"咻！"血影战刀倾斜着疾速袭向坎迪斯。

坎迪斯目光冷厉，整个人仿佛毒蛇，他手中的长剑则宛如毒蛇吐出的蛇芯子，直接刺向罗峰的脑袋。

与此同时，一道呼啸声传来，一块汽车铁片疾速射向罗峰的血影战刀。

"退！"罗峰瞬间做出了决定。

以他那完美级身法对周围环境的掌控，自然明白当铁片朝自己袭来时，自己已经处于劣势。

在罗峰后退的同时，一道刀光猛地闪过。

罗峰那2.8倍的力量爆发了，血影战刀的刀光在暴雨中显得很是梦幻，刀光在擦过铁片的同时，袭向那快得惊人的长剑。

“刀法——霹雳！”罗峰大喝一声。

“锵！锵！”两道撞击声连续响起。

罗峰全力一击，而后退到三十米之外。

“完美级身法？！”罗峰看向远处的坎迪斯，很是惊讶。

“哼！”一道冷哼声响起。

远处的坎迪斯冷冷地道：“罗峰，你很惊讶？精英训练营的老学员可不简单，除了领悟力极低的，大多数老学员都领悟出了完美级身法，甚至有老学员领悟出了意境级身法。你再厉害，只不过是一个新学员而已。”

说完，坎迪斯再次朝罗峰袭来。

“呼！呼！”

当坎迪斯疾速靠近罗峰时，竟然瞬间好像出现了两道人影。

“砰！”罗峰一脚踹在旁边的破烂轿车上。

那辆破烂轿车瞬间爆炸开来，大量汽车零件乱飞。

罗峰避开飞舞的汽车零件，疾速袭向坎迪斯。

“咻——”一时间，一道道刀光迅速笼罩着坎迪斯。

而坎迪斯诡异地一次次闪身，手中的长剑轻易地抵挡住了一次次袭击，并且不时发出一次次反击。

“锵！锵！锵！”那些汽车零件和铁片成了作战双方对付对方的工具。

罗峰和坎迪斯每一次移动都最大幅度地利用环境，让汽车零件和铁片不伤害到自己，却能影响到对手的移动。

两人的身法都达到了完美级，可以说，这是身法达到完美级的武者一次强有力的较量。

罗峰的刀仿佛一道道闪电霹雳，连绵不绝地袭击着。

坎迪斯的剑也不弱，时而抵挡住每一次攻击，时而发出一次次反击。

“哧！”一道黑影紧紧地贴着六棱盾牌的边缘袭来。

那细长的剑猛地弯曲，竟然缠绕住了罗峰持着六棱盾牌的左臂，而后，轻轻地一拉。

“哧！”罗峰套着六棱盾牌的手臂断了，而后掉落在地。

“啊！”罗峰惊叫一声，倒退到数十米之外。

“左臂断了！”罗峰的脸色很是难看。

“罗峰，我的拳力的爆发力是2.5倍，论速度和力量，你的确比我更胜一筹。”坎迪斯冷笑着朝罗峰走来，“可惜，我的剑法配合身法的威力是远远超过你的。”

罗峰的脸色发白，一是因为失血过多，二是因为他也发现了问题所在。

坎迪斯的身法达到了完美级，剑法达到了刚柔并济的境界，要比罗峰的刀法高一个境界。

而且，坎迪斯的剑法很是诡异，他身法也很是诡异，两者结合，效果更好。

“没有了盾牌，你必死无疑。”坎迪斯目光中有着一丝杀气。

他终于能狠狠地报复一次了。

“哼！”罗峰大步后退，而后进入旁边的临街店铺。

“没用的。”坎迪斯一步步地追过去。

暴雨天，破败的临街店铺屋顶漏水，地面上有一汪水。

那汪水仿佛镜子一样映照出旁边的罗峰的模样。

罗峰低头看着水中的自己，一滴水珠滴落，原本平静如镜的水面顿时荡漾起来，泛起一道道波纹。

“波纹？九重雷刀发力？”罗峰眉头微皱。

“镜子？”罗峰愣愣的，“镜子！”

罗峰露出了惊喜之色。

此刻，坎迪斯进入店铺，他手持一把细剑，缓缓地走向罗峰，笑道：“罗峰，这100亿看来得归我了。”

说完，他闪电般地往前冲，手中的黑色细剑划过一道诡异的弧线，划向罗峰的脖颈。

“你错了！是你得给我100亿！”罗峰怒喝一声。

他也猛然往前冲。

“呼！”罗峰的速度竟然达到了骇人的地步，避开了坎迪斯这一剑。

同时，一道刀光突然出现，速度之快，根本不容坎迪斯躲避。

“啊！”坎迪斯惊叫一声。

罗峰的身影出现在坎迪斯身后十余米外。

“砰！”坎迪斯轰然倒下。

第128章

雷刀第四重

试炼室中，坎迪斯和罗峰的意识几乎同时被踢出了虚拟空间。

“我输了？”

坎迪斯的头上还戴着幽蓝色的头盔，眼前一片黑暗。可是，他并没有摘掉头盔，而是默默地坐在那里。

“我怎么会输呢？不应该啊！他的手臂都已经断了，我完全占优势，可他那最后一刀的威力，还有他的身法速度……”

坎迪斯坐在沙发上，双拳紧攥，指关节都发白了。

他心里好恨啊！

此时，他才明白，罗峰的拳力发力提高了一大截。

“最后时刻，他竟然翻盘了！怎么会发生这种事情？对手在和我的战斗中，实力有所突破，这种事情竟然让我给碰上了。”

坎迪斯的身体微微发颤。

此次一战，他损失了足足100亿，毕竟他只是波莱纳斯家族的第一继承人，并非族长，对于他而言，这是个很大的数目。

此外，因为追求珍妮特而被拒的事情，坎迪斯对罗峰这个情敌恨得咬牙切齿，他一直强忍怒火，这次好不容易有机会教训罗峰，没想到，他反而被教训了一顿，简直是天大的耻辱。

最让坎迪斯感到愤怒的是，原本他想狠狠教训罗峰，让罗峰损失一大笔钱，让罗峰心疼，可是，没想到，罗峰不但赢了，刀法还在战斗的过程中突破了。

罗峰的刀法有所突破，坎迪斯可以说是“功不可没”。

当然，罗峰的刀法有所突破的主要原因是，他早在进入精英训练营之前就炼成了九重雷刀的第三重，进入精英训练营后每天都在苦修，不敢有丝毫松懈，他对力量的控制越来越强，基础也越来越扎实。

即便罗峰在此次战斗中没有突破，再修炼三五个月，他也能炼成九重雷刀的第四重。

不过，能提前三五个月有所突破，也是件好事。

这一战的确给了罗峰很大帮助。

此次坎迪斯赔了夫人又折兵，如何能不愤怒？如何能甘心？

“此次挑战，罗峰胜！”那道电子音回荡在第九层的大厅中。

身处试炼室的坎迪斯和罗峰都听到了。

坎迪斯的身体微微一颤，这才取下幽蓝色头盔。

“坎迪斯，这次多谢你了。”罗峰站在试炼室的门口。

“哼！”坎迪斯冷哼一声，站起身来。

忽然，罗峰口袋里的手机传来一道声音。

听到这声音，坎迪斯的脸色更加难看。

罗峰则微笑着取出手机看了一下短信，不出所料，是银行发来的存款余额变动的通知信息。

200亿到账了！其中的100亿是罗峰之前汇到精英训练营挑战系统专用账户的，另外100亿则是罗峰从坎迪斯手里赚的。

“咔！”试炼室的门打开了。

罗峰和坎迪斯相继走了出去，他们一眼就看到第九层大厅中仍站着很多人。

那些老师和精英训练营的风云人物都很是惊讶。

在他们看来，坎迪斯的赢面更大。

他们心里都很清楚，坎迪斯的身法和剑法配合的话，有很大的威力。这也是一开始罗峰的力量和速度占优势，却依旧被坎迪斯压制，且被切断手臂的缘故。

"罗峰，好样的！"

"哈哈，罗峰，你真厉害！"

不少来自C国的学员都竖起了大拇指。

罗峰笑着走了过去。

坎迪斯的脸色难看，勉强和几名实力强大的老学员说了几句话，就迅速地离开了。

坎迪斯这次发泄不成，反而又受了一肚子气。

当天深夜。

罗峰一个人待在书房中，和家人视频聊天之后，他依旧抑制不住心中的喜悦。

这次可真是赚大了！

赚100亿倒是其次，更重要的是，决战的最后时刻，他竟然悟出了九重雷刀的第四重。

"九重雷刀的第四重的确很难，前三重我都领悟得很快。在JN基地市的时候，我就一直没能有所突破。此次来到精英训练营，我的刀法和对力量的控制都进步了很多，可一直无法突破九重雷刀的第四重。"罗峰心中感慨万千。

在虚拟空间战斗时，那一汪水产生波纹的一幕和当初他领悟九重雷刀第二重时的情景很像。

"其实，重要的不是波纹，也不是水滴，而是如镜子般的水面。"罗峰感慨一声，又道，"只有水面平静得没有一丝涟漪，水滴落下时，波纹才更加清晰。"

拳力发力也是一样的道理。发力的重点不是一道道暗劲，而是暗劲要通过全身的筋骨和肌肉进行传送。明白这个道理后，本来力量控制就比过去强得多的罗峰直接领悟了九重雷刀的第四重。

"现在我已经领悟了九重雷刀的第四重，我的拳力发力达到了3.5。"罗峰两眼发亮，"而我的试炼塔等级只达到3.4，还差一点。只要我的试炼塔等级达到3.5，我的战力振幅就超过12了。”

按照罗峰和极限武馆签订的合同，8月1日之前，罗峰的战力振幅达到12，就能获得9系作战服、兵器全套、任何一套秘籍，以及价值800亿的龙血一份。

这可是巨额奖励啊！

先不提价值800亿的龙血，单单全套秘籍就很珍贵。罗峰肯定想要九重雷刀的全套秘籍，要知道九重雷刀全套秘籍的价格是1000亿，半价也要500亿，更何况，想要获得半价的要求是四星级贡献点。

四星级贡献点啊，罗峰什么时候才能达到啊？

而现在，他不需要耗费钱和贡献点，就能免费得到一套秘籍。

“一套秘籍，加上龙血，再加上作战服、兵器，即便半价，也绝对超过1000亿，我什么时候才能买得起啊？”罗峰心中暗道。

如今，他的速度和力量都大增。试炼塔等级不可能一点进步都没有。

“我本月还有两次试炼塔试炼，一次是明天晚上，一次是后天晚上。”罗峰心中暗自想着，“明天是7月30日，我的战力振幅一定要超过12。”

上个月，罗峰在黑龙排行榜排名进了前50。7月份，他在试炼塔中有4个小时的试炼时间，他选择7月9日、7月25日、7月30日、7月31日各一个小时。之所以这么安排，是因为合同里战力振幅的其中一个时间节点是8月1日零点，他当然要在最后两天都安排一个小时试炼，巩固一下基础。

第二天。

白天的时候，罗峰大多数时间都在地下密室熟悉九重雷刀的第四重，晚饭后，他开始静休，准备当晚的试炼塔试炼。

直至晚上9点35分，罗峰来到九重楼的第九层。

“罗峰。”

“罗峰，你好。”

一些学员都笑着和罗峰打招呼。

罗峰的心情很好，笑着回了两句，随即进入了试炼室。

罗峰躺在沙发上，拿着幽蓝色头盔。

“嗯！争取一次就试炼成功！若是得了龙血，一两个月内，我就能成为高级战神级的精神念师，也就是战神中无敌的存在。”罗峰默默地鼓励自己，而后戴上头盔。

虚拟空间中。

无边无际的银色大地中矗立着一座七层宝塔，正是试炼塔。

“唰！”罗峰陡然出现在试炼塔中。

“我要进行拳力发力的等级测试。”罗峰大声说道。

在虚拟空间中，无论是挑战室的虚拟空间，还是试炼室的虚拟空间，只要挑战者向虚拟空间智能系统喊话，就可以进行拳力发力测试，因为此项测试真的很简单。

“呼！”一架拳力测试机出现在罗峰的旁边。

“罗峰学员，请迅速进行拳力发力的等级测试。”那道电子音再次响起。

罗峰静静地站在拳力测试机的面前。

他这具虚拟空间中的身体使出蛮力后，拳力是标准的10000千克，误差不超过10千克。

罗峰深吸一口气，双眼微微眯起。

他低哼一声，右拳瞬间挥出，身体内的四道暗劲接连迅速地涌入手臂，令罗峰出拳的速度飙升。

拳头狠狠地砸在拳靶上。

“砰——”拳靶发出沉闷的响声，猛地一阵晃动。

拳力测试机的显示屏显示出了数字——35080千克。

“拳力发力的等级达到3.5，恭喜你，罗峰学员，你现在的战力振幅为11.9。”那道电子音又一次响起。

“我的战力振幅达到了11.9，还差一点，就能达到12了。”

罗峰直接走向远处的试炼塔，那拳力测试机也消失了。

试炼塔的第三层。

罗峰的眼前是一片荒野。

“试炼塔第三层B级试炼开始，罗峰学员，你的任务是在30分钟内击杀190头初级兽将级金兀鹫怪兽和10头中级兽将级金兀鹫怪兽，祝你好运！”

电子音刚落，荒野的上空顿时出现了很多飞禽类怪兽。

飞禽怪兽中，金兀鹫怪兽是以凶残著称的，实力最弱的金兀鹫怪兽都达到了初级兽将级。

“来吧！”

这一关的试炼，罗峰已经多次死在金兀鹫怪兽群手里了。

飞禽类怪兽可比走兽类怪兽可怕得多。飞禽类怪兽的利爪一旦抓住罗峰，就能直接将罗峰给吊起来，罗峰在半空中无处借力，面对飞禽类怪兽群就必死无疑。

所以，罗峰绝对不能被飞禽类怪兽的利爪抓住并吊起。

“嘎！”一道刺耳的叫声响起。

金兀鹫怪兽从高空俯冲而下，当即，一大片飞禽类怪兽将罗峰给围住了，难怪很多战神级武者都被困在试炼塔的第三层。

这次，罗峰想要取得成功，最起码要猎杀大半飞禽类怪兽，让试炼塔等级达到3.5。

“一定要成功！”罗峰手持血影战刀，目光冷厉。

“轰隆隆——”飞禽类怪兽群瞬间袭向罗峰。

一场激烈的厮杀开始了。

第129章

巨额奖励

金兀鹫乃鹫类怪兽中的凶猛禽类，身体表面的羽毛是黑色的，隐隐泛着银灰色的光泽，而腹部的绒毛和翅膀下方的羽毛都是金黄色的。

它那强有力的双爪和极具攻击力的翅膀都能对罗峰产生巨大的威胁。虽然罗峰的速度很快，但在飞禽类怪兽群的围攻下，罗峰的身法差点使不出来，速度更是爆发不出来。

“噗！”金兀鹫怪兽一次次地发起攻击。

“咻！”雪白的刀光一次次亮起。

凄厉的鸣叫声响彻天空。

一头头金兀鹫怪兽被击倒，其他金兀鹫怪兽继续疯狂地围攻。

论速度，金兀鹫怪兽远超同等级的走兽。飞禽类怪兽的速度比走兽快，这是常识。

罗峰根本无法摆脱金兀鹫怪兽的围攻，在金兀鹫怪兽围攻的情况下，他只能拼命反击。

他的血影战刀如霹雳，威力极大，刀刀毙命。

“不好。”罗峰被一头金兀鹫怪兽的双爪抓住并吊了起来。

他的双脚离地了，无法借力，身法自然无法施展出来。

在这个困境下，罗峰只能任由金兀鹫怪兽围攻，瞬间，他就丧命了。

他消失了，金兀鹫怪兽群也消失了。

“真疼啊。”罗峰再次出现在荒野中。

“我现在的试炼塔等级是多少？”罗峰很是好奇。

在之前的战斗情况下，罗峰根本不敢分心，自然也没数自己到底杀了多少头金兀鹫怪兽。他只感觉到，这次比上次坚持的时间更长。

然而，他最后还是没能成功。

那道电子音再一次响起。

“试炼塔等级达到3.5。”

罗峰一听，顿时露出一丝喜色。

3.5乘以3.5，他的战力振幅达到了12.25，已经超过12了。

他竟然成功了！

自从来到精英训练营，他没有一天敢松懈。第一个月，他拼命地修炼，才能让自己名列第68，获得了和极限武馆签订合同的资格。之后，他以三个月为期限，以最高的标准要求自己，他无时无刻不在琢磨武道。

洗澡的时候，他的脑子里都在琢磨刀法。

和家人、徐欣聊天时，他有时候也忍不住分神，琢磨刀法。

最后一个月，他疯狂地挑战精英训练营的学员，一次次进行生死战。最后一次赌战，他更是下了100亿的赌注。

终于，他的战力振幅达到了12。

“哈哈！来，我继续进行试炼塔第三层的B级试炼。”罗峰朗声大笑。

天空中再一次出现了金兀鹫怪兽群。

罗峰再也没有心理压力，只管全身心地去试炼。

不久后，试炼结束了。

最终罗峰的试炼塔等级达到了3.6，他终于成功地通过了试炼塔第三层的B级试炼，至于C级试炼，他很快就被怪兽给击杀了，没有通过。

“嗯，我的拳力发力达到了3.5倍，身法达到了完美级，而我的刀法才达到第二境界大成。”

罗峰心中明白，试炼塔后面的试炼难度更大，对试炼者的要求更高。刀法弱的话，面对怪兽群的围攻，根本没办法保住性命，更别说猎杀十几头怪兽了。

试炼塔的等级达到3.6，这在战神级武者中都算是比较不错的成绩了。

“我的战力振幅达到了12.6。”罗峰露出了笑容。

JN阁，罗峰住处的书房内。

当罗峰回来，打开笔记本电脑，已经是晚上10点50分了。

他顾不得想自己有多累，迅速从笔记本电脑中调出自己和极限武馆签订的合同文档，这是那份合同的扫描件。

合同中有一个电话号码。一旦罗峰的战力振幅达到要求，即可拨打这个电话，索要奖励。

“那可是巨额奖励啊！”罗峰深吸一口气。

一份龙血的全价是800亿，半价是400亿；一套《九重雷刀》秘籍的半价是500亿，就连相对较便宜的作战服和全套兵器的全价都是100多亿。即便这些东西全部只需半价，都是一个惊人的数字。

当然，对于极限武馆而言，这些东西的成本是很低的。《九重雷刀》卖的其实是版权，成本几乎为零。至于龙血的成本，全世界恐怕只有极限武馆的馆主洪知道，因为只有他一个人能提供龙血。而作战服和兵器的成本只需数十亿，全部加起来的成本最多几百亿。

不过，那只是成本而已。谁会傻到按照成本价卖呢？即便各国政府买龙血，也是按照800亿的价格去买的。

“嘟——”罗峰拨通了电话。

“你好。”一道低沉的声音响起。

“你好，我是精英训练营的罗峰。”罗峰此刻平静下来，缓缓地说道，“我之前和极限武馆签订了一份合同，合同上有五项奖励条款，我只要完成其中某项条款，即可拨打这个电话，从你这儿得到奖励，对吗？”

“是的！”

“我的战力振幅已经超过12，符合第一项奖励条款。”罗峰说道。

“稍等一下，我查看一下。”

仅仅片刻，那道声音再次响起。

“恭喜你，罗峰学员，你的战力振幅达到了12.6，现在是7月30日22点56分，符合第一项奖励条款。你的奖励是9系作战服和全套兵器、任意一套秘籍，以及价值800亿的龙血一份。”

罗峰听到这话，很是激动。

“罗峰学员，请你将自己需要的作战服和全套兵器的详细信息告诉我，还有你需要的秘籍的名字，也告诉我。”

“我需要一套9系作战服，作战服的大小就按照……”

罗峰迅速报出自己所需的作战服、血影战刀、六棱盾牌的大小样式等信息，并且说出了通信手表、望远镜、背包等一些辅助工具的信息，当然还有自己需要的飞刀的信息。

“我还需要《九重雷刀》全套秘籍。此外，就是那份价值800亿的龙血了。”罗峰接着道，“对了，我还需要10把9系飞刀，我希望其中两把9系飞刀换成SS级飞刀，我可以汇款过去，补足这两把SS级飞刀与9系飞刀之间的差价。”

飞刀的体积小，用材也少，就算是SS级的飞刀，其价格也比同等级的血影战刀要低很多。

“这两把SS级飞刀就算是那套作战服附加的。”那道低沉的声音再次响起。

显然，极限武馆并不在乎两把SS级飞刀，毕竟一把SS级飞刀的全价只有4亿，半价才2亿，成本比较低。

对于极限武馆而言，都能发出如此巨额的奖励了，哪还会在乎这点钱啊？

“精英训练营就在极限武馆总部所在的基地市，1个小时内，这些奖励估计就能送到精英训练营的正门口，到时你得去签收一下。”

“1个小时内？！”罗峰露出一丝喜色。

没想到，他这么快就能拿到那些宝物。

“最后，恭喜罗峰学员获得这个奖励。罗峰学员，你好好努力，争取早日使自己的战力振幅达到16，获得另外一项奖励。”那道低沉的声音刚落，电话就挂了。

结束通话后，书房内一片安静。

罗峰的心脏跳得很快。

“龙血很快就到了，我的实力很快就能发生惊人的变化。”

直到此刻，罗峰依旧感到像做梦似的。

就这样，《九重雷刀》全套秘籍、一份龙血就要到手了。即便只算半价，这套秘籍和一份龙血加起来也快1000亿。

李威的父母悬赏1000亿引起了很大动静，由此可知1000亿是何等巨额的财富。

罗峰很是激动。

他在书房中等了20分钟后，连忙赶到了精英训练营的门口。

此时已经是晚上11点，门口没有其他学员。

“罗峰学员，这么晚了，你怎么还在这里？”正门口，守卫笑着问道。

他自然认识精英训练营的这个大红人。

“我有事。”罗峰笑着应道。

守卫也懂规矩，没再追问。

在夜风的吹拂下，罗峰独自一人在正门口晃悠。在等待中，他感觉每一分每一秒都过得很慢，偶尔有汽车从精英训练营的门口路过，他都不由得抬头看去，可惜都不是。

“滴！”一道喇叭声响起。

一辆大货车朝精英训练营的门口驶来。

“放行！”一道电子音从正门口旁边的看守室传出来。

巡逻的士兵都大吃一惊。

精英训练营的诸多系统都是智能系统控制的，并非人工控制的，就算是极限武馆的专用车，大部分也是没资格进入极限武馆的。

此刻，正门已经自动开启了。

大型货车开了进去。

“应该就是它。”罗峰连忙跟上去。

大货车的司机似乎看见罗峰了，直接将车行驶到旁边宽阔的地方，而后停下。

“咔！”货车的后门打开了。

一道声音响起：“罗峰学员，请上车。”

罗峰连忙跑到货车的后门，还没来得及上车，一道蓝光就照在他的身上。

同时，一道电子音响起：“罗峰学员，身份确认，请上车。”

车厢内很是豪华，里面一共有三人，他们都惊讶地看着罗峰。

“你就是罗峰？！”

“不知道极限武馆总部这次让我们押送的是什么，竟然让我们三个都出动了。”

车厢内的三人看起来不一般，一个是黄种人，两个是白人，他们说的是C国语言。

洪宁基地市的通用语言是C国语言，所以极限总部的大多数武者都会说C国语言。

罗峰跳上车，一眼就看到车厢中有一个大密码箱，这密码箱比较大，盾牌、血影战刀之类的宝物是能放下的。

这时，又一道蓝光照在密码箱上。

“奖励物品，确认无误。”那道电子音紧接着响起，“罗峰学员，请接收奖励物品。”

罗峰上前一步。

那个高大的白人捧起密码箱，而后直接递到罗峰的面前。

“罗峰学员，这里面是什么啊？”白人笑着问道。

“保密。”罗峰淡淡一笑，而后接过密码箱。

这巨额奖励终于到手了。

第130章

龙血奇效

罗峰提着密码箱迅速地回到了自己的住处。

JN阁，地下密室中。

“咔咔——”罗峰打开了地下密室合金门的大锁。

他既然得到了龙血，当然得第一时间用掉，如果自己没使用，而被某个学员知道此事，说不定会有人来偷龙血，到时候自己哭都没地方哭。

而使用龙血是一件很机密的事情，为了防止被别人打扰，还是在地下密室中使用龙血比较妥当。

灯光照亮了整个密室。

罗峰将密码箱放在角落。

这是指纹密码箱，他的手指轻轻一划，“咔”的一声，密码箱就打开了。

密码箱很大，分成了上下两层，上层存放着整齐的作战服、血影战刀、盾牌、飞刀等物品，罗峰将这些物品都拿了出来，放在一边。

下层放着两个木盒。

“这两个木盒中，一个木盒中是《九重雷刀》，另一个木盒应该是龙血。”

罗峰小心翼翼地打开第一个木盒，木盒中放着厚厚一本秘籍和一摞光盘，秘籍的封面上有四个大字——九重雷刀。

《九重雷刀》全套秘籍到手了。

“以后我不需要再为这本秘籍耗费心力了。”罗峰当即合上，打开了另外一个木盒。

“咔！”

木盒里面有用泡沫固定的一根试管，试管的口子用塞子塞住了，试管内是金色的血液，血液大概占了试管容积的三分之一。

“这就是龙血，价值800亿的龙血？”

罗峰小心翼翼地取出泡沫，而后拿起试管，唯恐摔碎了。按理说，装龙血的试管应该很结实才对，然而罗峰不敢大意。

他高高地举起试管，对准日光灯。灯光的照耀下，金色血液让人心颤。

如果不是事先知道它的价值，罗峰根本无法相信这玩意儿值800亿。

“嗯？”罗峰低头一看。

那个存放龙血的木盒下方还有一份说明书。

罗峰拿起来，仔细一看，不由得露出了笑容。

“原来龙血的使用步骤这么简单啊！”

说明书上写着，只要将龙血涂在身上即可，而且没必要涂满全身，只需要涂到某个部位即可。龙血会自然渗透，布满全身。

使用龙血的唯一的忌讳是，切不可服用。

“28日那天晚上，我在九重楼测试出拳力达到了25100千克。如果我使用了龙血，不知道拳力能达到多少。”

6月底的时候，罗峰的拳力才达到19600千克，然而，7月份，他的拳力增幅就超过了5000千克，这种增长的幅度很是惊人。

其实这也不奇怪，7月份，罗峰使用古文明重力室的时间只有4个小时，分成12次使用，每次有20分钟。也就是说，有12天，罗峰每天能在古文明重力室训练20分钟，而这12天的训练效果比得上平时2个月的训练效果了。

因此，7月份的训练效果才这么惊人。

其实罗峰这也不算夸张，如果一名武者每天在古文明重力室训练两小时，一个月就能抵得上十个月的修炼效果了。

“我的拳力达到了25100千克，使用龙血的话，拳力翻倍，就能达到50000千克。”罗峰心中暗道。

实力越强的武者，使用龙血的效果就越差；而实力越弱的武者，使用龙血的效果就越好。举个例子，一名战士级武者本身的实力较弱，用了龙血后，他的实力能增强4倍。

传说，龙血能让武者的实力翻倍，而所谓的翻倍只是一个大概的数字而已。

“我现在的身体素质只达到中级战将级，使用龙血的话，实力说不定不止之前的两倍，甚至有可能是之前的三倍。”罗峰暗自期待着。

世界上有武者使用过龙血，可是，并没有武者公布使用龙血后的具体效果，罗峰只能亲自感受了。

地下密室中，罗峰平躺在地面上，然后左手持盛放着龙血的试管，轻轻地拔掉塞子。

顿时，一股特殊的味道弥漫在地下密室中。

罗峰闻着这股味道，不自觉地将这股气味吸入体内，他感觉全身的每一处都隐隐发麻，有一种修炼了基因原能的感觉。

“龙血！”罗峰微微倾倒试管，将龙血倒向自己的胸口。

龙血的黏稠度较高，宛如水银，龙血缓缓地流着。那根试管就那么大，龙血只占了试管三分之一的容积，这龙血的分量的确很少。很快，试管中的龙血全部流了出来。

罗峰将空试管放到一边。

“龙血覆盖的面积太小。”罗峰当即双手出动，直接将龙血抹平。

将上半身抹遍后，很快，他感觉到自己的上半身开始发热。

“起作用了？”罗峰满怀期待。

他感觉到一股股热流沿着皮肤迅速地融入身体内部，朝全身的每一处流窜。

此外，这一股股热流不断地增强，而罗峰胸口处的龙血迅速减少，似乎都渗透进皮肤了。

热流不断增加，罗峰的体温也在不断升高。

“龙血的说明书上提到，使用龙血时，过程很痛苦，甚至会让使用者昏迷。

我没想到，竟然这么痛苦，我从小就饱受头疼之苦，我的忍受力算是蛮强的，没想到……”罗峰双拳紧攥，身体隐隐颤抖。

此刻，仿佛有千万只蚂蚁在咬着他身体的每一处，这种痛苦让他的脸色都发白了。

而且，痛苦在不断地加剧着。

罗峰全身的每一处都感觉到酸麻，乃至疼痛。

他觉得很热，仿佛被火灼烧一般。

“啊！”罗峰额头的汗珠滚落，全身一阵颤抖。

他的肌肉抽搐，心跳加速，体内的血液流速不断地加快。

“扑通——”

每一次心跳的声音都仿佛擂鼓声在他的耳边响起，声音越来越大。

终于，罗峰承受不住，失去意识。

只见罗峰身体表面的龙血不断减少，不断地渗透进体内。

伴随着这种变化，罗峰的身体不断地颤抖着，肌肉抽搐得更加厉害了。

只见罗峰赤裸的上半身的皮肤仿佛被烧红了一般，青筋暴起，很是吓人。

“哧哧——”罗峰全身的细胞都疯狂地吞噬着这种奇异的能量，从而发生了一次次蜕变。

这么多年来，即便是罗峰第一次觉醒成为精神念师，他的身体蜕变的幅度也没有这么夸张。

在龙血能量的催化下，他全身的细胞内的基因迅速发生蜕变，一些废弃的细胞杂质直接被排除，仿佛污垢一般，从罗峰的身体表面排出。

在这种蜕变下，罗峰的全身都在发生着惊人的变化，骨骼的硬度不断提升，骨膜和筋膜等的韧性也发生着变化。

一切都在迅速地蜕变着，比罗峰平常的修炼速度快千倍乃至万倍。

与此同时——

罗峰的识海被无尽的雾气笼罩着，识海中央的巨大的暗金色圆球不再像过去那般缓缓地旋转，缓缓地释放精神念力。此刻，暗金色圆球仿佛决堤的大坝，瞬间流出大量的液体，下一瞬，那些液体变成雾气弥漫开来，充斥着整个识海。

识海中的雾气浓度不断提升，而且提升的速度非常惊人。

暗金色圆球仍在不断地释放出大量的雾气，比之前释放的速度快得多。

罗峰的身体素质不断地增强，而一直受到身体素质的限制，潜藏着精神念力的暗金色圆球变了，它在尽情地释放精神念力，罗峰的精神念力不断地增强。

之前，他的精神念力只达到初级战神级强度，如今有了惊人的提升。

渐渐的，雾气的浓度似乎达到了极限，竟然开始凝结，而后产生了水滴。

渐渐的，罗峰识海中的暗金色圆球终于停止疯狂地释放精神念力，如过去一样缓慢地释放。

此时，识海中有很多水滴悬浮着，雾气时而融入水滴，时而又被释放出来。

罗峰的识海是雾气和水滴共存的状态。

“嗯？我，我晕过去了？”罗峰身体微微一颤，终于清醒过来了。

他眼皮微微一动，睁开眼睛。

此时，他的全身完全蒙上了一层污垢，通体乌黑，连脸上都是乌黑一片。

只见他站起身来，略微活动了一下双臂，而后左手猛地在身上搓了一把，顿时将一些黑色污垢搓掉，露出了古铜色的皮肤。

没错，罗峰的肤色完全变了。

从之前普通的黄色皮肤变成了那种宛如钢铁浇铸般的古铜色皮肤，这显然是龙血渗透身体后的效果。

“好强大的力量！”罗峰感觉到了体内惊人的力量，“这可比过去强多了。”

“我的力量达到了3.5倍的爆发力，爆发吧！”

罗峰猛地一拳砸在旁边的合金墙壁上，“轰隆”一声，合金墙壁猛地一震。

随后，罗峰又用左拳重重地一击，这一拳引得整个地下密室都震动了，还在合金墙壁上留下了一个大窟窿。

“咚咚咚——”一阵低沉的声音不断地响起。

罗峰用这种野蛮的方式释放心中的痛快。

“舒服！真舒服！”罗峰忍不住大叫一声。

罗峰一转头，看向作战服。

“嗖——”忽然，10把飞刀在合金密室中飞了起来。

这10把飞刀以惊人的速度围着罗峰旋转，达到了空气中音速的十倍，并且继续加快。

如此可怕的速度，飞刀仅仅擦过旁边的合金墙壁，就划出一道裂痕。

罗峰双拳紧握。

他心里有一种感觉，如今的自己很强大，即便是面对那头高级领主级铁甲龙，他都敢大战一场，甚至能轻易将铁甲龙怪兽给杀了。

第131章

罗峰的实力

JN阁，罗峰住处的浴室内。

“哗哗！”

热水冲刷着罗峰强壮的身体，将污垢都冲洗干净。

“咕咕！”看到浴缸中的脏水全部流了出去，罗峰这才塞上塞子。

而后，他继续躺在浴缸中，任由热水冲刷自己的身体。躺在浴缸中，他的心情前所未有的愉悦。

许久之后，他才从浴缸中站起来，用浴巾擦拭了身体，而后走出了浴室。

他穿上作战服长裤，套上战靴，上身仅仅穿着一件休闲衫。

他的裤袋内放着10把飞刀。

“我现在就去九重楼，测试一下实力。”

罗峰迅速下楼，前往九重楼。

此时，已经是深夜两点多。

九重楼内竟然还有一些学员。一天中，精英训练营的古文明重力室和试炼室除了中午有一个小时暂停使用外，其他时间都是对外开放的。

其他的练武厅却根本没人。

九重楼第五层的一个小型练武厅。

“啪！”灯打开了。

一个黄皮肤青年出现在练武厅中。练武厅的门窗已经关闭了，虽然是玻璃窗，但是九重楼的玻璃窗都采用特殊材料，从外面无法看到室内的情况，而从里面可以轻易地看到外面的一切。

对此，罗峰很是满意，他暂时不想让人知道自己是精神念师。

“精神念力的实力比身体素质高两个层次，我现在就看看，我的身体素质到底达到了什么水准。”

罗峰走向练武厅角落的一架大型拳力测试机，这可是最顶尖的拳力测试机，就连高级战神级武者的拳力都能轻易地测试出来。

能够承受高级战神级武者的重拳，这拳力测试机的造价可想而知。

罗峰打开开关，拳力测试机的显示屏当即亮了。

“前两天，我的拳力达到了25100千克，我看看现在拳力是多少。”罗峰站在拳靶前，心中暗道。

高级战神级武者的拳力达数十万千克，力量爆发的情况下，拳力甚至有近百万千克，如此重拳都无法破坏拳靶，看来拳靶的材料不比高级领主级怪兽的鳞甲差多少。

罗峰忽然动了！

没有用任何特殊的方法，他只是单纯地将身体的蛮力全部使了出来。

只见他的右拳宛如一发炮弹直接轰击在拳靶上。

“砰！”拳靶猛地震动起来，发出一道低沉的声音。

罗峰立即看向显示屏，显示屏上显示出了一个数字——63602千克。

“我的拳力怎么这么大？！”罗峰瞪大了眼睛，有些难以置信。

本来他估计自己的拳力应该差不多能达到50000千克。运气好一点的话，拳力或许能达到50000多千克，如果走大运的话，拳力可能接近60000千克。

测试结果显示，他的拳力达到了63602千克，接近64000千克，接近初级战神级武者的拳力了。

“我的身体素质勉强达到了初级战神级，也就是说，我的精神念力勉强算得上是高级战神级。”罗峰心中一阵狂喜。

他心里很清楚，初级战神级武者的拳力界限是64000千克到128000千克。

如今他只能算刚刚跻身高级战神级精神念师的行列，而非高级战神级巅峰的精神念师。

待他的力量达到128000千克，那才是高级战神级巅峰的精神念师。

即便如此，他已经很强了。要知道，即便是刚刚踏入高级战神级界限的精神念师，要杀高级兽将级怪兽轻而易举，就连击杀领主级怪兽都不是难事。

“放眼整个世界，除了超越战神级武者的存在外，最厉害的当属高级战神级武者，而我是高级战神级精神念师，只有极少数高级战神级武者的实力能和我不相上下吧。”罗峰信心满满。

他拥有强大的实力，自然也有绝对的自信。

战神中，真正能令罗峰低头的估计只有高级战神级巅峰的精神念师了。

“这才是真正的实力。”罗峰心中很是激动。

相较于强大的精神念力，他的近身战弱得多，他的身体素质勉强算得上是初级战神级，虽然他的战力振幅超过了12，他也只能得到中级战神级武者的称号。

如果没有强大的精神念力，他根本不算什么。

“我的拳力从25100千克增加到了63602千克，我的身体素质不是增强了1倍，而是增强了1.5倍。”罗峰心中暗忖，“龙血的效果的确很惊人！”

这次罗峰倒是猜错了，单单使用一份龙血，效果也就翻倍而已。

此次他之所以有如此大的蜕变，除了龙血外，其实还有精神念力强化了身体的缘故。

当初罗峰第一次觉醒，身体素质就大大增强了，那一次他的精神念力也就达到初级战将级而已。这一次蜕变，他的精神念力直接从初级战神级跃升到高级战神级。

也就是说，此次提高的精神念力是第一次觉醒时的精神念力的10倍。

短短的时间，就增加了这么多精神念力，他的身体自然强化了。不过，他同时使用了龙血，显得身体强化的幅度没有那么夸张，但是他的拳力大大增加了。

深夜时分，空旷的练武厅中。

罗峰一步步后退，后退到距离拳力测试机足足二十米处。

“我看看我的精神念力到底有多强。”罗峰眼睛一亮。

下一瞬，两把隐隐闪烁着银灰色光芒的黑色飞刀悬浮在他的面前，这两把飞刀正是他这次得到的SS级飞刀。

他心念一动，这两把飞刀立即转了180度，刀把朝向拳力测试机，刀尖朝向罗峰。

“去！”罗峰大喝一声。

在他强大的精神念力的操控下，飞刀疾速飞了出去。

“嗖！”

其中一把SS级飞刀瞬间化为一道流光，直接射在拳力测试机的拳靶上。

“砰！”拳靶猛地震动，发出让人心颤的声音。

拳力测试机的显示屏立即出现了一个数字——218606千克。

看到这个数字，罗峰感慨不已。

“难怪精神念师堪称无敌的存在。”罗峰心中惊叹。

按道理，拳力达到128000千克至256000千克，是中级战神级武者。可是，飞刀的攻击并不是靠力量，而是靠速度。

以速度取胜的飞刀都蕴含着接近高级战神级武者的巨大力量。

罗峰若用如此威力的飞刀攻击，击杀领主级怪兽根本不足为怪。

“我若是同时操控十把飞刀，从各个方向袭向领主级怪兽，飞刀的速度是音速的十倍，并且飞刀能瞬间改变方向，即便它再强，也会瞬间毙命。”罗峰肯定地道。

飞刀的速度是音速的十倍，想要抵挡住飞刀的攻击是极难的。而且，罗峰的精神念力能同时操控数把飞刀进行围攻。

这可比试炼塔的怪兽可怕多了，哪头怪兽的速度能达到音速的十倍啊?

这就是精神念师的可怕之处！

论力量，精神念师也就勉强能与高级战神级武者匹敌。可是，论身法的灵活性和诡异程度，精神念师远远超过高级战神级武者。

除了极少数实力极强的高级战神级武者，罗峰绝对能横扫绝大多数高级战神级武者。

虽然罗峰如今的实力极强，堪称精英训练营学员里的第一高手，但是罗峰心里清楚，世界上比他强的人有很多。

先不提超越战神级武者的存在。战神中，他现在都算不上无敌。

8月1日，清晨。

183名学员齐聚九重楼前方的草地。此时，他们三五成群地聊着天。

所有学员都背着背包和兵器，全副武装，今天是出去训练的日子。出发之前，大家都在等待一个人，那就是世界第一强者洪。

“洪怎么还没来啊？”赵若、罗峰、史江坐在草地上，着急地等待着。

赵若满脸通红，娇嗔地道：“我昨天晚上做梦都梦到洪了。”

“师姐，你又犯花痴了。”罗峰打趣道。

“你说什么？！”赵若白了他一眼。

罗峰不再搭话。

而后，他看向旁边的史江，道：“史江师兄，你见过馆主，馆主到底是什么样子的？”

听到这话，赵若也连忙看向史江。

三人中，只有史江这个老学员见过洪。

“馆主……怎么说呢……”史江双眸中有着崇敬之色，“我觉得他就像神灵！”

“神灵？！”罗峰一怔。

“嗯！在我看来，他就像传说中的神灵，除了神灵，我想不到其他词了。”史江感叹道，“我见过其他巡察使，还有超越战神级武者的存在，他们和馆主根本无法比。”

罗峰若有所思地点点头。

史江随即看着罗峰和赵若，笑道：“师弟、师妹，你们现在应该多花些心思在即将到来的训练上。这次我们可是去澳洲大陆，大涅槃时期之后，整个澳洲大陆都是怪兽的天下，和非洲撒哈拉、南美亚马孙并称世界三大险地。”

大涅槃时期之前，澳洲大陆的动物很多，人口才1000多万。

大涅槃时期之后，澳洲大陆的动物发生变异，那些怪兽不断地繁殖，怪兽的数量堪称世界第一，当时大陆上已经没有人类了，整个大陆成了怪兽们的老巢，经过漫长的演变，澳洲大陆、非洲撒哈拉、南美亚马孙成为世界三大险地。

一些超级组织偶尔会派出特别小队去这三大大陆进行磨炼。

此次，罗峰他们就是前往澳洲大陆进行磨炼。

“嗯？”忽然，罗峰抬头看向天空。

不少学员都看向天空。

空中响起了一阵轰隆声。

紧接着，一道模糊的影子出现在精英训练营的上空。

过了一会儿，众人才看清那是一架红色的三角形战机。

第132章

洪的到来

“馆主来了！”

“快，都站起来！”

所有老师和学员都站起身来，一个个翘首以盼。

世界第一强者即将出现在他们的面前！

这架红色的三角形战机给人的感觉好像一头凶猛的飞禽类怪兽。

此刻，这架红色的三角形战机正从高空缓缓地降落，而下方的所有学员和老师都很安静。

现场没有人敢喧哗。

战机落地，舱门开启。

一个黄种人和一个白种人同时从舱门内跨出来。

他们就这么凌空跨步，仿佛空中有着普通人看不到的台阶，直接走到了草地上。

看到这一幕，所有学员都瞪大了眼睛。

“这两人都是超越战神级武者的存在？！”罗峰心中惊叹，“这两人应该是极限武馆总部的两大巡察使。”

两位巡察使站在草地上，静候馆主。

精英训练营的学员和老师都紧紧地盯着舱门，他们都在期待世界第一强者的出现。

终于，一个人从舱门内走了出来。

罗峰眼睛都不敢眨一下，紧紧地盯着从舱门中走出来的男子。

男子的身高大约一米九，穿着黑色长裤和黑色外套，留着显得精悍的寸头，让人乍一看感觉很是威武。他的脸上根本看不出一丝皱纹，好似只有二十几岁。

然而，他身上散发出一股成熟、稳重的气质，这气质显然不是青年能拥有的。

他一步跨出舱门，目光扫向精英训练营的人。

罗峰只感觉脑中一阵轰鸣，天地仿佛发生了巨变，太阳消失在他的视线范围内，周遭瞬间变成了黑夜，没有一丝光亮，而最耀眼的就是那个黑发男子。

他的确宛如神灵一般！

那些老师都很恭敬，一丝不敬的念头都没有。

站在洪的身旁，那两位巡察使被完全掩盖住了光芒。巡察使可是超越战神级武者的存在啊，然而，在洪的面前，他们显得太渺小了。

“精英训练营这一批学员不错！”一道冷冷的声音响起。

听到声音，在场的学员和老师才回过神来。

所有人都感觉到了莫名的压力，在洪面前，他们都感到自己很渺小。几乎所有人看洪的眼神都带着崇敬，洪可是所有武者的精神领袖。

“馆主，这一批学员中有一些好苗子。”一直跟老师们站在一起的精英训练营的负责人王巡察使说道。

“嗯！”洪淡淡地应道。

而后，他一步跨出，宛如瞬移般到了一名学员的面前。

其他学员、老师以及三位巡察使都转头看去。

只见洪正紧紧地盯着一名学员。

那人正是罗峰！

罗峰怔怔地看着眼前的黑发男子。

这位世界第一强者为什么盯着自己啊?

“洪在看罗峰！”

“洪怎么一动不动地盯着罗峰啊？”

“罗峰刚刚有什么奇怪的举动吗？”

学员们小声议论起来。

坎迪斯心中很是不解，也很是不满。

不管是什么原因，罗峰总归是引起了洪的注意。

三大巡察使却一点都不吃惊，毕竟当初和罗峰签订的那份合同是洪亲自拟定的。

“你就是罗峰？”一道低沉的问话声响起。

洪依旧低头看着眼前略显稚嫩的青年。

“是的，馆主。”罗峰恭敬地回答。

洪点点头，嘴角微微翘起。

“馆主笑了！”

“馆主竟然在笑！”

三位巡察使大吃一惊。

他们都很清楚洪的脾气，平常就是面对其他超越战神级武者的存在，洪都很少给笑脸的。

洪打量了罗峰一番，忍不住惊叹道：“好强的精神念力！”

罗峰心中一惊。

三大巡察使愕然。

精英训练营的其他学员和老师都惊呆了。

罗峰有很强的精神念力？那罗峰岂不是精神念师？

“我，我，我……”罗峰不知道该怎么办。

他是精神念师的这个秘密竟然被洪给当众说出来了。

如今，三位巡察使、精英训练营的所有学员、老师都知道了此事。

除了震惊，他心中还很是疑惑，自己的精神念力藏在识海中，根本没释放出来，就连巡察使都没有发现，洪只是稍稍靠近他，竟然就发现了。

“没想到，你竟然拥有这么强的精神念力，难怪……”洪微微点头，似乎对罗峰很是满意。

随即，洪的目光扫向其他学员，冷冷地道：“你们是来自世界各地的天才武者，你们的目标不是成为战神级武者，而是成为超越战神级武者的存在。我衷心地期盼，你们中有人能做到。”洪的话仿佛具有无穷的魔力，激荡着学员们的心灵。

在这种激励下，学员们都热血澎湃。

随即，洪转过头来，就消失了。

当即，在场的学员和老师都沸腾了。

“洪未免也太强了！”

“他真的和神灵一样！”

“我觉得他好像天地的主宰！”

“没错！没错！他实在是太强大了！”

学员们都兴奋地议论着。

“罗峰，你真的是精神念师？”

“你竟然还藏着这一手呢，深藏不露啊。”

来自C国的不少学员都惊叹不已。

不过，大家都是精英训练营的学员，精英训练营可是世界上的天才武者的集中营，其中也是有精神念师的，大家只是有些惊讶，并没有到大跌眼镜的程度。

当然，如果他们知道罗峰如今能够横扫大部分高级战神级武者，估计会震惊了。

“罗峰。”一道沙哑的声音响起。

周遭一片安静。

罗峰转头看去，刚刚唤他的是王巡察使。

王巡察使看着罗峰，道：“走吧，跟我去见馆主。”

“是！”

罗峰虽然心里疑惑，但是并没有说什么，默默地跟着王巡察使去见洪。

此刻——

坎迪斯紧紧地盯着罗峰远去的背影，眼中涌现出杀气。

“没想到，你真的是精神念师，看来姑妈的怀疑是对的。嗯，我现在就将此事告诉姑妈。”

“威廉，我回住处一下。”坎迪斯和威廉交代一声。

“嗯，你快点回来啊，待会儿我们就要出发了。”威廉说道。

幽静的茶室中。

洪坐在椅子上，端着茶杯，静静思索着。

而后，他感叹一声：“罗峰这么年轻，就拥有这么强的精神念力，看来，他体内天生就潜藏着精神念力，而且精神念力极其强大。在我见过的精神念师中，罗峰都是数一数二的，难怪他的悟性如此之高，在短短的时间内，就修炼到了九重雷刀的第四重。”

“不过，他为什么一直隐瞒自己的精神念师的身份呢？”洪很是不解。

随即，他讪笑一声：“此次我无意中说破了此事，恐怕让他很苦恼吧。”

罗峰跟在王巡察使的身后，向茶室走去。

一路上，罗峰的思绪纷飞，显然很是苦恼。洪突然说出了他的秘密，令他措手不及。

现如今，罗峰的实力的确很强，可是李威的父母实力也不弱，他本来还计划继续修炼，一步步加强自己的实力。

他在暗，李威的父母在明，一切都对他很有利，他可以静心修炼。

可现在，洪突然公开了他的秘密，他已经藏不住了。

“李威的父母不是傻子，恐怕已经猜出我就是杀害李威的凶手了。”罗峰暗叹一声。

“馆主就在里面，进去吧。”王巡察使说道。

“是！”罗峰缓步走入幽静的茶室中。

“坐。”洪饶有兴致地看向罗峰。

罗峰当即坐下。

“罗峰，你的精神念力应该达到了高级战神级。如今实力比你强的战神不多，你为何还隐瞒自己精神念师的身份？难道你有仇人，而且仇人是超越战神级武者的存在？”洪定定地看着罗峰，“我说出了你的秘密，是否给你造成了麻烦？是的话，你也不用担心，即便你的仇人是超越战神级武者的存在，我向你保证，他也不敢动你一根汗毛。”

洪猜到自己的一句话可能给罗峰造成了很大的困扰，所以做出了承诺。

对洪而言，全世界还没人敢违逆他。

“超越战神级武者的存在？”罗峰哭笑不得。

他可没那实力去招惹那等高手。

“馆主，之前在JN基地市的荒野区，我和一个武者小队的队员有矛盾，当时那个小队的队长奉命保护秃鹫夫妇的儿子，在一场争斗中我为了自保，将秃鹫夫妇的儿子给杀了，秃鹫夫妇正天价悬赏缉拿凶手。”罗峰如实说道，“我确实不敢和他们对战，故而一直隐藏精神念师的身份。不久前，我得到了一份龙血，使用龙血后，我的实力大增，然而，我仍旧不想和秃鹫夫妇大战。”

在洪面前，罗峰根本没必要撒谎。

洪是何等身份？他可是极限武馆的馆主，又是世界第一强者。如果罗峰撒谎，洪又如何看不出来？

“哦，我听说过那1000亿的悬赏。”洪微微点头。

他相信罗峰说的话。

罗峰只是一名无权无势的年轻武者，如果不是被逼无奈，怎么敢杀两大高级战神级武者的儿子呢？

“我说出了你的精神念师的身份，不久之后，秃鹫夫妇就会知道此事。”洪缓缓地说道。

罗峰点点头。

“可不是吗？正因为你这尊大神的一句话，我的精神念师的身份就曝光了，以后恐怕是没有安稳日子过了。”罗峰的心中很是无奈。

然而，他怎么敢说洪的不是呢？

事实上，他早晚会和秃鹫夫妇正面对上。以他如今的实力，倒也不惧他们，只是他不想连累自己的家人。

“馆主，”罗峰诚恳地说道，“我倒是不惧秃鹫夫妇，只是，我的家人……”

“放心，你的家人不会有事的。”洪郑重地说道。

听到这话，罗峰顿时放下心来。

洪可是全世界第一强者，他说的话自然是很管用的。

这世界上基本没人敢违背他的意愿，更别说逼迫他了，他说的话可以当成金科玉律，不容任何人挑衅。

“依我看，以秃鹫夫妇的性子，这次你去澳洲大陆，他们肯定会趁此机会对你下手。”洪淡淡地说道，“你和他们都是武者，你们之间又是私人恩怨，我不便插手。”

洪一直都是高高在上的，若非必要，他根本懒得插手任何武者的事情。

“我不怕，这一战免不掉。”罗峰目光坚定。

洪淡淡一笑，道：“罗峰，你很有胆量！你是我极限武馆的人，我得提醒你一点，李耀曾经从古文明遗迹中挖掘出一套黑神，那黑神极其神奇，可以随主人的心意变成防护战衣，可以覆盖住主人的全身，包括口、鼻等部位。”

罗峰闻言一怔。

那黑神套装竟然能随主人的心意变成防护战衣，简直不可思议。

“一旦黑神所变的防护战衣覆盖李耀的全身，你的飞刀根本射不穿黑神，也伤害不了李耀。”洪看了罗峰的裤袋一眼，“当然，李耀不可能时刻覆盖自己的口鼻等部位，特别是眼睛，眼睛一被覆盖住，那就看不见了，所以，你还是有机会的。他的防御力很强，而你很擅长逃跑；他的攻击力很强，而你的攻击方式诡异，要用自己的优势技能去对付对方的劣势技能。”

半晌，罗峰才从茶室出来。

如果李耀没有黑神，罗峰和李耀正面厮杀，绝对能够压制住李耀，可现在，拥有黑神的李耀，一点都不比罗峰弱。

“洪显然不想插手此事。这也可以理解，洪的地位极高，根本不屑也不好插手这些事情。再者，我和李耀的实力差距不大，估计洪将此事当成对我的考验。”罗峰暗自想着。

的确，在洪的眼里，罗峰是一块璞玉。

璞玉需要经过雕琢才能成器，否则只是一块玉石而已。

如果罗峰连李耀都对付不了，还要极限武馆帮忙，那就太让洪失望了。

“李耀，你的战斗经验比我丰富，你也可以带大批人马来对付我，不过，我一点都不怕，我会在澳洲大陆等着你的。”罗峰当即大步朝精英训练营学员们的聚集地走去。

第133章

澳洲大陆

遥远的C国，JN基地市。

JN山水小区，华耀峰的山顶别墅内，李耀和维妮娜脸色阴沉，两人都死死地盯着巨大的屏幕上的坎迪斯的影像。

“事情就是这样。姑妈、姑父，我先去集合了，我们马上就要去澳洲大陆了。”坎迪斯说完，身影就消失了。

李耀和维妮娜都点点头。

“凶手果然是罗峰！”李耀恨恨地道，“他一直隐瞒自己的精神念师身份，如果不是心里有鬼，怎么会不公开精神念师的身份？哼！他是精英训练营的学员又如何？我不管他是谁，我一定要他为我儿偿命。”

“罗峰！”李耀面目狰狞，鼻孔中喘着粗气，双眸中闪过杀气。

“我一定要让他死！”旁边的维妮娜恨恨地说道，“他此次不是也要去澳洲大陆吗？这就是绝佳的机会，我们可以趁此机会杀了他。”

秃鹫夫妇本性阴狠、毒辣，平常都是他们欺负别人，而他们唯一的儿子竟然死在罗峰的手上，他们怎么可能忍得下这口气？

“哼！我不但要杀了他，还要杀了他的家人。”李耀咬牙切齿地说道，“他杀了我的独子，我就灭了他全家，还要将他挫骨扬灰！！！”

维妮娜点点头。

随即，她眉头一皱，看向李耀，道：“耀，极限武馆可是明令禁止任何人对武者的家属进行报复的，一旦被发现，后果很严重。当年，‘血刀’就是杀害了武者的家属，所以被极限武馆的人追杀。”

“哼！我可不是血刀那个白痴，明目张胆地去对付武者的家属。”李耀冷笑一声，“罗峰的家人都是普通人，根本不用我亲自动手，我可以利用HR联盟庞大的关系网，绝对能够不声不响地灭掉罗峰的家人，而且不出一点纰漏。”

罗峰是精英训练营的武者，要对付罗峰，还有点棘手。可是，罗峰的家人只是普通人，HR联盟想要对付普通人，根本不费吹灰之力。

“可是，你有没有想过，这样会连累我的家族。耀，如果真的出意外，只能你一人扛下所有责罚。”维妮娜皱眉道。

她的背后是波莱纳斯家族，波莱纳斯家族是HR联盟的九大核心家族之一，是绝对不可能和极限武馆为敌的。

“放心，不会出事的。出事也不怕，查不到我，就算查到我，我一个人扛下就是。”李耀冷冷地说道。

随即，他看向维妮娜，道：“维妮娜，我这次准备亲自去澳洲大陆，随行的也就一些精英，我们会直接从C国乘坐飞行客机去澳洲大陆，你这边能不能安排一下？”

维妮娜是HR联盟C国的执行总裁，权力极大。

“这个问题不大，我可以给你们弄到去荒野区磨炼的武者小队的身份，飞机飞过澳洲大陆时，你们在澳洲大陆降落。”维妮娜点点头。

“好！我准备再弄一些特殊的仪器，一起带过去。”李耀又道。

“特殊的仪器？你是想……”维妮娜连忙摇头，又道，“不行。C国政府军队的实力很强，我最多能安排你们搭乘飞行客机，绝对不可能让你们再带上特殊仪器，安检那关是绝对过不了的。”

李耀眉头微皱。

维妮娜说得没错。

“耀，你想从C国带一些特殊仪器去澳洲大陆，这是绝对不可能的。”维妮娜郑重地说道，“在C国，特殊仪器是绝对禁止的，HR联盟的势力很大，但也就对普通人有些影响罢了。”

“这样吧，耀，你先乘坐飞行客机去E国。”维妮娜顿了顿，继续说道，“E国是我们HR联盟的大本营，在那里，我能安排一架飞行客机专门送你和一些武者前往澳洲大陆，到时你就能带上特殊仪器了。在E国，超过80%的飞行客机和机场检查系统都是HR联盟负责的。”

“嗯，只能这样了。”李耀微微点头。

“也好，去E国那边，我也能找到更多的人手。”李耀微微点头，“维妮娜，你到时候帮我找找雇佣军，看看有没有雇佣军愿意出手的，我的手下中没有一名战神级武者。”

“我试试看。”维妮娜点点头。

实际上，雇佣军不少，最顶尖的雇佣军中有超越战神级武者的存在，甚至被邀请驻扎在一些实力较弱的基地市。

此刻，李耀和维妮娜都不知道，极限武馆馆主已经向罗峰做出了承诺，不让任何人伤害罗峰的家人。

前往E国之前，李耀仍在想办法处理此事。

洪宁基地市。

183名学员和带队的十余名老师分别乘坐六辆大巴车，离开了精英训练营，前往机场。

当天上午9点，近200人上了飞行客机。

客机离开洪宁基地市，直接飞往澳洲大陆。

整架飞行客机都被精英训练营给包了，客机一共分为上、中、下三层，可容纳200多人，空间非常宽敞。

每一层舱内都在播放电影，学员们也不会太无聊。

罗峰、赵若、史江三人坐在中间舱。

“嗯，不放电影了？”赵若惊讶地看着前面的屏幕。

机舱中间的位置摆放着面向三个方向的三块大屏幕，屏幕上放着同样的视频内容。

“大家已经吃过午饭了，开始做准备吧！”一个中年男子站在屏幕旁，指着视频，缓缓地说道，“这就是澳洲大陆，是如今世界上怪兽数量最惊人的区域。因为澳洲大陆和世界上的其他陆地隔绝，所以这里的怪兽和其他大陆的怪兽不太一样，比如，鼠类怪兽和獾类怪兽的很多品种和C国、E国的都不一样。”

“大涅槃时期之前，澳洲大陆以动物的种类多、数量多而闻名全世界。大涅槃时期之后，这里的怪兽种类更多，怪兽杂交，基因变异，从而产生了很多极为可怕的怪兽。以你们现在的实力，若是遇到王级怪兽，基本上是必死无疑。记住，不要靠近怪兽密集度大的地方，特别是要远离有大量领主级怪兽的地方。”

所有学员都认真地听着。

虽然他们都是天才武者，但是面对大量怪兽的围攻，难免有人会丧命。

澳洲大陆可是全世界的三大险地之一，若是在澳洲大陆狂妄，绝对是送死。

“当然，王级怪兽是懒得理会你们的，除非你们主动招惹它们。对你们威胁最大的，是怪兽群和领主级怪兽。你们到了那里之后，要尽量注意怪兽群和领主级怪兽。”中年男子指着屏幕，又道，“这些就是澳洲大陆常见的怪兽群和领主级怪兽，你们好好看看。”

一路上，视频都在播放着。

学员们都认真地观看。

“史江师兄、罗峰师弟，到澳洲大陆后，我们三个就组成小队吧！”赵若低声说道。

史江眉头微皱。

他的实力可比赵若强多了。对他而言，澳洲大陆没什么好怕的，而且，澳洲大陆的领主级怪兽很多，这正好是他磨炼自己的机会。可是，如果随时带着赵若，显然会受到一定的影响。

“这次，我想一个人行动。”罗峰说道。

“没劲。”赵若撇撇嘴。

“赵若，你别急，到时候肯定会有其他学员组成小队，你加入就好了。”史江笑着安慰道。

忽然，机舱猛地震动，一些学员喝的饮料都洒了。有一些学员没有系安全带，直接被甩飞了。

“这到底是怎么回事？”赵若惊叫道。

机舱内的学员们都很是惊讶。

“各位学员，各位学员。”一道清朗的声音从广播中传出，“飞行客机已经飞入澳洲大陆境内，距离目的地还需要40分钟。澳洲大陆以怪兽数量多而闻名，这里的飞禽类怪兽数量同样惊人，因而很少有飞行客机会来这里。刚才有一大群飞禽类怪兽攻击我们的飞行客机，现在飞行客机已经将那一大群飞禽类怪兽给甩在后面了，大家不必担心。”

机舱内顿时一阵喧哗。

原来刚刚机舱之所以震动，是因为遭到了飞禽类怪兽的攻击。

“此次攻击飞行客机的都是智力低下的飞禽类怪兽。”史江对旁边的罗峰和赵若说道，“如果是特别厉害的怪兽，根本不敢靠近飞行客机。”

“那些怪兽靠近飞行客机，就是送死。”罗峰冷笑一声。

飞行客机可是装着镭射炮的。近距离情况下，即便是实力极强的王级怪兽，也会被镭射炮直接射杀。镭射炮的速度可是极其可怕的，王级怪兽根本无法躲闪。

40分钟后。

飞行客机降落，舱门开启。

学员们和老师们迅速地走出飞行客机。

一出来，他们便感觉视野开阔。

这是一片广阔的荒原，植物很是茂盛，依稀能看到远处的一些怪兽的影子。

“这里竟然没有建筑！”

“整个就是一片荒野啊！”

“这下怎么办？晚上休息的地方都没有。”

不少学员议论纷纷。

一老师朗声说道："所有学员听着，请通过你们的通信手表记住现在位置的详细坐标。现在是2257年8月1日下午3点15分，你们的任务是在澳洲大陆中生活28天，8月29日中午12点，就在这个位置，我们的飞行客机会来接你们回洪宁基地市。你们的生死冒险正式开始！"

第134章

议长

所有老师当即迅速地回到了飞行客机上，之后，飞行客机缓缓升空，而后化作一道蓝光，消失在天际。

荒原上只剩下183名学员。

学员们三五成群地聚集在一起，讨论组小队的事情。

那些加入精英训练营没多久，实力较弱的学员很是积极。没办法，他们想要独自在澳洲大陆生活28天，几乎是一件不可能的事情，只有和别人组队，他们才能活下去。

“罗峰。”一道声音响起。

罗峰转头一看，原来是史江。

史江感叹一声，道：“这里是澳洲大陆的腹地，大涅槃时期之前，澳洲大陆的人口还是挺多的，而人口相对较多的地方是澳洲大陆的东海岸和东南部区域，而我们现在所在的区域当年人口极少。这么多年过去了，这里更是荒芜人烟，若是能找到破败的城市和小镇，就算运气不错了。”

罗峰点点头。

对于武者而言，破败的城市和小镇的用途就是休息。如果有很多住宅楼，就很容易找到隐秘的地方休息。然而，澳洲大陆几乎都是无尽的荒原，的确让人有点头疼。

“在野外，武者想要休息并不容易。若是睡着了，很可能会被怪兽给吃了。”史江看着罗峰，“要不，你和我组成两人小队，你觉得怎么样？我们两个相互帮助，才能更好地在这里生活下去。”

“我们组队？”罗峰眉头微皱。

如果没有李威的事情，他和史江组队倒是不错的选择。可是，此次来澳洲大陆，可不单单是和怪兽们厮杀，更大的危险来自于秃鹫夫妇。

“师兄，这次我在澳洲大陆还有一些复杂的事情要办，所以我不能和你组队，我只能单独行动。”罗峰郑重地说道。

“你有复杂的事情要办？”史江很是不解。

“师兄，抱歉，我现在不能告诉你，过不了多久，你会知道的。”罗峰说道。

史江点点头。

显然，对于罗峰拒绝自己的提议，他并不介意。

其实，罗峰排名第四十几，史江一般是不屑邀请罗峰此等排名的人组成小队的。然而，极限武馆馆主洪夸赞罗峰的精神念力很强，史江这才想和罗峰联手的。

即便史江和罗峰联手不成，以史江的身份和实力，有的是学员抢着和史江组成小队。

很快，183名学员都有了安排，有的两人组成小队，有的三人组成小队，还有的六人组成小队，当然，也有五人选择单打独斗。

“兄弟们，有事的话，就用通信手表联系。”

“28天后见。”

罗峰和熟悉的朋友们告别，独自一人背着背包，带着六棱盾牌、血影战刀，还有十把飞刀，大步行走在无尽的荒原中。

“卫同，罗峰没有和任何人组队吗？”坎迪斯向一个C国的学员问道。

“嗯，刚才我们邀请他一起组队，被他拒绝了。”卫同摇头一笑，又道，“这澳洲大陆可是全世界的三大险地之一，罗峰竟敢独自行动，显然信心十足。这次单独行动的五人中，其他四人都排名前20，至于罗峰，他真正的身份可是精神念师，实力很强的。”

坎迪斯眼睛微微眯起，看着罗峰离去的方向。

而后，他低头看看通信手表上的地图，进行辨认。

“坎迪斯，走了！”

“坎迪斯！”

“坎迪斯，你磨蹭什么呢？”

三名学员大声喊道。

“来了。”坎迪斯记下罗峰前行的方向，然后就和自己的小队成员会合了。

澳洲大陆的气候和C国正好相反。现在是八月初，C国正是最热的时候，在澳洲大陆却是冬末，只有四五摄氏度，气温很低。

不过，对于身体素质达到初级战神级的罗峰而言，这根本不算什么，就是零下几十摄氏度，他照样打赤膊。

狂风呼啸，杂草摇晃，不时露出正低头食草的怪兽。

怪兽并不都是食肉的，也有食草的。不过，它们都有一个共同点，那就是几乎所有怪兽都具有强烈的攻击性。

“嗖！”一道身影从这些怪兽身边疾速掠过，根本没有惊动这些怪兽。

正是独自行动的罗峰。

“按照地图显示，三百多里处有一条山脉，我就在那里建立一个据点，以作暂时的休憩点吧。”罗峰心中暗道，“如果我猜测得没错，精英训练营的坎迪斯就是秃鹫夫妇的一个眼线，我得小心他。”

精英训练营的人几乎都知道，维妮娜可是坎迪斯的姑妈。

“据我猜测，坎迪斯应该会把我前行的方向告诉秃鹫夫妇。”罗峰无奈地笑笑。

他和其他学员分开时，故意绕了一个圈子。如果秃鹫夫妇按照坎迪斯指引的方向去找，只是浪费时间。

“我先建立据点，也好有个安身之处，然后，我再找机会猎杀领主级怪兽。”罗峰心中暗道，“八月份，精英训练营的学员猎杀怪兽是不计积分的，极限武馆那边也不会搜查，这次我就趁机多猎杀一些怪兽，然后用怪兽的材料去换钱。”

对于战神级武者来说，澳洲大陆是非常可怕的险地。

而罗峰是精神念师，澳洲大陆这个拥有无数怪兽的区域并不可怕，反而能让他挣很多钱。

只要不招惹王级怪兽，以罗峰如今的实力，在澳洲大陆几乎没有什么危险。

在C国荒野区的城市中，一般的战神级武者基本不可能丧命，若是不幸丧命，全国会举行哀悼会。

不过，在三大险地，普通的战神级武者是比较危险的，高级战神级武者是比较安全的。

而对于罗峰此等精神念师而言，几乎没有危险。

“猎杀厉害的领主级怪兽的难度颇高。我先不使出精神念力，而是以武者的实力去对付领主级怪兽，而后用精神念力控制飞刀解决领主级怪兽。多猎杀一些领主级怪兽，这样才能赚更多的钱。”

精神念师一般都比武者要富有，这就是原因之一。

这次罗峰除了要应付李耀，其他时间主要就是猎杀领主级怪兽。至于兽将级怪兽，罗峰根本不屑猎杀，兽将级怪兽的材料不怎么值钱。罗峰的背包空间原本就不大，自然要放比较贵的领主级怪兽的材料。

“嗖！”

罗峰宛如一阵风，以近300米/秒的速度在荒原中前行。

E国，P基地市。

P基地市是E国六大基地市中最富饶的，它地处E国的腹地，人口众多。

大涅槃时期，人多数岛国遭受灭顶之灾，原岛国的富豪阶层早早就逃亡，很多人进入了P基地市。

P基地市的主市区，车流密集，一辆豪华的加长轿车疾速地行驶着。

“我知道了。”维妮娜挂了电话，看向李耀，无奈地道，“耀，所有大的雇佣军组织知道罗峰的精神念师的身份后，都拒绝了我们的请求。”

“这也正常。”李耀半眯着眼睛，坐在舒适的座椅上，“那些雇佣军可都不敢招惹极限武馆，罗峰毕竟是极限武馆的人。还好，已经有三名战神级武者接受我们的委托了，我很满意。”

“嗯！”维妮娜点点头。

此次接受委托的是一名中级战神级武者和两名初级战神级武者。初级战神级武者的佣金是15亿欧币，而中级战神级武者的佣金是30亿欧币。

这可相当于这些战神级武者一年的收入。在他们看来，仅仅出手一次，就能得到一年的收入，很划算。更何况，他们的目标人物只是一个19周岁的毛头小子，他们相信，即便极限武馆得知此事，也不至于找他们的麻烦，他们可是雇佣军。

轿车猛地停下，车门开启，维妮娜和李耀都下了车。

轿车后面的大巴车和货车也停了下来。

车门拉开，大巴车中迅速地走出了近五十人，而货车中也走出来八九人，他们都抬着箱子。

“小心点，轻拿轻放。”李耀叮嘱道。

“是！”那些搬运箱子的武者恭敬地应道。

他们很清楚这些箱子内到底装的什么，这可是人类对付怪兽的终极兵器——镭射炮。

镭射炮是一种大型的光学武器，构造非常复杂，零件也很多，体积很大，所以一般只有飞行客机和列车才能装载镭射炮。

基地市内，用镭射炮作为防御系统的一部分。因为镭射炮组装起来是很难的，而且这种超高频的镭射炮的体积非常大。一旦组装好，根本没法搬运，所以现在这些都是零部件，等抵达目的地，他们才组装。

“我可是想尽办法才弄来这一套镭射炮，虽然不是最高级别的……”维妮娜压低声音说道，“可是，它的最高频率的威力很大，应该能重伤一头王级怪兽，击杀领主级怪兽是轻而易举的。你如果用它对付罗峰，肯定没问题。不过，最大的问题是能源短缺。这次我们携带的能源以最高频率发射，只能供镭射炮发射9次，你省着点用。”

李耀点点头。

为了将这玩意儿弄到手，维妮娜耗费了很大精力。

幸好此次是在HR联盟大本营的E国，而且波莱纳斯家族本来就是大军火商，不然，即便耗费再大精力，也不可能弄到。

“李耀！”旁边传来一道热情的声音。

只见三个男子走了过来，其中有两个白人，还有一个黄皮肤的男子。

这三人就是李耀这次请来的三名战神级武者。

李耀笑着打招呼。

忽然，他的手机响了。

“喂。”李耀当即接了起来。

“李先生，上面已经下令，停止我们的一切行动。抱歉！”对方的声音满含歉意。

李耀脸色大变。

“停止一切行动？这是谁下的命令？”

“这是总部直接下达的命令。”

“耀，怎么了？”旁边的维妮娜连忙问道。

李耀脸色铁青，沉声道：“我安排好的C国那边的人停止行动了。”

“停止行动？”维妮娜很是惊讶。

忽然，维妮娜的手机振动起来。

维妮娜当即走到一边，接了起来。

“维妮娜！”一道冷冷的声音响起。

维妮娜脸色一变，立即恭敬地回道：“议长，您有什么吩咐？”

整个HR联盟的管理层经常开联盟议会，也就是传说中的地下议会。

议长就是地下议会的最高掌权人，也是HR联盟的首领，地位极高。

他可是掌控世界一半经济命脉的HR联盟的首领，身份和地位都非同一般。

在他的邀请之下，甘愿为HR联盟服务的超越战神级武者的存在就有数人。

“维妮娜，你听清楚。”议长的声音变得严厉，“我绝对不容许你们动罗峰的家人，一旦你违背命令，波莱纳斯家族就会受到HR联盟的制裁。”

维妮娜闻言，脸色大变。

“哼！”

电话当即挂断了。

“怎么了？”李耀走了过来，疑惑地看着维妮娜。

“议长，议长亲自打来了电话。”维妮娜脸色苍白。

她不是傻子，HR联盟的首领亲自打来电话，并且警告她若是伤害罗峰的家人，就会让波莱纳斯这个核心家族受到制裁，HR联盟肯定承受了前所未有的压力。

而能给HR联盟施加压力的只有一个人，那就是世界第一强者洪。

第135章

镭射炮

“议长打来的电话？”李耀脸色一变。

他虽然是战神级武者圈中的大人物，但是和HR联盟的首领一比，他根本就不算什么。

“你过来。”维妮娜将李耀拉到远处，压低声音，说道，“刚才议长打来电话，警告我们绝对不能动罗峰的家人，如果我们动了罗峰的家人，波莱纳斯家族将会受到HR联盟的制裁。”

“什么？”李耀眉头一皱，“不可能，波莱纳斯家族可是HR联盟的九大核心家族之一，他虽然贵为议长，但是没这么大的权力，HR联盟想要制裁某个核心家族，是要经过地下议会的集体投票，最后才能做出决定的。”

维妮娜低声说道：“议长之所以如此说，显然是他确定一旦召开议会，肯定能通过这项决议。”

李耀心中一惊。

世界上，恐怕只有洪和雷神这两大强者一句话就能令整个HR联盟震荡，而为罗峰出头的恐怕就是洪了。

“浑蛋！罗峰这个走了狗屎运的家伙。”李耀咒骂道。

他恨不得将罗峰千刀万剐，本来还想杀了罗峰的家人以发泄心中的仇恨，可现在，议长已经发话了，他们不敢去动罗峰的家人了。

说不定，HR联盟已经主动派人去保护罗峰的家人了。

“哼！既然洪插手了，那我们就饶过罗峰的家人吧！”李耀冷哼一声，又道，“洪知道我们想杀罗峰，却没有阻拦我们去对付罗峰，恐怕他是想借此机会磨炼罗峰一番。”

李耀常年身居高位，很容易就猜出了洪的想法。

“哼！磨炼失败的话，罗峰必死无疑。”李耀目光冷厉，“维妮娜，你留在P基地市，有什么事的话，我们电话联系。”

“嗯。”维妮娜点点头。

中午11点45分，一架飞行客机从P基地市出发，飞往澳洲大陆。

整个飞行客机上的旅客一共有六十人。六十人中，大多数是这一次李耀带往澳洲大陆的武者，还有一些是专门负责安装和使用镭射炮的。

“什么？李先生，你说这里面是镭射炮？！”旁边的黄皮肤男子大吃一惊。

另外两个白皮肤男子也惊呆了。

“镭射炮可是禁忌武器。”其中一个白皮肤男子连忙说道，“地球联盟对于偷运镭射炮和核弹等都是绝对禁止的。”

“那又如何，不是照样有人偷偷运输。”李耀不以为意，继续道，“每年都有人将镭射炮、核弹等从A国等地方运往一些小基地市，地球联盟都是睁一只眼闭一只眼。”

镭射炮和核弹算得上人类社会的两大终极武器。镭射炮的攻击力极强，堪称“死光”型武器，核弹的攻击范围大，威力大，缺点是会产生核辐射，容易引起怪兽的变异。

“李先生，你果然有手段，佩服佩服。”黄皮肤男子嘿嘿一笑，“我也想购买镭射炮，不知道李先生能否帮我弄到一架？”

“这可不行。”李耀连连摇头，“我这架镭射炮是借的，用完之后，还得立即还回去的。如果我使用的时间太长，容易被查出来，到时候麻烦就大了。北原刚，应该也有渠道弄到镭射炮吧？”

“渠道收取的费用是天价。”北原刚郑重地说道，“李先生，你如果能帮忙弄到一架镭射炮，我愿意出大价钱，成本价的二十倍都可以。”

“成本价的二十倍？”李耀眉毛一挑。

镭射炮本身的造价很高，加上其特殊性，即便有钱都很难买到。

“我很想要一架镭射炮，可惜没能力得到啊。”

飞行客机进入澳洲大陆的上空。

李耀离开机舱，进入飞行客机的卫生间。

“喂，维妮娜。”李耀拨通了维妮娜的电话，“罗峰现在在哪里？”

HR联盟是可以通过通信手表确定武者所在的位置的。

“我没办法确定罗峰所在的位置。”通信手表中传来维妮娜略显焦急的声音，“我正在想其他办法。”

“怎么会没办法确定呢？”李耀脸色一变。

当初他们就是通过HR联盟的通信手表搜索李威丧命之地周围大量武者的信息的。

“他的通信手表显示的地点是精英训练营。”维妮娜无奈地说道。

“精英训练营？不对，他现在明明在澳洲大陆啊。”李耀很是疑惑。

“嗯！这说明罗峰换了通信手表。”维妮娜缓缓地说道，“显然，罗峰出发前，将之前的通信手表放在了精英训练营。至于他现在使用的通信手表，HR联盟中并无记录。”

事实正是如此。

8月1日前，罗峰的战力振幅达到了12，从而得到了巨额奖励，奖励包含了作战服、全套兵器，还有望远镜、通信手表等。罗峰的新通信手表是极限武馆内部特制的，只有极限武馆的高层才能配备。

这不是HR联盟制造的，HR联盟中没有记录是正常的。

“据我猜测，罗峰现在使用的通信手表应该是极限武馆特制的，我们没法查到他现在所在的位置。”维妮娜说道。

“那怎么办？”李耀顿时急了。

他们无法确定罗峰所在的位置，要想在无边无际的澳洲大陆找到罗峰，简直就是大海捞针。

“现在只有一个办法，那就是拨打罗峰的通信手表。一旦打通，就能查到他所在的位置。”维妮娜说道。

这个功能很普遍，普通手机都有这个功能，只要拨打对方电话，就算对方没接，只要信号相连依旧能确定对方的位置。

“那就拨打他的通信手表。”李耀连忙说道。

“可是，我还没查到他的新通信手表的号码。”维妮娜无奈地道。

不知道通信手表的号码，如何拨打？

事实上，罗峰是8月1日前一天才配备新的通信手表，知道他的新通信手表号码的人也就只有精英训练营中一些和罗峰关系很好的学员。

“查，一定要查到他的通信手表号码。”李耀急切地道。

“他的通信手表换了没多久，知道号码的人很少。我估计精英训练营中的一些学员应该知道，还有精英训练营的管理部门会留下联系方式。”维妮娜无奈地道，“可是，我的人根本无法潜进极限武馆的管理部门。”

“快查，飞行客机马上就要降落了，我们总不能扛着那么多箱子和怪兽厮杀吧！一旦遇到怪兽群，镭射炮的那些精密装置很可能被损坏，甚至整台仪器都可能被损坏。”李耀急切地说道，“赶紧确认罗峰所在的位置。”

“嗯，我再让坎迪斯试试看。”

挂断电话后，李耀回到了机舱，机舱内的其他人都悠闲得很。

“克莱恩，”李耀对一个白皮肤中年人问道，“待会儿我们若是搬运这些箱子行数百里路，而后再将箱子中的零件进行组装，有没有问题？”

克莱恩恭敬地回道：“李先生，箱子中的每一个零部件都保护得很好，一般的冲击是不会损坏这些零部件的。可是，这毕竟是精密的光学武器，一旦某一个零部件受损，很可能导致整架镭射炮无法运作，所以我们不能冒这个险。”

李耀听了，顿时更急了。

“这镭射炮的射程是多少？”李耀又问道。

“李先生，直接谈射程是很不科学的。”克莱恩郑重地道，“虽然镭射炮是终极武器，但是它也有弱点。首先，它是沿直线发射的，可是，整个地球是球体，所以地球表面并非绝对的平面，而是一个曲面。如果目标人物在地面上，而且距离我们很远，我们根本无法看到目标人物，镭射炮自然无法射中，所以镭射炮肯定要架在高处，这样射程才能更远。”

“当然，我们此次的目标人物是精神念师，如果他飞行在高空，我们远距离也能发现他，并且直线距离中没有什么阻碍，那么，我们就能瞬间将其射杀。”克莱恩微微一笑，又道，“镭射炮的威力是毋庸置疑的，现在的难题是要让目标人物飞行到高空。还有一点，我们得考虑气候，如果是大雾或者大雨等天气，我们根本无法进行攻击。镭射炮是光线凝聚的，而大雨和大雾的粒子会导致光线发生折射，从而大大削弱镭射炮的威力。”

李耀点点头。

可是，他们现在根本不知道罗峰所在的位置，怎么让飞行客机降落呢？

第136章

据点

“李先生。”机长亲自来到舱内。

“嗯？”李耀看向他。

机长连忙说道：“李先生，今天晚上我们这架客机还要从P基地市飞往A国的华府基地市，所以我们最多只能在这里再逗留半个小时。半个小时内，李先生还没告诉我们准确的降落位置，我们只能……”

李耀眉头一皱，打断机长的话：“我知道了。”

飞行客机是国家重要的战略武器，无比昂贵，不可能让李耀占用太长时间。

当李耀很是烦恼的时候，罗峰却惬意得很。

8月1日，李耀前往P基地市，而后邀请三名战神级武者相助，之后又费尽心思去借了一架镭射炮，耗费了不少时间。李耀带着手下出发的时候，已经是8月5日了。

澳洲大陆腹地，一条山脉中。

“这条山脉中最大的怪兽族群就是猿猴。”

一个昏暗的洞穴中，罗峰正在整理背包中的怪兽材料。

“今天，我就将猿猴族群的首领给干掉。啧啧，澳洲大陆不愧是世界三大险地之一，这里的怪兽极多，领主级怪兽也很多。”

他来到这里已经有四天了。可是，他只成功猎杀了一头领主级怪兽，还是初级领主级怪兽。

“难怪武者都说对付领主级怪兽很难，想要击杀领主级怪兽更是难上加难。”罗峰心中很是无奈。

他可是精神念师，手段比一般的武者厉害得多。前三天，他已经找到了11头领主级怪兽，然而那些领主级怪兽都很狡猾，见势不妙，就立马逃了。

罗峰的精神念力控制飞刀的威力是有范围限制的，50米内，飞刀的威力是最大的，耗费的精神念力也很少。100米内，飞刀勉强能保持较强的威力，可是，因为距离远，耗费的精神念力较大，如果距离再远一些，威力减弱得更多。

而领主级怪兽一闪身，就到了百米外了。

“我对11头领主级怪兽发起了攻击，可是只成功击杀了一头领主级怪兽，这还是在我使出了精神念力的情况下。”

“难怪战神级武者都说猎杀领主级怪兽很难。他们宁愿去猎杀高级兽将级怪兽，也不想和领主级怪兽对上。”罗峰拿起水囊，喝了几口水。

随后，他将东西都收拾好，背上背包和六棱盾牌，手持血影战刀，小心翼翼地出发。

罗峰沿着一个高高的山头猛地一跳跃，直接跃出七八十米的距离，跃到了另外一个山头上，而后继续飞奔前行。

他时而跳跃，时而奔跑，时而做出匪夷所思的飞行动作，在山脉中如履平地。

“嗯？”罗峰骤然停下，蹲在其中一个山头上。

“到了。”罗峰听到了一阵嘈杂的叫声。

他低头一看，下方的峡谷中是各种各样的猿猴类怪兽。乍一看，密密麻麻的，这个猿猴怪兽群应该有上万只。

根据罗峰这几天猎杀怪兽的经历，他断定，这条山脉中势力最大的怪兽就是这群猿猴。这猿猴怪兽群中，单单领主级怪兽就有三头，实力最强的是高级领主级金刚猿怪兽。

罗峰将这条不知名的山脉称为“猿猴山脉”。

“咦！今天这猿猴怪兽族群的首领怎么不在啊？”罗峰仔细地辨认着，没有发现猿猴怪兽群首领的身影。

峡谷中的猿猴怪兽中最显眼的两头猿猴怪兽，身上都长着紫色毛发，正是猿猴类怪兽中排名第一的大力魔猿。

大力魔猿虽然是猿猴类怪兽中排名第一的，但是，这两头大力魔猿怪兽的实力也就达到初级领主级。

“吼——”一道刺耳的吼叫声响起。

顿时，整个猿猴怪兽群都沸腾起来。

峡谷中，出现了一头足足有二十米高，全身覆盖着金色鳞甲的巨型猿猴怪兽。巨型猿猴怪兽正单手拖着一条三十多米长的银色大蟒蛇，看到它走过来，其他猿猴怪兽都避让开来，连那两头大力魔猿怪兽都站在一边，乖乖地欢呼。

“吼——”巨型猿猴怪兽走到最里面的平台上，一屁股坐下，将银色大蟒蛇丢在地上。

银色大蟒蛇一动不动，显然已经没了气息。

顿时，那些猿猴怪兽都兴奋地怪叫着。

“它竟然杀了那条银电蟒。我都没杀成银电蟒，银电蟒竟然被这金刚猿怪兽给杀了。”正躲在悬崖峭壁上偷看下方的罗峰震惊了。

那条银电蟒是初级领主级怪兽，正是之前罗峰对付的11头领主级怪兽之一。

银电蟒太过狡猾，再加上它麾下的大量蟒蛇怪兽纠缠罗峰，罗峰并没有成功。没想到，最后竟然被这头金刚猿怪兽给杀了。

“一开始，得让它误以为我是普通武者，这样我才能出其不意。”罗峰心中暗道。

金刚猿在猿猴类怪兽中排名第二。猿猴类怪兽主要分成两种，一种是长着毛发的猿猴怪兽，一种是长着鳞甲的猿猴怪兽。其中长着毛发的猿猴怪兽是以大力魔猿怪兽为尊的，而长着鳞甲的猿猴怪兽是以金刚猿怪兽为尊的。同等级时，大力魔猿怪兽比金刚猿怪兽要强一些。

可是，高级领主级金刚猿怪兽力大无穷，速度极快，防御力惊人，根本不好惹啊！

“要对付金刚猿怪兽，我只能使出杀招了，那就是用精神念力控制飞刀去攻击它，而且最好一击毙命。若是伤了它，却没杀死它，它察觉到自己有生命危险，肯定会逃。一旦它成功逃走，我恐怕再也没机会抓住它了。”

罗峰心里很清楚，自己只有一次机会。一旦第一次没杀死金刚猿，金刚猿不会给他第二次机会。

峡谷中，无数猿猴怪兽的吼声震天。

忽然，一道黑色人影闪电般地从高空飞了下来，直接一脚踩在其中一头猿猴怪兽的身体上。

“砰”的一声，这头猿猴怪兽直接倒地，当场丧命。

来人正是罗峰。

他借着踩在猿猴怪兽身上的反弹力，疾速飞向峡谷的中心。

那里有三头领主级怪兽。

“吼——”两头大力魔猿怪兽愤怒地咆哮起来。

顿时，大量的兽将级猿猴怪兽和极多的兽兵级猿猴怪兽都疯狂地攻向罗峰。

“滚开！”罗峰迅速前行。

他手中的血影战刀瞬间化作一道道闪电霹雳。

一道道刀芒闪烁，一头头猿猴怪兽接连倒下。

在试炼塔中，罗峰以同等实力面对大量怪兽的围攻，都能撑下去。现在，他面对的只是兽将级怪兽和兽兵级怪兽，根本不算什么。

罗峰所过之处，一头头猿猴怪兽当场丧命。

忽然，他猛地踩在一头猿猴怪兽的背上，直接跃向峡谷中心。

“吼——”峡谷中间的平台上坐着的领主级金刚猿怪兽随意抓起旁边的一块石头，直接朝罗峰猛地砸去。

“轰！”石头宛如一发炮弹，几乎是眨眼的工夫，就到了罗峰的眼前。

按道理，罗峰可以通过精神念力将石头打落。

可是，罗峰不想暴露自己拥有精神念力。

罗峰在半空中疾速一转身，同时，手中的六棱盾牌猛地抵挡。

石头擦过六棱盾牌，飞了出去。

罗峰则落入了下方的猿猴怪兽群中，顿时被猿猴怪兽群给包围了。

罗峰猛地一发力，瞬间击杀了周围十余头猿猴怪兽，紧接着，他一闪身，就到了峡谷中间的平台上。

“轰！轰！轰！”领主级金刚猿怪兽接连砸过来三块石头。

罗峰展示出了完美级的身法，在平台上轻轻一晃，就避开了其中两块石头的攻击，而后借力挡开了第三块石头。

“呼！”空气猛地震荡，甚至产生了肉眼可见的冲击波。

“不好！”罗峰避开第三块石头的瞬间，看到一个覆盖着金色鳞甲的大拳头到了自己的眼前。

原来，金刚猿怪兽瞬间从平台上起身，朝罗峰击出了一拳，速度极快。

金刚猿怪兽的双眸中满是杀气。

它已经很久没有和人类对战过了。对所有怪兽而言，人类是它们共同的敌人。

金刚猿怪兽对自己的实力很有信心，它瞅准机会击出一拳，它相信眼前的这个人绝对来不及躲闪，只能硬扛。

它可是高级领主级怪兽，它一拳的威力是极大的，就连高级战神级武者也不敢硬扛。眼前的人一旦硬扛，绝对会身受重伤，甚至当场丧命。

“我等你好久了，没想到，你不请自来。”罗峰却朗声大笑。

“呼！”他的身体诡异地移动起来。

在身体无处借力的情况下，他仅仅诡异地移动，就避开了领主级金刚猿怪兽可怕的一击。

“嗯？”领主级金刚猿怪兽大吃一惊。

这人怎么躲开了？

难道他是人类中能力最特殊的……

罗峰根本不容领主级金刚猿怪兽思考，在使用精神念力避开的同时，他疾速使出了飞刀。

“咻——”两把SS级飞刀和四把9系飞刀疾速飞出。

六道流光闪电般地朝领主级金刚猿怪兽袭去。

“吼！”领主级金刚猿怪兽双眸大睁，怒吼一声。

它袭向罗峰的右拳瞬间展开，变成巨大手掌，直接狠狠地拍向罗峰。

与此同时，它的左手手掌闪电般地出现在罗峰面前，同时略微一侧身。

“咻！咻！咻！”

三把飞刀射在金刚猿怪兽左手的手掌上，然而仅仅刺破表皮，流出一道泛着金色的血液。

“咻！咻！”

另外两把飞刀刺在金刚猿怪兽的脸上，其中一把飞刀仅仅刺入表皮，就被面部的肌肉卡住，无法再深入。而另外一把飞刀仅仅刺破肌肉，就被坚硬的骨头给挡住了。

“咻！”最后一把飞刀擦过金刚猿怪兽的脖颈，划出了一道巨大的伤口，鲜血喷出。

领主级金刚猿怪兽发出了愤怒的咆哮声。

第137章

即将会面

金刚猿怪兽那巨大手掌拍向罗峰的时候，罗峰感到眼前一黑，脑袋发晕。

他当即一蹬地，同时将精神念力作用在手臂上，整个人横侧着身体，疾速躲开了这可怕的一掌。

“嗡——”领主级金刚猿怪兽的巴掌拍在下方的平台上，平台一阵震荡，直接龟裂开来。

“呼！呼！”领主级金刚猿怪兽的右手手掌连续两次拍向罗峰。

掌风形成的冲击波波及旁边的一些猿猴怪兽和山壁，顿时山石滚落。

不少猿猴怪兽直接被冲击波震死，当场倒地。

在这两掌的攻击下，罗峰的身影飘忽，做出了常人根本无法做出的闪躲动作。

“这个人不简单！”领主级金刚猿怪兽挥出两掌后，很是不甘心，可还是果断逃跑。

“晚了！去死吧！”罗峰紧紧地盯着领主级金刚猿怪兽。

在领主级金刚猿怪兽挥出两掌的时候，那六把飞刀脱离了金刚猿怪兽的身体，而后拉开十余米距离，瞬间再次袭向金刚猿怪兽。

“咻——”

六把飞刀化作六道流光，射向了领主级金刚猿怪兽的脖颈，那里出现了一道巨大的伤口。

“吼——”领主级金刚猿怪兽愤怒地咆哮着。

这六把飞刀的速度瞬间达到了音速的十倍，领主级金刚猿怪兽根本来不及逃跑，只能勉强躲闪。

金刚猿的身体一动，就到了一百多米外的山头上。而后，它轰然倒下，在惯性的作用下，它的身体翻滚着朝下滚去，压死了不少其他猿猴怪兽。

领主级金刚猿怪兽死了！

整个猿猴怪兽群一片寂静。

所有的猿猴怪兽都难以置信地盯着倒在地上的庞然大物。

“嗖！嗖！”那两头大力魔猿怪兽化作两道流光，疾速飞离此地。

眨眼的工夫，它们就已经消失了。

“嗷——”无数的猿猴怪兽怪叫着逃离开去。

很快，峡谷中没有一头活的猿猴怪兽了。

“那两头大力魔猿怪兽逃得真快。”罗峰笑了。

而后，他闪电般地一跃，来到了领主级金刚猿怪兽的尸身旁。

“呼——”六把飞刀都悬浮着，而后飞回罗峰的裤袋中。

“我真幸运。这金刚猿怪兽的防御力极强，差一点就逃掉了。”

领主级金刚猿怪兽的生命力极强，它的身上满是鳞甲，肌肉结实。罗峰的飞刀刺入它脸部都被肌肉卡住了，可想而知其防御力有多强。

除非飞刀刺入其鼻孔、嘴巴、眼睛、头颅等要害，否则很难将其击杀。

除此之外，它的脖颈也是要害，防御力是比较弱的。第一次，罗峰控制着飞刀划破了它的脖颈，第二次，罗峰控制着飞刀直接刺入了它脖颈的伤口，致使它当场毙命。

“这金刚猿可是高级领主级怪兽，这次我可赚了。要知道，恐怕没几名高级战神级武者能成功击杀高级领主级怪兽。”罗峰很是得意。

而后，他拿出SS级飞刀，开始解剖金刚猿怪兽的尸身。金刚猿怪兽身上最值钱的就是胸口正中间位置的一大片鳞甲。

这身长二十多米的巨猿倒在地上，罗峰蹲在它身旁进行解剖。

罗峰忽然觉得这一幕好玄妙。

“还记得高中的时候，有一次我和阿文一起回家，黑冠金雕飞过Y城上空，发出清脆的鸣叫声，声波震碎了不少玻璃。那次，我就在想，将来一定要成为能猎杀黑冠金雕和大力魔猿的绝世强者。”罗峰得意一笑，“刚才那两头大力魔猿怪兽看到我杀了金刚猿怪兽，吓得直接逃走了。”

人生就是这么奇妙。去年，他的实力还很弱，寒冬时节，他还被铁甲龙怪兽追杀着，很是狼狈。今年，他已经成为绝顶强者，刚刚他还杀了一头实力和铁甲龙相当的金刚猿怪兽。

解剖金刚猿怪兽的尸身，取出其胸口的鳞甲，这是比较麻烦的。可是，罗峰一点都不怕麻烦，他开心地哼着小曲，用SS级飞刀不断地解剖着。

“这可是高级领主级金刚猿怪兽，将其身上的材料卖给HR联盟，能得到120亿。我怎么会嫌麻烦呢？”罗峰开心得很。

一般而言，高级领主级怪兽的售价在50亿~200亿，铁甲龙怪兽身上的材料能卖到180亿，金刚猿怪兽能卖到120亿，也算是高价了。

正当罗峰悠闲地解剖金刚猿尸身的时候，忽然——

他的通信手表振动起来。

“嗯？”罗峰低头一看。

“史江师兄？”罗峰当即接了电话。

“喂，罗峰。”史江师兄熟悉的声音从通信手表中传出。

罗峰不由得笑道：“史江师兄，这几天你过得怎么样？”

“还行。我找到了一个破败的城镇，每天都在一栋破别墅内休息，时而出来猎杀怪兽。昨天我遇到了一头初级领主级怪兽，不过，那初级领主级怪兽逃得太快。传言果然没错，领主级怪兽很难对付啊！”史江顿了顿，又道，“对了，罗峰，刚才有人从我这里要走了你的新号码。”

“嗯？”罗峰心中一惊。

“你不是说，有人索要你的新号码，就立即通知你一声吗？”史江笑道。

“嗯！谢了。”罗峰笑道，“谁找你要我的新号码？”

“卫同。”史江说道，“我问了他，是不是代别人要你的新号码，这小子不承认，说是他自己要的。”

“卫同？”罗峰点点头。

他早就预料到了，坎迪斯肯定会请人帮忙问他的新号码。

“嗯！你一个人小心点。有时间的话，我们再聊。”史江随即挂了电话。

罗峰脸上露出了一丝笑容，心中暗道：“不出我所料，他们想通过通信手表的号码来查探我所在的位置。”

罗峰的通信手表是新的，号码也是新的，秃鹫夫妇想要找罗峰报仇，只能找到罗峰的新号码，从而查出罗峰所在的位置。

而罗峰并没有将自己的新号码告诉家人，只有精英训练营的几个好兄弟和精英训练营的管理部门知道。

“很好！看来他们准备行动了。”罗峰点点头。

他心里很清楚，自己是没办法让秃鹫夫妇放弃报仇的。既然决战在所难免，还不如将主动权掌握在自己手里。以秃鹫夫妇的手段，只要花点时间，就能通过精英训练营的坎迪斯得到他的联系号码，所以罗峰早就和史江、赵若等人说过，如果有人要自己的新号码，就给他们，不过得通知自己一声。

大概过了五分钟。

罗峰已经将金刚猿怪兽胸口的大片鳞甲全部取下，放进背包中，而后坐在旁边歇息。

这时，他的通信手表再次振动起来。

“喂。”罗峰接了电话。

“小赣，快点回家吃晚饭，就等你一个人了。”一道女声响起。

“我不是小赣。”罗峰说道，而后反问，“你打错了吧？”

“打错了？呃，对不起啊！”电话很快就挂了。

“伪装得不错，可惜我早就猜到有这一出。”罗峰笑了笑。

打错电话这种事情偶尔会发生，不过，罗峰的警觉性是很高的，自然猜出这次并不是真的打错电话。

“过不了多久，他们就会来到这里了吧。”罗峰迅速起身，走向不远处的银电蟒蛇怪兽的尸身，“嗯！我取了蛇胆，再去迎接秃鹫夫妇。”

银电蟒蛇怪兽的尸身解剖起来比金刚猿怪兽要容易得多。

不一会儿——

“走人！”罗峰猛地一蹬地，直接跃起数米高，当即到了半山腰上的一块石头上。

而后，他再次一跳，跳到了远处。三次跳跃后，他就已经消失在远处。

飞行客机上。

一旁的机长显得很焦急：“李先生，我最多再给你五分钟。”

“别急，别急，快了。”李耀皱眉说道。

这时，李耀的通信手表振动起来。

李耀立即接通。

“耀，罗峰所在位置的坐标我已经发送给你了。”维妮娜的声音响起。

“很好！”李耀很激动。

随后，他看了看维妮娜发来的罗峰所在的位置。

“罗峰距离这里只有三百多公里，他竟然躲在一条山脉之中。”李耀心中暗道。

“机长，出发，去这里，然后在山脚的荒原上降落。”李耀吩咐道。

“好！”早就等得焦急的机长立即应道。

飞行客机立即朝罗峰所在的山脉迅速飞去。飞行客机的速度很惊人，三百多公里，仅仅几分钟，就到了。

猿猴山脉中一座千米多高的山头上，罗峰正注意着各个方向的动静。

“飞行客机的速度极快，应该很快就能到达这里了。”罗峰念叨着。

没过多久——

“嗯！来了！”罗峰微微一笑。

只见远处有一个巨大的物体缓缓降落，正是李耀等人乘坐的大型飞行客机。

飞行客机的舱门打开，一道道人影跳了下来，为首的人正是李耀。

罗峰早就在网络上看过李耀的照片，自然能认出来。

“秃鹫来了，毒蝎怎么没来啊？”罗峰拿着望远镜仔细地看着，“啧啧！此次秃鹫带来了不少人啊，1、2……一共有59人。咦！还有不少箱子。舱门关闭了，看来毒蝎真的没来。”

远处的李耀等人都在罗峰的注视下。

“李耀，你不远万里跑来追杀我，我就先去拜会拜会你。”罗峰冷冷地道。

第138章

荒原大战

“我从山脚到他们现在所在的地方大概有三里路。”罗峰潜伏在山上，俯瞰着下方的荒原。

数十年间，鲜少有人来这个荒原，这里一直是杂草丛生的。如果有人藏在杂草丛中，只要距离不是太近，还真的没法发现。

罗峰露出一丝笑容，脑海中已经有了打算。

“我紧紧地贴着荒原地面朝那边靠近，他们应该发现不了。”

罗峰整个人趴在地上，用精神念力使自己紧贴着地面飞行，不发出大的声响，这绝对是最隐秘的前行方式。

不过，一旦他趴下，背上的背包是较为显眼的，容易暴露。猎杀领主级金刚猿怪兽之前，他的背包还是瘪的，之后，他将金刚猿怪兽的鳞片装进了背包中，背包变得鼓鼓的，自然很是打眼。毕竟那领主级金刚猿怪兽有二十米高，它胸口的鳞片叠放在一起，还是很占空间的。

“就这么办。”罗峰立即转身，直接一跃，跳下了山头。

在半空中的时候，他改变了方向，攀附在山腰上，而后在山腰上悄然前行，很快进入了自己的秘密据点。

昏暗的洞穴中，一把飞刀直接在洞穴某个角落的岩石表面划过。在罗峰精神念力的控制下，一块岩石倏地飞起，罗峰挖了一个大洞，将背包直接扔进大洞内，随后又将那块巨大的岩石塞回原处，再用一些沙石遮住缝隙。

这个洞穴昏暗，即便有人进入了洞穴内，恐怕也很难发现他的背包藏在大洞中。

“这四天来，没有怪兽进入过我的据点，我现在只离开一会儿，即便有怪兽进入这个洞穴，也未必能发现我的背包。我相信，我的运气没有这么差。”

罗峰笑笑，当即悄然离开。

荒原中。

罗峰整个人趴在地面上，准确地说，他和地面之间只隔着六棱盾牌。

“走！”罗峰心念一动。

他的精神念力立即控制着六棱盾牌载着他迅速地朝远处李耀所在的地方前行。

他的背部和地面的距离不超过40厘米，就算是荒原中的一些食草的怪兽都很难发现罗峰。

一开始，罗峰前行的速度非常快。在双方之间只有500米的距离时，罗峰的速度锐减。

“嗯？”罗峰透过杂草的缝隙观察着远处的李耀等人，“李耀的战甲怎么变了？”

之前罗峰在山头上用望远镜察看的时候，李耀还只穿着一套黑色作战服，而现在李耀竟然通体都是黑色的，原本裸露的双臂和双手都变成了黑色，脖子也变成了黑色，头上戴着一个黑色头盔。

可以说，除了一张脸，李耀的其他地方都被黑色覆盖着。

“这一定就是黑神套装。”罗峰心中暗道，“这和洪描述的一模一样。”

“这李耀真够谨慎的！”罗峰没好气地说道，“他才刚下飞行客机，就已经将黑神套装给穿上了，身上还穿着作战服。那作战服不是SS级的，就是9系的，他这是拥有内外两层防护啊。”

如此情况下，罗峰想要伤到李耀都很难，更别说杀李耀了。

“待他发现我的实力，恐怕连那张脸都会遮盖住，只留下眼睛、鼻子、嘴巴。”罗峰眉头一皱，“哼！我要想办法将他一击毙命。最好是趁他不注意，控制飞刀直接击杀他。”

茂盛的杂草中，罗峰贴着地面缓缓地飞行着。

双方的距离不断缩小，400米，350米，300米……

转眼间，两方之间就只剩下100米的距离了。

“我距离他越近，飞刀击中他的概率就越大，可以令他措手不及。”

罗峰心念一动，六把飞刀悄无声息地从他的裤袋中飞出，而后直接进入地底，从地底开始朝李耀等人前行。

罗峰则停了下来，趴在地上，一动不动。

此时，李耀等人正小心翼翼地在荒原中前进着，他们不想招惹那些怪兽。

“都走快点。”李耀一边走，一边注意着四面八方的动静。

他身后的三名战神级武者也同样小心翼翼地看着四周。

其实，以他们这群人的实力，根本无须惧怕怪兽。不过，他们心里都很清楚，一旦招惹到怪兽，很可能遭受到怪兽群的袭击，那就会弄出很大的动静。

这样一来，说不定会被罗峰发现，罗峰发现的话，那就比较麻烦了。

“绕道，走这边，别招惹前面那群怪兽。”李耀低声道。

三名战神级武者同样很是谨慎。

那些或是搬着箱子，或是手持兵器的武者们也都谨慎得很。

“他们竟然绕道了。”罗峰眉头微皱，当即悄悄地跟了过去。

在100米内，飞刀能发挥出最大的威力，超过100米，飞刀的威力会大大减弱。在50米距离的时候，不仅仅飞刀的威力很大，而且控制飞刀消耗的精神念力极少。

而现在，双方的距离已经超过100米了。

为了使飞刀发挥出极大的威力，罗峰只得慢慢地靠近。

120米，100米，80米，当罗峰距离李耀等人只有80米的时候，他停了下来。

此刻，在荒原地底的六把飞刀距离李耀等人不到20米。

“动手！”罗峰低喝一声。

李耀带着一名中级战神级武者，名为北原刚，还有两名初级战神级武者，分别是詹姆斯和艾萨克森。此时，这四人都在谨慎地前行。

“呼！”狂风吹过，杂草摇摆。

“咻——”

六道流光闪电般地从距离李耀五米远之处的地底飞出。

“李先生！”

“李耀！”

“李，小心。”

李耀后面的三名战神级武者都反应过来了，不由得大惊。

远处草丛中的罗峰死死地盯着李耀。

只见李耀冷冷一笑。

其中四把飞刀都射在了李耀的脸上，然而，这对李耀根本没什么影响。

“怎么会这样？”罗峰的眼睛瞪得老大。

这六把飞刀根本没伤到李耀。

“嗖！”李耀冲天跃起，直接跃起五六十米高。

半空中的他朝下方一看，一下就发现了距离他们不到百米距离的罗峰。

“哼！”

罗峰和李耀四目相对，眼眸中都是凶狠之色。

“咻——”六把飞刀再次疾速飞了出去，而后化作六道流光，射向半空中的李耀。

李耀脸上的表情没有一丝波动。只是看到飞刀朝自己射来时，身体略微做出了小幅度的扭动，其中三把飞刀落空了，另外三把飞刀射在他的身上。

然而，李耀依旧没有受伤。

“这黑神套装真是厉害啊！”北原刚目露羡慕之色。

李耀带来的一群武者都崇拜地看着李耀。

罗峰心中暗惊。

这黑神套装未免太厉害了。

罗峰可以说是战神级的精神念师，攻击力极强，却伤不了李耀丝毫。

“罗峰！”李耀咬牙切齿，愤怒至极。

“给我杀！”李耀的身体当即疾速降落。

看到李耀手指的方向，那三名战神级武者就知道敌人的位置了。

“嗖——”一眨眼的工夫，三名战神级武者已经将罗峰包围了。

北原刚一手持盾牌，一手持一把战刀。

那两个白皮肤武者也是对战状态，大胡子白皮肤武者双手各持一柄战斧，高瘦的武者则手持盾牌和细剑。

“哼！”罗峰冷哼一声。

他疾速一闪身，就避开了三名战神级武者的攻击。随即，他一蹬地面，闪电般地跃到了半空中。

半空中的罗峰俯视下方，冷笑一声。

下方的三名战神级武者、李耀，以及五十余名武者不由得抬头看着罗峰。

“你们的死期到了。”罗峰看着下方，冷冷地说道。

与此同时，他身上另外四把飞刀立即从高空射了下去，原本袭击李耀的六把飞刀立即分散开来。

罗峰一共使出了十把飞刀，不过，他因为同时操控十把飞刀，飞刀的威力大大减弱了。

不过，对付那五十余名武者和三名战神级武者，这已经足够了。

看到十把飞刀悬浮在半空中的时候，那些武者的眸中都露出惊恐之色。

那三名战神级武者则脸色大变。

李耀愤怒地大吼一声，猛地冲天而起。

“不！”

“不要！”

那些武者都很惊恐，欲要逃跑。

“去死吧！”罗峰目光冷厉。

“咻——”

十把飞刀化作十道流光，从不同的方向交错射向那些武者。

“不！”一个黑皮肤的大汉高喊一声，一道流光从他的胸口射出。

“啊！”另外一名武者惨叫一声，倒地身亡。

第139章

怒火冲天

“艾萨克森！”那大胡子大汉惊恐地喊道。

两道流光瞬间射向高瘦的战神级武者。

这十把飞刀受到了罗峰的精神念力的控制，是可以随时转变方向的。

对于那三名战神级武者，罗峰当然得“优先照顾”。

下一瞬，那两道流光就快要到高瘦的战神级武者的面前了，高瘦战神级武者低吼一声。

“锵！”他手中的利剑竟然抵挡住了这把飞刀的袭击。

“哧！”另外一把飞刀擦过他的脖子，然而仅仅划出一道伤口。

“我没死。”艾萨克森暗松一口气。

“小心。”大胡子大汉猛地大喝一声。

“哧！”第三把飞刀从后面疾速而来，瞬间击中了艾萨克森。

旁边的大胡子大汉不由得双眸暴睁，叫道：“艾萨克森！”

一名战神级武者就这样殒命了！

“我同时控制十把飞刀，每一把飞刀的威力都减弱了很多，故而对付一名初级战神级武者都这么费事。”罗峰心中暗道。

他控制六把飞刀的时候，能使得飞刀保持最大的威力，控制七把飞刀的时候，飞刀的威力就减弱了，每多控制一把飞刀，飞刀的威力就减弱不少。

“锵！锵！锵！”

围攻北原刚的三把飞刀都被击落了。

北原刚是中级战神级武者，实力的确比初级战神级武者强很多。

“浑蛋！”北原刚怒吼一声。

他轻易地抵挡住了三把飞刀的袭击，顿时张狂起来。

……

罗峰操控十把飞刀对下方的武者进行攻击的时候，李耀化作一道黑色残影，疾速袭向罗峰。

看到这一幕，罗峰心中冷笑：“李耀，你竟然敢跃到半空中，和我这名精神念师交手。哼！真是愚蠢至极！”

罗峰心念一动，一道无形的精神念力作用在他脚下的六棱盾牌上。

而后，六棱盾牌在半空中疾速移动，轻易避开了李耀的攻击。

这就是精神念师的厉害之处。

“去死吧！”李耀面目狰狞，眼中满是杀气。

看到罗峰避开了他的攻击，他咆哮一声，猛地一挥右手。

“呼！”李耀的手臂竟然瞬间就变成十余米长。

李耀只是战神级武者，竟然能使自己的手臂变长，这实在是太诡异了。

那猛然变长的手臂手持单刀，猛地朝罗峰劈过去。

“这，这是什么？！”罗峰又惊又怒。

然而，李耀的单刀已经到了他的眼前，来不及躲闪了。

“坠！”罗峰心念一动，将精神念力作用在双手的护臂上，给了朝下方坠落的作用力。

顿时，他整个人疾速往下坠落。当然，他下坠的速度再快，也不可能比得上一名高级战神级武者的刀速，那刀速可是音速的数倍，他只能使用血影战刀抵挡。

“啊！”一道巨大的力量透过单刀朝罗峰冲击过来。

即使罗峰努力卸去冲击力，再加上他的身体疾速下坠起了缓冲作用，可是他依旧感到右手一疼，虎口裂开，而后右臂瞬间麻木了。

下一瞬，罗峰猛地坠落在荒原中。

“轰！”荒原的地面被砸出一个七八米宽的深坑。

原本围攻那些武者的十把飞刀立即朝深坑飞了过来。

那些武者顿时松了一口气，一个个都转头看向深坑。

北原刚怒吼一声，闪电般地冲了过来。

半空中的李耀也坠落下来。

“好诡异的招数。”罗峰从深坑中闪电般跃出，他的脸色苍白，嘴角有血迹。

“李耀的手臂怎么会突然变长呢？”罗峰感觉五脏六腑仿佛移位了一般，难受得很。

显然，刚才的冲击力实在是太大了。

要知道，一名高级战神级武者的身体素质是极强的，使出全力的话，拳力可超过25.6万千克。而李耀作为老牌的高级战神级武者，拳力可能有四五十万千克。再加上拳力发力，可以增加数倍威力，李耀的拳力能超过100万千克，也就是超过1000吨。

这是何等可怕的威力！

幸好李耀刚才那一刀是透过变长的手臂击出来的，因为经过了十余米距离，这一刀的威力只有正常时的一半了。

不过即使只有一半威力了，也使得罗峰五脏震动，口吐鲜血。

“浑蛋！”北原刚疾速冲到罗峰的面前。

“这精神念师的实力也就达到初级战神级。不过，他才19周岁，能成为初级战神级的精神念师，已经算不错了。可惜，他今天会死在我的手里。”

北原刚之前轻易地抵挡住了罗峰三把飞刀的袭击，因此信心十足。

“去死吧！”北原刚怒目圆睁，气势汹汹。

罗峰冷笑一声：“白痴！”

“咻——”六把飞刀疾速飞向北原刚。

“不好！”北原刚心中怒吼，“飞刀的速度怎么比刚才快那么多！”

之前，他轻易地击落了三把飞刀，信心满满。

此刻，他只是奋力地挥舞着手中的盾牌，欲抵挡住六把飞刀的袭击，然而，那六把飞刀的速度实在是太快了。

罗峰可是能够横扫绝大多数高级战神级武者的精神念师，李耀若是没有黑神套装，和罗峰对战，他也处于下风。

罗峰的实力如此强，还能对付不了北原刚这个中高级战神级武者？

“咻！”第一把飞刀直接袭向了北原刚的脑袋。

其他五把飞刀跟上。

北原刚当场丧命！

李耀刚刚坠落到地面上，就看到罗峰击杀了北原刚。

他怒气更盛，猛地一闪身，就已经到了罗峰的前方。

“退！退！”罗峰脸色一变。

他身体的力量爆发出来，速度超过400米/秒。

在强大的精神念力的辅助下，他的速度疾速加快，达到了500米/秒。

虽然罗峰的精神念力已经接近高级战神级的层次，推动力很强，但是他的速度已经很快了，很难再次加快。然而，在空气阻力的阻碍下，罗峰的推动力还增强到了之前的数倍，他的速度也增加了三分之一。

不过，李耀的速度是空气中音速的两倍，和李耀的速度相比，罗峰的速度相差还很大。

“去死吧！”李耀双手持着两把单刀疯狂地袭来。

“躲不了了。”

罗峰一咬牙，将精神念力作用在朝自已袭来的其中一把单刀上。

可是，精神念力刚刚碰触到单刀，罗峰就感觉自己的精神念力宛若撞到了一座大山，瞬间崩溃了。

这单刀中蕴含的攻击力实在是太强了。

李耀脸色微变，他明显地感觉到自己劈出的一刀的威力受到了影响。

“轰隆隆——”另一把单刀和罗峰的六棱盾牌撞击。

顿时，一股可怕的撞击力产生了。

六棱盾牌不由得倒退，砸在罗峰的身上，罗峰整个人直接被抛飞出去。

“咔嚓！”罗峰套着六棱盾牌的左臂直接断了。

罗峰感觉到左臂的肘部剧痛，当即借力冲天而起。

“罗峰！”李耀大吼一声。

“嗖！”他瞬间靠近罗峰，同时猛地一挥手臂。

“呼！”他那长十余米的黑色手臂直接袭向罗峰，仿佛要将罗峰给捆住。

“哼！”罗峰身体一动，迅速朝远处的猿猴山脉飞去。

很快，他就消失在李耀的视线中。

荒原中。

李耀手下的武者很是恐慌。

他们怎么都没想到，那个才19周岁的青年的实力竟然如此可怕。

“浑蛋！”李耀看到己方死伤惨重，双眸中仿佛有两团怒火在燃烧。

“李耀，罗峰的实力这么强，和你的情报相反。”詹姆斯抱着自己兄弟的尸身，咆哮道。

“你给我闭嘴！”李耀怒视詹姆斯，冷冷地道。

詹姆斯心中一惊。

如果李耀一怒之下将他给杀了，然后嫁祸到罗峰的头上，还真的没人知道真相。这可是茫茫荒野，其他武者都是李耀的人，自然都是站在李耀那边的。

想到这里，詹姆斯再也不敢向李耀发火了。

“北原刚！”李耀走到北原刚的尸身旁，脸色很是难看。

周遭死一般的寂静。

李耀怒骂道：“废物！”

他现在有一肚子火，无处发泄。

李耀看着那些武者的尸身，心中怒火更盛。

他没想到，他们才到澳洲大陆，就死伤这么多人。

“罗峰！”李耀恨恨地挤出这两个字。

李耀全副武装，只露出眼睛、鼻子、嘴巴。他站在荒原中，宛如冷酷的魔神，就连那些他身后的武者都被镇住了。

血腥气弥漫开来。

第140章

黑神套装

“没想到，罗峰的实力竟然变得这么强了。如果不是有黑神套装，恐怕我都没有把握击败他。”李耀眯着眼，心中暗道，“罗峰和我进行了两次正面对战，他竟然都没死。而且，他见识了我这黑神套装的厉害，恐怕下次不会轻易让我近身了。”

李耀心中很是着急。

“如今只有一个办法了，那就是不断地追杀他，逼得他不得不升空，一旦他飞到空中，我就让人用镭射炮对付他，到时他必死无疑。”李耀的脸上露出一丝冷笑。

镭射炮是现如今人类的最顶尖武器，即便罗峰的实力再强，也受不了镭射炮的袭击。

不过，这么高科技的东西，必须得由专业人员组装，这么多零部件，他这个门外汉没办法进行安装。

“克莱恩！”李耀猛然转头。

远处的克莱恩连忙跑了过来，恭敬地道：“李先生，有何吩咐？”

“你带来的专业小组的死伤情况如何？”李耀问道。

克莱恩的脸色苍白，恭敬地回道：“我们小组一共九人，已经有两人丧命了，还有两人受伤了。”

“嗯！那剩下的人能组装好镭射炮并且进行操作吗？”李耀追问道。

“呃……”克莱恩眉头紧蹙。

李耀心中一凛。

看来，情况不容乐观。

这种大型镭射炮可是能够轻易地消灭领主级怪兽的，也能重伤王级怪兽。如此强大的武器，其组装的工序自然是很复杂的。

正所谓，术业有专攻，每人各负责一部分，少了一个人，镭射炮就组装不了。

“只是，在T11-P回路组装……”克莱恩有些迟疑。

“我只想知道，现在你们到底能不能将镭射炮组装好？”李耀沉声道。

克莱恩看见李耀脸上的表情，很是害怕。

他一咬牙，郑重地说道：“我们七个人合力组装的话，应该可以。”

“很好！”李耀点点头，“你们马上组装镭射炮。”

“现在？！”克莱恩大吃一惊。

“对，就是现在！”李耀沉声说道，“我没时间再将这些运送到山头上，据我猜测，罗峰十有八九会不甘心，会偷偷爬到山头上，而后监察我们这里，只要他一露头，我们安装好的镭射炮就立马瞄准他，将他击毙。”

罗峰已经发现了他们的踪迹，那么将镭射炮的这些部件运送到山头上再进行组装，很可能会被罗峰发现。罗峰是精神念师，以他的手段，虽然无法击败李耀，但是毁掉镭射炮却问题不大。

克莱恩连连点头，道：“是！”

而后，他连忙朝自己的小组成员跑去。

李耀也走了过去，观看这些专业人员组装镭射炮。

同时，李耀吩咐道：“其他人都给我看紧四周，防止怪兽来破坏。”

“是！”众人齐声应命。

忽然，旁边一阵喧哗。

李耀疑惑地看去。

“李先生，李先生。”克莱恩慌忙跑过来。

“怎么了？”李耀问道。

“李先生，刚才……刚才……”克莱恩脸色苍白，瑟瑟发抖。

“说！”李耀冷冷地说道。

克莱恩连忙说道：“刚才那精神念师发起攻击的时候，不少人慌忙逃窜，有人避开飞刀的时候，不小心撞翻了箱子。此外，其中一个箱子被一把乱飞的飞刀给穿透了。”

“什么？！”李耀脸色大变。

箱子被撞翻了，箱子中的精密器件都有缓冲保护的东西，问题不大。

可是，一把飞刀穿透了一个箱子，这个箱子中的器件恐怕被损坏了。

“快，给我打开那个箱子。”李耀连忙走了过去。

克莱恩也慌忙跑过去。

这个时候，其他组员的脸色都很难看。

李耀此时才看清楚，这个箱子的侧面赫然有一个窟窿，透过窟窿能看到一些玻璃碎碴儿，显然里面的器件已经损坏了。

“浑蛋！”李耀双眸泛红。

他没想到竟然会出现这么大的问题。

当时罗峰只顾得上发起攻击，其中三把飞刀被中级战神级武者北原刚给震飞了，以飞刀那惊人的速度，它被震飞的时候，威力依旧极大，其中一把飞刀就穿透了这个箱子。

“李先生，这里面的器件如果是雷达导引的，问题可能不大。”克莱恩说道。

“打开它。”李耀怒吼道。

克莱恩等人都战战兢兢的。

以李耀的脾气，一旦镭射炮无法组装，他很可能杀了克莱恩等人。

克莱恩等人连忙拆开箱子。

箱子打开了。

克莱恩瞪大了眼睛，道：“这是能源？！”

“能源？！”旁边的人都惊呆了。

“怎么了？”李耀紧紧地盯着克莱恩。

克莱恩仔细地检查了一下箱子，激动地说道：“李先生，我们的运气太好了。这个被击穿的箱子里面装的是镭射炮的能源，虽然有两个能源被损坏了，但是还有一个能源是完好的，这个能源能够使得镭射炮发动一次最高频率的攻击，次一级的攻击可以发动三次。”

李耀暗自松了一口气。

幸好有一个能源没有被损坏，次一级的攻击有三次也算不错了。这三次攻击的威力都极大，每次攻击都能轻易灭掉最强的战神级武者和最强的领主级怪兽。

“立即进行组装。”李耀下令。

“是。”所有专业成员自知逃过一劫，迅速地组装起来。

猿猴山脉，罗峰的据点。

幽暗的洞穴内，罗峰坐在地上，倚靠着石壁，脸色有些发白。

“还好，伤势并不算严重。”

罗峰轻轻地揉了揉左手肘，回忆起之前的一幕，他依旧心有余悸。

“李耀是高级战神级武者，他的蛮力估计就有四五十万千克，再加上身体的发力增加到了之前的三四倍，他挥出一刀绝对超百万千克。”

刚才李耀的刀受到了罗峰的精神念力的干扰，劈在了罗峰的盾牌上，但依旧令罗峰骨折了。

此外，李耀的手臂猛地变长，而后劈出一刀，让罗峰口吐鲜血，右手的虎口裂开了。不过，这一刀因为经过黑神套装的延伸，只发出了一半的力量。

李耀接连劈出两刀，都没能爆发出最强的攻击力。即使如此，他都打得罗峰毫无还手之力。

“他的速度比我快，攻击力比我强，防御力也比我强，而我的优势是攻击方式更加诡异，逃跑起来更加轻松。”罗峰眉头微皱，“那黑神套装实在是太特别了，竟然能够按照人的心意延伸，不但能够覆盖全身，还能够延伸十余米长，这使得半空中的我很容易中招。”

最后罗峰逃跑时，李耀竟然妄图用变长的手臂将罗峰给捆住。一旦罗峰被捆住，罗峰恐怕就完了。

“下次我再和李耀战斗，一定要保持超过二十米的距离。”罗峰暗自做了决定。

荒原上，李耀展示出了强大的实力，将一头前来进犯的领主级怪兽给打得落荒而逃，顿时，再也没有怪兽胆敢来骚扰他们了。

“李先生，全部组装完毕。”克莱恩兴奋地说道。

“哦！”李耀连忙走过去。

眼前有一个大型的仪器，仪器的两翼近十米长，中间是一个圆筒形的装置，宛如涡轮一般，大型圆筒的两侧还有两个小型圆筒。

“你查到罗峰的位置了吗？”李耀问道。

“查到了。”克莱恩道，“罗峰在距离我们五公里的范围内，我们的雷达能够勉强发现他的踪迹。不过，雷达一般都是搜索大型物体的，人很小，一旦距离很远，就很难锁定了。如果那样的话，只能通过激光锁定。”

“激光锁定？”李耀皱眉。

“嗯。”克莱恩点点头，“激光导引锁定的优势是精确度极高，能够锁定很远处的某个目标，可是它也存在着很大的缺点，那就是它和目标之间不能有任何阻碍物。比如，现在我们的眼前有一座大山挡着，就不可能用激光锁定大山那边的事物。”

“当然，现在距离隔得近，没有必要那样做，雷达完全能够锁定目标。”克莱恩道。

“现在能击杀他吗？”李耀追问。

“不能。”克莱恩摇摇头道，“罗峰现在藏身于山脉之中。从我们这里到罗峰的藏身处，中间有超过300米厚的岩石。激光若是射穿这么厚的岩石，威力就会大打折扣。”

那可是300米厚的岩石啊!

即便是极其厉害的战神级武者，一拳也不可能将一座大山轰出一个300米深的大坑。

“不过，只要他从山脉中出来，我们的镭射炮就能击杀他。”克莱恩自信满满地道。

“很好。”李耀双眸放光，“给我锁定罗峰。这小子很是阴险，肯定会用望远镜偷偷观察我们这里，一旦他现身，你们就直接将其击杀。”

“是。”克莱恩高声应道。

李耀看向远处的猿猴山脉，脸上浮现出一丝笑容：“他死在镭射炮的射击下也算他的福分了。”

李耀等人耐心地等待着，随时准备用镭射炮将罗峰一击致命。

第141章

逃跑计划

猿猴山脉，罗峰的据点。

昏暗的洞穴中，罗峰正盘膝静坐着，吸纳着宇宙能量，而后将体内的宇宙能量转化为基因原能。

罗峰特意控制着手臂处的基因原能涌入左臂肘部，一阵阵酥麻感扩散开来。过了片刻，他的手肘受伤部位无法再吸收基因原能，这才停了下来。

“龙血的效果果然很好。上次我的身体素质变强了很多，龙血的很多能量都潜伏在体内，刚刚我一修炼，很多能量都融入了体内，手肘的伤势好了很多。再过两三天，就差不多完全好了。”罗峰稍微活动了一下手臂，不由得露出一丝笑容。

武者的实力提升，是生命的一种进化。

身体素质达到初级战神级后，罗峰的身体免疫力和恢复能力都强得多了。

“嗯！看看李耀等人现在在哪里，在做什么。”罗峰当即背上背包，迅速出了洞穴。

荒原中。

“动了，罗峰动了。”克莱恩惊喜地叫道。

旁边的李耀眼睛一亮，当即通过雷达看罗峰的移动方向。

罗峰穿行在猿猴山脉中，目光冷厉。

“嗯！如果有机会的话，再狠狠地教训他们一顿。之前，我杀了他们不少人。对了，他们好像还带了不少箱子过来，他们大老远跑到澳洲大陆来追杀我，还带着那么多箱子，箱子中肯定装了重要的东西，到时候，我一并将那些箱子毁掉。”

“不对！”罗峰猛地停下，半蹲在半山腰。

“他们不远万里跑过来追杀我，还带了那么多箱子，而且搬动箱子的时候还那么小心……”罗峰想着，身上的汗毛竖起，“李耀是专门来对付我这名精神念师的，肯定有十足的把握，那他会采取什么办法呢？”

“我只要飞起来，李耀就算再厉害，也杀不了我。而对于我这名战神级精神念师有威胁的武器只有两种，一种是核武器，一种是镭射炮。”罗峰脸色大变，喃喃自语，“难道李耀带着镭射炮来了？”

虽然说C国的教育很好，武者基本都很有见识，但是罗峰只是个19岁的青年，他接收到的信息比较少，他一直认为镭射炮和核武器都是用来对付怪兽的。

他怎么都想不到，李耀竟然会用镭射炮来对付他。

此次罗峰是站在李耀的角度思考对付精神念师的办法，罗峰推测出，恐怕也只有镭射炮能对付他了。再加上，他之前看到李耀等人带来了那么多箱子，更加肯定了自己的猜测。

“据我所知，镭射炮受到的限制很大，一般只有机载镭射炮才能够进行全地域的战斗。而地球是球形的，地面是曲面的，因此固定在地面上的镭射炮也受到了影响。”

罗峰的脑海中迅速浮现出很多关于镭射炮的信息。

“现在，我绝对不能冒头！幸好有这座大山阻挡，他们暂时没有办法攻击我，我一旦冒头，他们恐怕会直接将我击杀。”想到这，罗峰的额头不由得渗出了冷汗。

他的心里很是后怕。

镭射炮的威力实在是太可怕了，速度也很快，那可是光速啊！在镭射炮光速的攻击下，罗峰恐怕连闪躲的念头都来不及起，就被轰成渣了。

自从镭射炮研究出来后，人类凭借镭射炮，就足以和怪兽对抗了。

“李耀真是疯狂！他带来了那么多箱子，那些箱子中装的不是镭射炮的零部件，还会是什么？别的仪器根本没有这么大的威力。”李耀如此自信地带人来对付他这名精神念师，显然箱子中装的就是镭射炮的零部件。

“当务之急，我要逃得远远的。镭射炮是受距离限制的，距离远的话，镭射炮根本无法攻击到我。”

罗峰不再想冒头去探察了。

谁知道现在李耀等人是不是用镭射炮对准了这里？

一旦罗峰冒头，很可能当场丧命。

“我去哪里呢？”罗峰立即看看手腕上的通信手表，调出周围一带的卫星地图。

通过卫星地图，罗峰了解了周围一带的地理情况。

“李耀一群人在山脉的北边，所以，我最好朝南方迅速前行。因为有大山的阻隔，一时半刻他们还无法攻击到我。

“距离这里大概三公里处有一条河，水能折射光，而镭射炮轰在河中，大量的能量就浪费了。我若是能进入大河深处，就很安全了。”

镭射炮最怕的就是大雨、大雾等天气，而罗峰若是处在大河深处，对于镭射炮而言，水流的阻碍比岩石的阻碍要大得多。

“沿着这条河走260公里，就能看到一个大湖。按照卫星地图上的显示，那大湖的面积竟然有方圆近百里。”罗峰心中暗喜。

澳洲大陆的腹地本来就有很多大湖，特别是一些海洋怪兽沿着河道进入了内陆，更是主动挖出了很多大湖。一般来说，这种大湖是各种水中怪兽的生存地。

“这个大湖的中央还有一座岛屿，岛屿的面积有方圆二三十里。嗯！我沿着河进入那个大湖，而后飞去那座岛屿。”罗峰心中暗道，“两百多公里的距离，镭射炮不可能射击那么远，除非我飞到高空中。此外，湖心岛周围的湖水对我没有什么阻碍，可是对李耀的阻碍比较大，李耀可不会飞，只能游过大湖……”

罗峰思前想后，随即做了决定。

他迅速从半山腰一跃而下，跃到山脚，而后沿着下方的峡谷迅速朝南方前行。

荒原上。

“他怎么不动了？”负责镭射炮的专业人员都大吃一惊。

李耀皱起了眉头。

之前，他们看到雷达探测的光点迅速朝大山前行，心里是非常激动的。

他们断定那就是罗峰。

在场的人恐怕都想杀了罗峰。毕竟杀了罗峰，他们不仅有钱赚，还能为死去的同伴报仇。

“他又回头了！”克莱恩惊呼。

“不是回头，他是朝南边逃了。”旁边的战神级武者詹姆斯沉声说道。

的确，雷达探测器显示的光点迅速朝南方前行。

李耀默不吭声。

半晌——

“李先生，罗峰已经逃出了此片区域，还在继续往南前行。”克莱恩急切地道。

“这个狡猾的小子！”李耀双眸微微眯起。

他怀疑，罗峰肯定猜出他的箱子里装的是镭射炮，所以才改变主意往南方逃了。虽然说一般人是猜不到的，但是以李耀对罗峰的了解，罗峰非常谨慎，也非常狡黠。

想要杀了罗峰，并不容易。

“詹姆斯。”李耀沉声道。

“嗯！”詹姆斯看着李耀，脸色微变。

难道李耀要让他去对付罗峰?

罗峰可是很可怕的。

他瞬间就击杀了詹姆斯的伙伴，还有北原刚，早就让詹姆斯没有了与他对抗的念头。

“你带着我手下的人将镭射炮运到那条山脉的山头上，然后选定一处安置下来，要镭射炮能够瞄准南方的地点。”李耀吩咐道，“记住，必须小心，千万别损坏了镭射炮。”

詹姆斯不由得松了一口气。

“好的！你放心，这只有几公里远，我们还有这么多人，一定能将镭射炮安全地运到那个山头上。”詹姆斯自信满满地道。

搬运镭射炮走数百里的难度是很大的，可是仅仅几公里，这对于一名战神级武者和诸多战将级武者而言，的确不是什么难题。

“很好。”李耀看向克莱恩，“克莱恩，记住，一有机会，你就给我击杀罗峰。这件事就由你来负责了。”

“放心。”克莱恩点点头。

“克莱恩，若是探察到罗峰的位置，你就通知我。”李耀吩咐道。

“是！”克莱恩应道。

李耀当即一闪身，化作一道人影，迅速消失在远处。

他的速度是空气中音速的两倍，仅仅几秒钟，他就冲到了几公里外的猿猴山脉中。

罗峰的速度没有李耀那么快，不过，一旦他爆发起来，再加上精神念力的辅助，他的速度超过500米/秒，也是极快的。

他冲出山脉后，仅仅几秒钟，就扎进了十余米宽的大河中。

这种大河中虽然存在着怪兽，但是这种怪兽一般不厉害。真正厉害的水类怪兽生活在大湖泊或者海域中。

水底的罗峰趴在六棱盾牌上，控制好六棱盾牌的浮力，同时将精神念力作用在双脚的战靴上，顿时产生了强大的推动力。

“咻！”

罗峰的速度比水雷的速度还要快得多。

他在河中疾速地穿行着。

李耀冲出猿猴山脉后，对着通信手表低吼。

“罗峰在哪里？”

“李先生，你前方的三公里处有一条河，罗峰正在那条河中，而且继续迅速朝南方前行。”

李耀当即以惊人的速度朝那条河赶去。他疾速地奔跑着，音爆声连绵不绝，不少怪兽都吓得主动避让。

他沿着河岸，迅速地朝南方飞奔。

仅仅片刻，李耀就已经前行了数公里。

“罗峰现在在哪里？”李耀再次问道。

“李先生，距离太远，雷达现在根本发现不了罗峰的踪迹。”克莱恩的声音从通信手表中传出。

李耀当即停了下来。

“什么？雷达发现不了罗峰的踪迹？”

李耀看着眼前波光粼粼的大河，心中很是愤怒。

他根本不知道罗峰现在在什么地方，又怎么杀罗峰呢？

而后，他拨通了维妮娜的电话：“维妮娜，快，将罗峰的新号码给我。”

此刻，李耀所在地的八公里外，罗峰宛如水雷般在河中迅速前行。

第142章

意外

“你要罗峰的新号码干什么？”维妮娜的声音从通信手表中传出。

“快，别废话。”李耀急切地道。

维妮娜的声音蕴含着一丝愤怒。

“耀，你别乱来。你如果想确认罗峰的位置，最好的办法是通过我去查。当然，你可以直接拨打罗峰的电话，确认罗峰所在的位置，可是他同样能够发现你所在的位置。”

“而且，你拨打罗峰的电话，很容易让他有所警觉。”维妮娜沉声说道，“我马上想办法，将他的位置发给你。”

李耀眉头微皱。

他也知道，维妮娜说的有道理。

“好，快点。”李耀催促道。

P基地市。

一个宽敞的房间内，三台笔记本电脑同时打开了。

两男一女分别坐在电脑前，而维妮娜站在旁边，直接吩咐道：“用罗峰家的电话号码，打给罗峰。”

“是！”

通过电脑软件，很容易让罗峰通信手表上的来电信息显示出他们想要的某个号码。

“夫人，罗峰的位置确认了。”一个黑皮肤女子说道。

“直接将罗峰的位置传送给先生。”维妮娜吩咐道。

……

河岸旁的李耀一看到维妮娜传来的罗峰的坐标，不由得冷笑一声。

“原来罗峰距离我只有十几公里。”

对于战神级武者而言，十几公里的确不算什么。

特别是高级战神级武者，其身体的坚硬程度是金刚石的数倍，狙击枪都无法射伤他。此外，他一拳击出就是数十万千克。

他们堪称人形兵器，威力堪比一支军队。

“嗖！”李耀宛如闪电般朝罗峰所在地追去。

罗峰也在水底不断地前行着。

以罗峰接近初级战神级武者的身体素质，他在水底屏住呼吸可以坚持近半个小时。普通人只能坚持数分钟，罗峰却能坚持半个小时。

“嗯？通信手表振动了？”罗峰疑惑地看了通信手表一眼。

这可是配备9系作战服的通信手表，防水功能只是很基础的一个功能。

“是家里打来的电话。不对，我没有告诉家里人我的新号码。”

罗峰心中很是疑惑。

新通信手表的号码是他故意弄的，就是为了以此当诱饵，引秃鹫夫妇上钩的，所以他并没有告诉家人。

每次和家人联系，他都是用自己购买的手机。

“我爸妈只是普通人，真要联系我的话，肯定会直接打我手机，怎么可能还费尽周折从精英训练营那儿得到我的新号码，再打过来呢？”

罗峰心里很清楚，秃鹫夫妇若是想要让别人的来电信息显示出某个号码，难度并不大。

“你们想通过新号码找到我的位置，哼，做梦！”

罗峰咧嘴一笑。

而后，他长按开关的按钮。

“嘀！”通信手表直接关了。

让别人无法打通自己的电话，从而无法查到自己所在的位置，有两个办法：其一，直接将通信手表扔了，即便别人查出通信手表所在的位置，也不知道人所在的位置；其二，直接拆掉通信手表的电池，或者直接将通信手表关了。一旦断电，通信手表就只是一块金属而已。

……

河岸。

“我问你，罗峰现在在哪里？”李耀面色狰狞，咆哮道。

通信手表显示出了维妮娜的影像。

维妮娜摇摇头，道：“耀，罗峰已经将通信手表断电了。”

“你这话是什么意思？”李耀的双眸欲喷火。

“我们找不到罗峰所在的位置了。”维妮娜摇头。

李耀气极，双拳紧攥。

他千里迢迢从E国带着人马赶过来，一来就被罗峰杀得人仰马翻。

现在罗峰直接将通信手表给断电了，他无法确认罗峰所在的位置，找不到罗峰，更别说去杀罗峰了。

这不是竹篮打水一场空嘛！

“浑蛋！浑蛋！”李耀气得额头的青筋凸起。

傍晚时分，天空一片昏暗，一架通体呈黑色的三角形战机以惊人的速度在澳洲大陆的上空飞行。

这架三角形战机内有一名驾驶员和两名乘客。

“李耀可真是够狠的。为了对付罗峰，竟然直接将镭射炮带来了澳洲大陆。”

两名乘客中，其中一个高大的壮汉说道。

旁边的那个身材消瘦，头发微微卷曲的I国人说道：“他已经完全疯狂，简直就是不择手段。”

“啧啧！普卡，你都会说成语了。”壮汉不由得赞叹道。

那I国人微微一笑，没有多说。

“啧啧！李耀竟然能弄来镭射炮。你别看我混到了这个级别，这么多年来，我还真的没有亲眼见过镭射炮呢。”壮汉忍不住感叹道，“波莱纳斯家族不愧是大军火商，控制了大量的军火交易，竟然连镭射炮都能弄到。”

“哼！”那个I国人冷哼一声，没好气地说道，“他们走私而后卖出的核弹和镭射炮可不少。”

忽然，三角形战机的速度大大减慢。

“到了。”壮汉当即站起身来，“普卡，吩咐下去。”

“嗯。”I国人微微点头。

猿猴山脉的一个山头上，詹姆斯和波莱纳斯家族的一群精英武者正在休息。

这时，一架三角形黑色战机出现在高空。

一看到这架三角形战机，詹姆斯脸色一变。

“这是极限武馆的战机。”詹姆斯惊叫道。

旁边的不少精英武者都认了出来。

现如今，世界上的战机的外形都是以飞碟形为主的，一般这种三角形战机的实战效果是不如飞碟形战机的。不过，极限武馆制造出来的三角形战机具有极强的攻击力，堪称世界第一的战机。

A国政府和E国政府曾经都想让极限武馆公开制造三角形战机的技术。可惜，洪并不理他们。现如今，这种三角形战机几乎成了极限武馆的一种标志。

“那不是詹姆斯吗？”

三角形战机的舱门开启，两道人影一跃而下，落在山头上。

“普卡？铁宗？”詹姆斯大吃一惊。

只要是战神级武者，基本都会加入战神宫。同样是战神级武者，詹姆斯自然认识这两个大名鼎鼎的人物。

“詹姆斯，他们是谁？”其他精英武者都有些慌乱。

这两人看起来不像是一般人。

“地球联盟禁止武者用镭射炮对付同胞。”壮汉的目光扫过这群人。

这群精英武者顿时心中一凛。

“奉总馆主的命令，我们此次来是为了带走这架镭射炮。”

“什么？”克莱恩瞪大眼睛，朗声说道，“这是我们波莱纳斯家族……”

“放屁！”壮汉打断他的话，气势汹汹地道，“詹姆斯，你说，我们可不可以带走镭射炮？”

克莱恩转头看向詹姆斯。

詹姆斯当即怒斥道：“你还怀疑什么，当然得听这两位大人的。你知道这两位大人是谁吗？他们可都是极限武馆的战神级武者，待会儿你见到李耀，直接说是普卡和铁宗这两人带走了镭射炮，李耀绝对不敢说什么。”

克莱恩闻言一怔。

“快，快将镭射炮拆卸下来，而后将零部件装进箱子里。”壮汉吩咐道。

“我们？”克莱恩一怔。

这两人来收缴镭射炮，竟然还吩咐他们拆卸镭射炮。

“嗯！不是你们，还能是谁？”壮汉不满地呵斥道。

旁边的詹姆斯连忙帮腔。

克莱恩等人只能乖乖听话。

同时，他们将这件事迅速通知了李耀。

因为找不到罗峰，李耀正一肚子火。

此时，他接到了克莱恩打来的通信电话。

“先生，镭射炮被收缴了！”

“什么？”

“嗯！来收缴镭射炮的两人分别叫普卡和铁宗。”

听到第一句话，李耀当即就要破口大骂，可是听到第二句话，他硬是将欲出口的脏话吞进了肚子里。

只是，他的脸色仍旧有些铁青。

“普卡和铁宗可是极限武馆特别行动队的。罗峰这么大的面子，竟然还引得普卡这个分队长出马了。”

铁宗的实力也很强，不过李耀也是高级战神级武者，根本没把铁宗放在眼里。

可是，普卡是来自I国的天才武者，是在精英训练营以排名前三的实力毕业的。

普卡同样拥有黑神套装，而且还是洪的弟子之一，自身的实力极强。

李耀在虚拟空间跟普卡交过两次手，都被普卡给击败了。

“不出我所料，罗峰仅仅19周岁，就拥有堪比高级战神级精神念师的实力，极限武馆馆长肯定很看重他。这次，极限武馆馆长洪恐怕是通过卫星探察，注意着罗峰的动静，派人随时保护着罗峰。”李耀眼睛微眯。

“洪发现我带着镭射炮来了澳洲大陆，并打算用镭射炮对付罗峰，洪自然是知道镭射炮的威力的，这对于罗峰起不到丝毫磨炼作用，很可能会要了罗峰的命，所以洪就立即派遣特别行动队的队长来收缴镭射炮。洪可真是够狠的，竟然把我当磨刀石来磨炼罗峰。”

李耀站在原地，一动不动。

他的眼神可怕得很。他仿佛饿了十天的秃鹫，已经到了疯狂的边缘。

“我的儿子死了！我唯一的儿子被罗峰杀了！我一定不能放过罗峰！洪，你竟然拿我当磨刀石，我会让你后悔这个决定的！”李耀恨恨地说道。

随即，他沿着河岸继续前行。

另一边，罗峰关掉通信手表后，就悠闲地在水底前行，需要呼吸的时候，就冒出水面，吸几口气，而后继续在水底缓缓前行。

此时的他一点都不着急。

待到夜晚，罗峰才抵达目的地——一个大湖泊。

这个湖泊很大，不时有一阵阵怪异的声音从水底传出来。

此刻，罗峰脚踏六棱盾牌，悬浮在水面上，遥看湖泊的中央，一脸惊愕。

“怎么可能？这湖泊……”

湖泊完全被浓雾给遮盖住了。

越是深入湖心，雾就越浓。即使战神级武者的视力很好，也就勉强能看到百米的地方而已。诡异的是，湖泊边缘的雾气很淡，而湖泊旁的陆地上空根本没有雾。

“这是什么地方？”

第143章

神秘湖泊

这个湖泊本来就诡异得很，黑夜中，更添了几分神秘。

罗峰感觉到了无形的压力。

“嗯！现在是晚上，加上浓雾，能见度很低。待明天天亮，我再好好探察一番。”

罗峰很冷静，他宁愿等到天亮，也不想现在就这么盲目地闯进去。

这一晚，罗峰都围绕着湖岸行走。

湖泊的面积达方圆百里，绕着湖泊走一圈都需要很久的时间。不过，罗峰的速度很快，就算他边走边看，不到一个小时，就走了大半距离。

一路走来，罗峰并没有发现什么特殊的地方。

随后，罗峰在杂草丛中盘膝静坐，闭目养神。

很快，一夜过去了。

第二天清晨，朝阳升起。

罗峰站在草丛中，遥看湖泊，湖泊依旧被一层浓雾笼罩着，越往里雾气就越浓。然而，湖泊外面的陆地上却一点雾都没有。

“果然，白天和黑夜都一样，这个湖泊一直有着很浓的雾。不过，白天的能见度明显比夜里好多了。”

昨天晚上，以罗峰的视力，都只能看到百米远，普通人恐怕看到五米远就不错了，而现在朝阳升起了，罗峰能看到大概两百米远。

不过，对于罗峰此等战神级武者而言，两百米并不算远。

“进去看看。”罗峰当即跃上六棱盾牌。

他脚踏六棱盾牌，在湖面上空迅速飞行。

雾气弥漫，广袤的湖泊中水草茂盛，时而还传出一阵阵怪异的叫声，水面更是泛起汹涌的波浪，罗峰根本无法看清湖中到底有什么。

“这个湖泊如此之大，里面的水族怪兽肯定很多。”罗峰心中暗惊。

之前，他在河底缓缓前行时，对于河的宽度和深度有所了解，河中不太可能有多么厉害的水族怪兽，所以他在河底很轻松。

可是，这可是大湖泊，比河流要大得多，深得多，湖中十有八九有水族怪兽。

而且，水族怪兽一直以难缠出名。海洋一直是怪兽的天下，广阔的海域有很多稀奇古怪、无比强大的怪兽。即便是战神级武者，也不愿意进入海洋，自然也不会轻易进入这种大湖泊。

“嗖！”罗峰迅速地飞行着。

他看到下方的湖面波涛汹涌。

一道蓝色电光猛地亮起。

紧接着，一道道蓝色电光瞬间照亮了湖泊上空。这数道电光宛如电蛇疾速袭向罗峰，罗峰刚刚避开第一道电光的袭击，就被另外一道电光给击中了。

不是罗峰的躲避能力弱，而是这些电光的速度太快了，而且攻击方法毫无规律。

“不好。”罗峰感觉身体猛地一麻，脑袋昏昏沉沉。

而后，他从半空中坠落下去。

“嗯？”罗峰一激灵，完全惊醒了。

此刻他距离下方的湖面只有六七米的距离了。

只听得一道道怪异的吼叫声，同时一条条长着青色鳞片的怪兽猛地从湖底蹿了出来，这些怪兽的青色鳞片上还闪烁着电光。此外，极少数怪兽的头上还长着独角。

此时，这些怪兽都跃出水面，朝罗峰张开了血盆大口。

“滚开！”罗峰大喝一声。

六道刀芒以罗峰为中心，朝四方攻击而去。

“咻——”六把飞刀瞬间袭向下方的水族怪兽群。

顿时，一些被击中的怪兽发出了惨叫声。

与此同时，幸存的一些水族怪兽愤怒地发出一道道电芒。

“嗖！”罗峰控制六把飞刀的同时，踩着六棱盾牌迅速升空。

幸好这些水族怪兽的电芒攻击并不像之前那般毫无规律，罗峰看出端倪，趁机逃出。

“老天，我差点就栽在这里了。”

罗峰踩着六棱盾牌飞到了高空中，这才发现自己的额头和后背都渗出了冷汗。

他也算是见过大场面，都敢正面和高级领主级怪兽厮杀，没想到，他今天差点死在这里。

如果他清醒得慢了一点，今天就会死在水族怪兽手里。

“这就是电鳗类的水族怪兽？铁线电鳗！独角电鳗！”

罗峰发现下方出现了好几种电鳗怪兽。全世界能够放电的鱼类怪兽超过一百种，而且怪兽一般都是成群的，攻击罗峰的正是一群电鳗类水族怪兽。

放电类的怪兽一直是让武者们畏惧的一类怪兽。

强大的放电类水族怪兽更是可怕，这些怪兽联手放电，甚至能瞬间电晕强大的战神级武者。在被电晕的状态下，就算是战神级武者，恐怕也会被吃掉。

那样的话，岂不是死得很冤？

“我得小心点，这水族怪兽的种类成千上万，拥有特殊能力的水族怪兽极多，我一不小心就栽了。”罗峰小心翼翼地往前飞行。

飞行的途中，他能听到湖泊中传出的各种奇怪的声音。

显然，这湖里面的水族怪兽的数量很是惊人。

“吼——”一道可怕的吼声在罗峰的耳边响起。

与此同时，一道不可思议的力量瞬间作用在罗峰的身上，使得罗峰向下坠落。

“天哪！我都尽力逃了，竟然还有水族怪兽攻击我。”罗峰拼命控制精神念力，让自己悬浮在空中。

可是，他还是不由自主地缓缓下坠。

“呼呼——”

只见下方的湖泊中出现了一个巨大的旋涡，旋涡的中心是一个“洞”。在白色雾气的笼罩下，这个黑洞显得模糊不清。而这个黑洞正释放出强大的吞噬力量，令罗峰一时间无法飞离此处。

要知道，罗峰的精神念力可是接近高级战神级，在精神念力的作用下，他都无法离去，可想而知黑洞的吞噬力量有多强。

“大家伙！”罗峰低头一笑。

“咻！咻！”两把SS级飞刀直接射向那个巨大的黑洞。

一道刺耳的声音瞬间响彻天际。

罗峰不禁捂住了耳朵。

只见下方的湖面出现了暗红色的血迹。紧接着，那个黑洞消失不见了，吞噬力量也消失了。

“嗖！嗖！”两把飞刀落入半空中的罗峰的裤袋内。

“这怪兽的实力好强啊！我的SS级飞刀竟然都只勉强刺破它的皮肉，没有重伤它。”

罗峰一直操控着SS级飞刀，当然清楚刚才这两把SS级飞刀只是让怪兽受了轻伤。

“这怪兽大多数时间是怒吼，惊恐的时候，它的声音却如婴儿的啼哭声。此外，它的吞噬力极其惊人，这是什么种类的水族怪兽？”

论怪兽的种类，陆地上怪兽的种类远远不及海洋多。

陆地上怪兽的种类就有上万种，由此可以想象水族怪兽的种类何其繁多。而武者大多都在陆地上闯荡，罗峰和别的武者一样，对水族怪兽了解甚少，他只知道一些常见的、名气颇大的水族怪兽。

“继续前行，我倒要看看这个湖泊到底有多怪异。”罗峰喃喃道。

六把飞刀都悬浮在他的周围，同时他的飞行高度升高了三十米，达到了八十米。

终于，罗峰在一片沙滩上降落了下来。

“终于到湖心岛了。”罗峰的额头都渗出了汗珠。

一路上，他可真是受到了不少惊吓，除了遭到电鳗类怪兽群的围攻外，他还看到了两头大型水族怪兽在激烈厮杀，还看到一条足有百米长的蛟龙在进食。

总之，湖泊中实力强大的水族怪兽非常多，而且都很诡异。

按理说，这个湖中有两三头强大的水族怪兽就算很了不得了，可是，罗峰在这个湖泊的上空仅仅环绕了一圈，看到的就有七八头极为强大的水族怪兽了，更别说还有更多厉害的怪兽在湖底。

怪兽的密度未免太大了，一点都不符合常理。

“一定有猫腻。”罗峰走出沙滩，看着前方茂密的丛林。

这湖心岛宛如原始森林一般，许多粗壮的大树矗立着，植被茂盛。

“嗯？”罗峰不由得飞起来，越飞越高。

他俯瞰下方的岛屿，这座神秘岛屿终年被雾笼罩着，湖中有大量的水族怪兽。

“不对……”罗峰脸色一变，“这座岛屿怎么这么安静？”

来到澳洲大陆这么长时间，罗峰从来没有发现一个地方是安静的，就算是荒原中也会有大量的怪兽，可是这座雾岛中没有一头怪兽，安静得出奇。

这里既没有飞禽类怪兽，也没有走兽类怪兽，整座雾岛非常安静，只是岛屿四周的湖泊中有着数量惊人、实力极其可怕的水族怪兽。

“这座岛屿有古怪。”罗峰莫名地有些心悸。

不知道为什么，这座没有一丝怪兽声音的岛屿让罗峰有些恐惧。

“呼！”罗峰缓缓地落在沙滩上，根本不敢进入岛屿深处。

“那个湖泊很是诡异，这座岛屿也诡异得很。”罗峰心中暗道。

而后，他露出一丝笑容，右手长按手腕上的通信手表。

“嘀！”通信手表启动了。

“我的通信手表启动了，李耀，这下你该来了吧！”罗峰喃喃自语。

李耀虽然很强大，但是无法飞行，恐怕只能游过湖泊。而这个湖泊中的水族怪兽显然比较多，而且很强大，李耀想要活着穿过湖泊，难度极大。

第144章

可怜的李耀

P基地市。

一个宽敞的房间内，三名人员坐在笔记本电脑前。

其中一个帅气的青年惊呼出声："夫人，拨通了，拨通罗峰的电话了。"

"什么？"一直皱眉的维妮娜脸上浮现出喜色。

"拨通了，罗峰所在的位置已经确认。"青年连连说道。

"立即转给先生。"维妮娜连忙吩咐道。

"是。"青年当即将罗峰的坐标传送给澳洲大陆荒原中的李耀。

苍茫的荒原上，一些怪兽正在厮杀着。

此时，一名相对比较瘦小的人类武者正独自疾速在荒原上奔走，他根本不惧怕任何怪兽。

他在荒野上横冲直撞，视那些怪兽如渺小的蝼蚁。之前有不少怪兽攻击这名武者，可是它们发现这名武者身上的血腥气很浓，那是一些强大怪兽的血液，显然那些强大的怪兽都不是这名武者的对手，故而这些怪兽看到这人就远远地避开了。

"罗峰！"李耀喃喃自语，宛如一头凶兽。

"你躲吧，你躲得过初一，躲不过十五。"李耀恨恨地道。

他根本没有想到，追杀罗峰竟然这么麻烦。不过，杀子之仇，他不可能不报。他若是不杀了罗峰，就对不起死去的儿子，夜里都睡不着觉。

“嗯？”李耀察觉到手腕上的通信手表振动起来，低头一看，心中一激灵，“罗峰的坐标？”

这时，一个电话拨打过来。

“喂。”李耀先出声。

“耀，是我，你收到罗峰的坐标了吧？”维妮娜的声音从通信手表中传了出来。

“你确定这是罗峰的坐标？”李耀急切地追问道。

“耀，我们刚刚才得到罗峰的坐标。罗峰不知道怎么回事，他的通信手表又能拨通了，应该是他自己启动了通信手表，我担心这是罗峰的一个阴谋，故意引你过去的。”维妮娜说道。

“阴谋？”李耀不由得冷笑一声。

“我有从古文明遗迹中得来的黑神套装傍身，战神级武者都杀不了我，除非是王级怪兽、超越战神级武者的存在，或者使用镭射炮的武者。哼！我还真的想不到罗峰能有什么厉害的手段。”李耀信心十足。

“好了，不管这个坐标是真是假，我都要去看看。”李耀说道。

“嗯。”维妮娜不反对了。

她也是高级战神级武者，当然清楚她丈夫的真正实力。

“罗峰距离这里有一百二十公里。”李耀看了下地图，“罗峰，你最好还在那里。”

“呼！”一道恐怖的音爆声响起。

李耀整个人化作一道流光，疾速朝西南方向冲去。眨眼的工夫，他就已经消失了。

雾气笼罩的湖泊旁边，一道流光猛地停下。

而后，那道流光变成一身黑色，面容冷峻的战神级武者——李耀。

“罗峰还真会躲藏，竟然选了一个雾气笼罩的湖心岛。这么大的雾，镭射炮根本没办法使用。”李耀冷笑一声。

李耀的镭射炮已经被极限武馆的人给收缴了，李耀根本不可能再拿镭射炮攻击罗峰，罗峰费尽心思躲在雾气笼罩的湖心岛，简直是多此一举。

“嗖！”李耀猛地一跃，整个人闪电般地往前冲去。

“哧哧——”李耀身上的黑神套装迅速延伸，很快就形成了一个类似于皮艇的玩意儿。

黑神套装形成的皮艇借助李耀之前飞跃产生的冲力在湖面上乘风破浪。

李耀坐在皮艇上，双手不断地划水。李耀的臂力惊人，每一次划水，都产生了惊人的推动力。

“吼——”

“嘎嘎——”

“呲呲——”

各种各样怪异的声音从湖中传出。

李耀面无表情，无视下方的水族怪兽的叫声。在他这名高级战神级武者看来，湖中的水族怪兽对他没有多大威胁。

可惜，他并不知道这个湖泊的特殊之处。

黑色皮艇以惊人的速度在湖中迅速前行。

“什么？！”李耀陡然脸色一变。

只见一条布满紫色鳞片的尾巴宛如一道闪电从湖中陡然冒出，刹那间，这条粗壮的紫鳞长尾就把皮艇给笼罩住了。

“嗖！”李耀脚下的皮艇顿时消失了。

他整个人除了眼睛、嘴巴、鼻子之外，其他部位都被黑神套装覆盖住了。

李耀猛地踩在那紫鳞长尾上，而后借力直接弹射起来。

“好长的尾巴，好可怕的力量。单单这尾巴一抽，就有高级领主级的实力，这个湖泊中竟然有这么强大的水族怪兽！”李耀很是震惊。

当他从半空坠落，碰触水面的一瞬间。

一道道蓝色电光宛如扭曲的电蛇瞬间覆盖了周围的区域。

李耀在水面上的闪躲能力要比在陆地上差很多，他根本没来得及闪躲，就被蓝色电光给击中了。

“哼！幸好我这个黑神套装是完全阻电的。”李耀松了一口气。

“哧哧——”一道白色丝线几乎瞬间就缠住了他的一只脚，一股不可思议的力量猛地一拽丝线。

“不好！”李耀脸色大变。

“扑通”一声，李耀就掉到了湖泊中。

雾岛的沙滩上。

罗峰盘膝静坐，宛如一座雕像。

“哗啦啦——”湖水时而荡漾着，冲击着沙滩。

奇怪的是，没有一头水族怪兽胆敢爬上岸。

许久，罗峰睁开了眼睛。

“李耀怎么还没来啊？难道……他在湖里遇到怪兽，死在湖里了？”罗峰想着，“如果他真的死在湖里，也不奇怪。虽然他有黑神套装傍身，不会轻易地被水族怪兽击杀，但是他若被水族怪兽困在湖底，挣扎之下，消耗的氧气是惊人的。他在湖底不能呼吸，很可能会活活憋死。”

罗峰转头看向雾岛。

整座岛屿一片寂静，唯有风吹过树枝的沙沙声。

“在高级战神级武者中，我的实力算得上是顶尖的，除非是王级怪兽，一般的水族怪兽很难杀了我。既然如此，我不妨去雾岛看看。”罗峰压抑不住心中的好奇。

他对自身实力充满了信心，当即手持六棱盾牌和血影战刀，精神高度集中，随时准备控制飞刀出击。就这样，他小心翼翼地进入了雾岛，消失在远处弥漫的雾气之中。

……

许久后，雾岛另外一处沙滩上。

“去死吧！”一道愤怒的吼声响起。

一道黑色人影从湖面冲天而起，而后落在了旁边的沙滩上。

“终于上岸了。”这个人直接瘫倒在沙滩上。

许久，他才缓过气来。

“可怕，好可怕的湖泊。”李耀看着眼前的湖泊，面露惊恐之色。

年轻的时候，他也是闯遍天下的人物，他去过一些比眼前的湖泊大得多的湖泊，甚至还和海洋中的怪兽进行过厮杀。

可是，他从来没有这么狼狈过。这次，他清楚地感知到了死亡，刚才在湖底逃亡时，他遇到的高级领主级的水族怪兽就超过十头，其他领主级怪兽的数量更多。

也就是说，这个湖中的水族怪兽大多都非常强大，兽将级的水族怪兽更是数不胜数，而兽兵级的水族怪兽很少。

“这到底是什么湖？我从来没听说过，世界上还有这么可怕的湖泊。”李耀的脸色很是难看，“这个湖泊的面积才方圆百里，我在湖底碰到的高级领主级怪兽就超过十头，恐怕整个湖泊中的高级领主级怪兽差不多有一百头。”

“怪兽如此多，恐怕连C国003号城市那个号称‘怪兽魔窟’的地方也比不上这里。”

论危险程度，显然这个湖泊比C国003号城市的更大。毕竟这里的水族怪兽更加密集，而在湖泊中，人类武者很难施展出所有实力。

“噗——”李耀一阵咳嗽，连喷出两口鲜血。

“在水中，我的实力大大被减弱了，如果在岸上，面对十头高级领主级怪兽，我即便敌不过，也能轻易逃命。可这次，我受伤很重。”李耀又喷出一口鲜血，而后盘膝坐在沙滩上，开始调息。

这次他伤得很重，他的右臂断了，胸口的肋骨也断了两根。

此外，他的五脏六腑都受了重伤。

虽然黑神套装的保护能力很强，但是对于纯粹的重力攻击的防御效果是比较差的。在水中，李耀就差点被怪兽给勒死，虽然他拼命逃掉了，但是他的肋骨生生被压断了，五脏六腑也受了重伤。

“现在我得养伤，如果我继续战斗的话，对身体的伤害更大。”李耀心中暗道。

他再无丝毫骄纵之心，完全被那个诡异的湖泊给吓到了。

幸亏他有黑神套装，否则就是有十条命，他都不够用。

“维妮娜，”李耀拨通妻子的电话，“给我确认一下，罗峰现在所在的位置。”

说话时，李耀喘着粗气，胸口难受得很。

第145章

雾岛的神秘

李耀看着通信手表显示的罗峰的准确坐标，而后在地图上找出详细的位置。

“嗯？罗峰已经进入这个湖心岛了？！”李耀不禁心中一喜。

如果位置一直不改变，李耀倒是怀疑罗峰将通信手表遗弃在了那里。而现在，位置改变了，这说明罗峰很可能一直戴着通信手表。

“我先养伤，我的身体恢复能力还算强，差不多只要半天时间，我的伤势就能稳定，只需两天，我的伤势就能痊愈。”李耀顾不得去追杀罗峰，先在沙滩上静坐养伤。

雾气弥漫的岛屿之中。

“这里可真奇怪。”全副武装的罗峰小心翼翼地在雾岛的山林中前行，他看着周围的树木和植被，心中很是疑惑，“我都深入雾岛两三里了，依旧没有看到怪兽，难道这个岛屿中真的没有怪兽？”

“而且，澳洲大陆这边现在是冬天，可是这座岛屿上的温度比较高，树木和花草仿佛春夏时期那般茂盛。”罗峰疑惑得很。

这座岛屿到底有什么奥秘？

树木茂盛，花朵鲜艳，荆棘丛生……表面看起来，这座岛屿充满了生机。

然而，这座岛屿上却没有怪兽。

罗峰小心地前行着。

在距离罗峰大概百米处，花丛中有一朵粉红色的花朵，这花朵竟然比脸盆还大，比周围其他的花朵要大得多，也鲜艳得多。此刻，罗峰正一步步地朝花丛走去，越走越近。

“好鲜艳的花，此时正值澳洲大陆的冬天，还能看到这么鲜艳的花，实在是难得啊！”罗峰观赏了一番，转头，继续走。

罗峰刚走了两步——

“嗖！”

那比脸盆还大的粉红色花朵猛地盛开，花朵直径有三四米，这巨大的粉红色花朵闪电般冲出，而后宛如一个罩子从天而降，直接袭向罗峰，欲将罗峰整个人吞噬。

自从进入雾岛后，罗峰就没有松懈过，一直保持小心的状态。

“嗯？”罗峰眼中精光一闪。

“咻！咻！咻！”

三道黑色刀光瞬间射向那巨大的粉红色花朵。

每一把飞刀都蕴含着可怕的穿透力，就穿透了那袭向罗峰的巨大的粉红色花朵。

三道刀光旋转数次，粉红色花朵被切割成一片片，洋洋洒洒飘散开来。

“哧！”其中一把飞刀直接将巨大的粉红色花朵的根茎给切掉了。

“食人花？！”罗峰转头看着地面上的花朵，又看向那残缺的根茎，那根茎正不断地冒出血红色的液体。

“食人花变异的情况是很少的。世界上食人花最多的是南美亚马孙。”罗峰眉头一皱，“这个孤岛上怎么会出现变异的食人花呢？”

大涅槃时期，基本都是动物发生了变异，从而产生了大量怪兽，而为了阻止怪兽对整个地球的破坏，人类强者产生了。当时，植物并没有发生变异，树木依旧是树木，花草依旧是花草，唯有一种花产生了变异，那就是食人花，食人花本来只有极少数种类，发生变异之后，食人花有数十个种类了。

“怪事，怪事，这个孤岛上竟然出现了变异的食人花。”罗峰摇摇头，继续前行。

经历过食人花的攻击，罗峰越加小心了，他缓慢地前行着。

当然，相较于普通人，他的速度还是很快的。

半个小时后——

“咦？柳树！”罗峰看着远处的柳树，不由得露出了笑容。

这个岛上的树大多都是比较罕见的，不过柳树是罗峰很常见的。Y城的街道上的绿化做得很好，不少地方就种有柳树，所以罗峰对柳树很有熟悉感。

这个岛上的柳树非常高大、粗壮。

“一、二、三、四……一共有九棵柳树！”

罗峰当即走了过去。

这九棵柳树非常粗壮，其中最细的一棵柳树的直径也有一米左右，最粗壮的柳树的直径更是达到了三米。

岛屿上的草木很是繁茂，这九棵柳树的枝条随风飘荡着，堪称一道亮丽的风景线。

“这座岛屿挺神奇的，竟然能长出这么粗壮的柳树。而且，这里的植物很多，不仅仅有柳树，其他植物也都充满着生机，明明正值冬天，植物却都长出了枝叶。”罗峰惊叹不已。

“咻——”当罗峰还在慨叹的时候，几乎是一瞬间，这些柳树的枝条疯狂地飞舞着，而后迅速袭向罗峰。

速度之快，远远超过了空气中的音速。

即便是罗峰此等高手，在这么近的距离下，面对无数柳枝的袭击，也无法躲开。

“这是什么玩意儿？！”罗峰脸色大变。

要知道，这九棵柳树中，最细的一棵柳树的高度都有三四十米，堪比十层楼高。如此高的柳树，枝条的数量极多，而且每一根枝条都很长。

“破！”罗峰猛地往前冲。

与此同时，六把飞刀仿佛风火轮一样在他的周围旋转着，疯狂地切割着那些柳枝。

罗峰的飞刀可是能够杀死高级战神级武者的，如此强大的攻击力，那些柳枝很快被切断了。

根据罗峰的精神念力对飞刀的感应，飞刀切割柳枝时，还是有点吃力的，因为每一根柳枝都很难切断。

当然，在罗峰的冲刺下，飞刀旋转着飞速切割，威力还是很大的，大量柳枝被切割成两段。

眼看罗峰就要冲出柳枝的包围圈。

“轰——”

正中间那棵最粗壮的柳树竟然甩出一根根泛着淡淡金色光芒的柳枝，柳枝的数量极多，有近万根，一时间，罗峰几乎被柳枝笼罩住了。

罗峰的飞刀和柳枝正面撞击。

“哧哧！”旋转的飞刀艰难地切割着一根泛着淡金色光芒的柳枝。

“不好！”罗峰脸色大变。

他迅速往后退，避开那些朝自己袭击过来的柳枝。

“我的飞刀单单切割开一根泛着淡金色光芒的柳枝就这么难了，一旦我被这成千上万的泛着淡金色光芒的柳枝给笼罩住了，我就危险了。”

其实，即便罗峰被柳枝给捆住了，他依旧能控制飞刀切割柳枝，可是，他不能冒险，一旦失败，他就必死无疑。

面对不断朝自己袭击过来的淡金色柳枝，罗峰猛地后退。

“噗！”三把飞刀旋转着瞬间钻入地底。

紧接着，罗峰将精神念力作用在双脚上，使得自己整个人宛如钻石机，迅速钻入地底。

“哧哧——”大量淡金色柳枝迅速地插入地底。

这些淡金色柳枝只有数百米长，不可能渗透到地底很深的地方。而且，柳枝主要是束缚人致死，枝头是分叉的，钻地能力根本没办法和罗峰的飞刀相比。

淡金色柳枝一阵飞舞，而后就缩了回去，其他普通的柳枝则依旧跟往常一样随风飞舞。

地底深处。

这里已经被罗峰钻出了一个小的洞穴。

罗峰浑身都脏兮兮的，他倚靠着背后的岩石，歇息着。

“滴答！滴答！”岩石层中的积水不断地滴落。

“我还真是够狼狈的！”罗峰自嘲地一笑。

“我现在算是知道，雾岛中为什么没有飞禽类怪兽和走兽类怪兽了。”罗峰回忆起刚才的一幕，依旧惊叹不已，“简直不可思议啊，这座孤岛上的柳树都这么有攻击力，如果此事传出去，估计全世界的人都会震惊吧。”

地球上其他地方的植物一直没有发生变异，除了食人花。可是，这个雾岛上不但食人花发生了变异，柳树还可以发起攻击，罗峰都惊呆了。

“特别是那柳树王，攻击力极强，一般的高级战神级武者都不是它的对手。既然柳树能发出攻击，恐怕这雾岛上的很多植物都具有攻击性，那些怪兽即便敢来这个雾岛，也会被这些植物给杀死。”

大涅槃时期后，一直没有人敢居住在澳洲大陆上，这里成了怪兽的天堂。

而怪兽们恐怕早就知道澳洲大陆的这座雾岛很是特殊，所以没有一头怪兽敢进入雾岛，只是偶尔有一些武者来这里历练。

不过，来澳洲大陆的武者太少了。澳洲大陆的面积有数百万平方公里，数十年来，澳洲大陆的绝大多数地方是武者不敢接近的，这座雾岛就是其中之一。过去，人类都没有发现过雾岛的秘密。直到现在，这里的秘密才被罗峰发现。

“李耀可没有精神念师的诸多能力，他不会飞行，钻地的速度又太慢。他若是来了雾岛，能不能活着还很难说。”罗峰暗想道。

在地底的小洞穴中，罗峰悠闲得很。

忽然，他从背包中取出了一个手机。

“手机贵也是有好处的，我现在身处地底，手机的信号依旧这么好。”罗峰笑笑，而后拨通了电话。

“喂。”

“哥！”罗华惊喜的声音响起，“你在澳洲大陆怎么样啊？”

之前罗峰用手机和家里人通过电话，告诉他们自己8月份会去澳洲大陆，到时打电话的次数会比较少。

罗峰看看周围的岩石和不断滴落的水滴，微微一笑。

“我很好，现在我所在的地方很安全，你不用担心。”

第146章

发财了

黑漆漆的地底洞穴中，罗峰正和罗华通电话。

“你安全就好。对了，哥，我最近在网上查过有关澳洲大陆的信息。澳洲大陆是如今世界上的三大险地之一，其中有无数强大的怪兽。此外，我还看了一些有关澳洲大陆的视频，视频中的一头头怪兽真的很厉害……”

听到罗华的话，罗峰微微一笑，道：“放心吧，那些怪兽根本伤不了我。”

之前罗峰在荒野区闯荡的时候，他的家人就很担心他的安全。现在他来到了世界三大险地之一的澳洲大陆，他的家人更担心了。

罗峰不想让家人为自己担心，所以将自己说得比较厉害。

当然，对他而言，有些怪兽的确是小菜一碟。

“罗华，最近跟你女朋友相处得怎么样？”罗峰问道。

“还行。”罗华的声音有些无奈，“我现在就是没办法和小楠见面。”

“别急。”罗峰安慰道。

罗华回道：“我明白，其实小楠的压力比我更大。”

罗华和小楠这对恋人很不容易，经历过罗华投湖后，两人更加珍惜彼此的感情。然而，甄楠的父母还是不认可罗华，禁止甄楠和罗华在一起。甄楠的父母是绝对不容许女儿嫁给一个只能坐在轮椅上的残疾人的。

事实上，最辛苦的确实是小楠，一方面，她要应付自己的父母，另一方面，她要哄着罗华，唯恐罗华再想不开。

“罗华。”罗峰再次开口了。

“嗯？”罗华的声音有些低沉。

显然他和小楠的事情成了他的一个心病。

“今年年底，我就能得到一份生命之水。”罗峰说道。

……

JN基地市，Y城明月小区。

罗华独自在自己的房间内，正和哥哥通电话。

“什么？”罗华一怔。

“今年年底，我就能带一份生命之水回去，到时候你就能站起来了。”

罗华闻言，大吃一惊。

也就是说，今年年底他就能站起来了。

“我能站起来了？”罗华的脸涨得通红，激动地连连道，“哥，你是说今年年底就能得到一份生命之水？你之前不是说，偶尔才有生命之水的拍卖会吗，而且不是有钱就能买到生命之水的，现在，你有把握能得到生命之水了？”

罗峰的声音从手机那头传来：“罗华，其实不是你想象的那样，生命之水没那么稀缺。”

罗华闻言一怔。

“生命之水现在之所以这么‘稀缺’，只是A国政府玩的把戏，你放心，我绝对能弄到一份生命之水。”罗峰信心满满地说道，“这件事情尽管交给我去办。”

“A国政府玩的把戏？！”罗华震惊了。

A国可是世界五大强国之一，它和C国、R国等并列为超级强国。强国政府玩的手段，他哥哥却丝毫不放在眼里。

“你也可以告诉小楠。”罗峰接着说，“就跟她说，你很快就能像正常人一样行走了。”

“哥，你不是说要保密的吗？”罗华吓了一跳。

罗峰说过，一旦生命之水和那笔巨款暴露，很可能让罗峰有生命之危。

“现在已经不用保密了。”罗峰说道。

李耀已经带着武者来澳洲大陆追杀他了，他还有什么需要保密的?

之前，罗华为了甄楠不惜投湖，甄楠心中感动了，不顾一切待在罗华的身边。可是，感动是无法持久的，时间长了，她父母给的压力太大，说不定她会动摇。

当然，这只是一种可能。

罗峰是很不想看到这种事情发生的，以他对罗华的了解，罗华恐怕无法再承受一次打击。

所以，罗峰干脆让甄楠知道罗华能重新站起来，这样甄楠就不会动摇了。

“罗华，告诉小楠，将来你会和她手牵手，一起走到她的父母面前。”罗峰鼓励道。

而后，电话挂了。

罗华坐在笔记本电脑前好一会儿，才连接和甄楠的视频聊天。

“小楠，小楠。”

罗华坐在电脑前，电脑的屏幕上出现了视频聊天窗口，视频中的正是甄楠。

现在已经是八月份了，刚好放暑假，所以甄楠大部分时间都待在家，自然和罗华有很多聊天的机会。

“什么事，看你这么激动。”甄楠笑得很甜。

“小楠，我哥说了，今年年底我就能重新站起来。”罗华激动地说道。

“什么?！”甄楠震惊了。

“我说，今年年底我就能重新站起来，和正常人一样走路了，以后我能陪你一起逛公园，逛街，一起去饭店吃饭了。”罗华说着，眼中不禁泛起了泪光。

“真的?”甄楠不敢相信。

“嗯。”罗华连忙说道，“我哥和世界第一强者洪见过面，还聊过天，他得知了世界上的确有一些特殊的宝物。”

甄楠原本不敢相信，毕竟现如今的科技根本不可能让断掉的双腿再长出来。不过，罗华的哥哥是一个神奇的人物。

罗华的哥哥竟然跟世界第一强者洪见过面，还聊过天，说不定真的有些通天手段。

“到时候，我会牵着你的手，堂堂正正地走到你爸妈面前的。”罗华连忙说道。

“嗯。”甄楠连连点头，眼泪都流出来了。

天知道，她这些天承受了多少压力。

罗华投湖之后，她和罗华的事情就传开了，背地里总有人对她指指点点。她虽然心中很是坚定，但是被人指指点点，还是很难受。

罗华终于能重新站起来了，她以后也可以挺直腰杆了。

……

罗华静静地坐在笔记本电脑前，他和甄楠的聊天早就已经结束了。

“我的命运竟然就这么改变了。”罗华的心情很不平静。

他听得到外面传来的一阵阵轿车的喇叭声，他身处繁华且无比安全的JN基地市，而他的哥哥在遥远的三大险地之一——澳洲大陆。

兄弟两人处在不同的地方，宛如在两个世界。

如今，他的哥哥成了实力极强的武者，能猎杀厉害的怪兽，还能弄到让他重新站起来的极其珍贵的生命之水。

“哥！谢谢你！”罗华心中默默道。

澳洲大陆雾岛地底的洞穴中。

洞穴中无比黑暗，只有罗峰的通信手表的屏幕发出一点隐隐约约的光亮。在这个黑暗的洞穴中，这点光亮显得很是微弱，只能让人勉强看到一个盘膝静坐的人影。

罗峰此刻正在修炼基因原能。

不知道过了多久……

洞穴中的罗峰睁开了眼睛。

“嗯，我这手臂的伤势好多了。”罗峰活动了一下左臂，之前骨折的左臂好得差不多了。

“不知道李耀是死在湖泊中，还是来到雾岛了。”

罗峰看了一下通信手表，已经是下午三点多。

“我上去看一看吧，总不能一直待在这里。”

罗峰心念一动，三道流光宛如三柄尖锥，直接刺破上层的岩石。

他的双手高举过头顶，而后一合，刚好跟在三道流光之后朝上方冲去。

“哧哧——”

现如今罗峰的身体可比金刚石都要坚硬得多，他的身体素质达到了初级战神级的层次，就连狙击枪的穿甲弹都破不开他的皮肤。

罗峰双手一合就比尖锥要厉害得多，更何况前方还有三把飞刀开路，这使他更加轻松。

他整个人呈直线往上冲去。

当然，他刻意偏离了一点，使自己冲出去的路线和当初钻入地底的路线有些区别，他可不想一冒头就被柳树王攻击。

“啊！”一道痛苦的声音从地表传来。

他可是战神级精神念师，听力很是惊人。

“这是人的声音？！”罗峰眼睛一亮，“这个雾岛还有其他人？”

“李耀？”罗峰第一时间就想到是李耀。

罗峰越是靠近地表，他的速度就越慢。同时，他的精神念力早就扩散开来，足足辐射了周围八十米的范围。

而后，罗峰悄无声息地冒出头来，他正好出现在一处野草丛中。

“咦？”罗峰一眼就看到远处的李耀。

此刻，李耀脸色苍白，嘴角有着血迹，双眸却闪烁着骇人的亮光。

“噗！噗！”李耀接连喷出两口血。

罗峰死死地盯着远处的九棵粗壮的柳树，心中暗道：“看来，李耀已见识过那柳树诡异的攻击力，他也吃过亏了。”

“是我，维妮娜。”李耀正对着通信手表说话。

“耀，什么事？”维妮娜问道。

“我们要发财了，发财了，我现在所在的岛屿上有无尽的宝物。直至现在，我已经发现了12个草木之灵。”李耀压抑不住内心的激动。

第147章

草木之灵

“你说什么？！”维妮娜的声音都变了。

“没错，就是草木之灵！”李耀说道。

“你说你已经发现了12个草木之灵，你没有开玩笑吧？”远在P基地市的维妮娜激动不已。

她自然清楚草木之灵是什么玩意儿，也知道草木之灵的价值是何等惊人，这可是比满地的黄金更吸引人。

躲在远处的罗峰听了，很是疑惑：“什么是草木之灵？”

他从来没听过草木之灵这种东西。

“维妮娜，雾岛非常奇特，整座雾岛上没有任何怪兽，却有草木之灵。之前我就发现了3株野草，正是草木之灵。刚才我又发现了9棵柳树，也是草木之灵，短短的工夫，我就发现了12个草木之灵，我相信整个雾岛绝对不止12个草木之灵。”李耀激动地说道，“一旦我们把这些草木之灵都给拿回去，那可就发财了。”

1个草木之灵的售价就高得吓人。事实上，不能谈价格，谈价格是小看了草木之灵的价值。这种宝物称得上无价之宝，没人愿意将其卖掉。

“柳树类的草木之灵是极其珍贵的。当年，地球上名气极大的千年柳木心就是柳树草木之灵的核心。”李耀缓缓地说道，“据我所知，那棵柳树的直径也就达到1米，而现在这里有9棵柳树，其中最细的一棵的直径都达到了1米，最粗的一棵的直径更是超过3米。”

当然，普通的柳树也有很粗壮的。可是，蜕变为草木之灵的柳树和普通的柳树不一样，这些草木之灵有了简单的攻击和自保等意识，越厉害的草木之灵，就越珍贵。

“我刚才如果慢一步，就死在最大的那个草木之灵的手上了，幸好我靠着黑神套装变形的能力及时逃出来了。”李耀想到刚刚那一幕，仍有些后怕。

“那千年柳木心是极其珍贵的，将其服用后，有两个效用：一、可以让人的细胞活性大增，身体恢复速度加快到之前的数倍；二、身体素质会有大的提升。这还只是千年柳木心，我估计眼前的这棵直径超过三米的柳树，应该是万年柳树，万年柳木心的效用更大，单单这柳树王就是无价之宝。”李耀说到这里，无比激动，“我早就是高级战神级武者，如果服用万年柳木心，以万年柳木心的奇效，我的实力很可能有所突破，我很快就能成为超越战神级武者的存在。不过，即便如此，我都不是这柳树王的对手。”

想要得到柳木心，当然得先砍掉柳树。这种有灵的柳树可不会甘心被砍掉，它们肯定会反抗的。

之前李耀和它们短暂地交过手，李耀已经感觉到了威胁。

“9个柳树类的草木之灵？！”维妮娜惊呆了。

“嗯！这些草木之灵很是珍贵，也很诡异，我们未必能轻易得到。”李耀郑重地说道，“而且，我感觉这个雾岛非常神秘，仅仅一处就有9个柳树类草木之灵，实在是太不可思议了。依我看，这个雾岛上肯定还有其他草木之灵，甚至有比柳树王更厉害的。”

维妮娜点点头。

“维妮娜，你把这个消息告诉你家族中的长者，而后找一些强者过来。”李耀嘱咐道，“最好是找那些拥有黑神套装的强者，或是强大的精神念师，最弱的也得是高级战神级武者，其他人根本没有资格来雾岛。”

李耀和维妮娜的名声并不好。除了一些当年和他们一起闯荡过的生死兄弟外，他们几乎没有其他朋友，仇人倒是有很多。

即便李耀发现雾岛中有很多草木之灵，他们单凭自己的力量，根本不可能得到这些宝物，只能靠波莱纳斯家族帮忙。波莱纳斯家族是HR联盟的核心家族之一，家族中本就供养着一些实力强大的战神级武者。

“我明白。不过，耀，事成之后，我想归功于坎迪斯。”维妮娜说道。

“没问题，功劳对于我根本没什么用，难道波莱纳斯家族的人会愿意让我去当族长不成？”李耀嗤笑一声。

虽然他的妻子是波莱纳斯家族举足轻重的人物，但是他毕竟是一个外人，根本不可能加入波莱纳斯家族，更不可能在家族中拥有大权，即便他得到这些功劳，也一点用处都没有。

“对了！”忽然，维妮娜惊叫道，“罗峰会不会也认出了草木之灵，而后将此事告知极限武馆了。”

“不会！”李耀冷笑一声，继续道，“罗峰可是早就来到了雾岛上，若是他认出了草木之灵，并且通知了极限武馆，恐怕极限武馆的人早就到这里了。更何况，自古以来，整个地球上出现的草木之灵都是极少的，大多数草木之灵被洪、雷神等势力给瓜分了，知道草木之灵的人非常少，只有一些资深的战神级武者才知道草木之灵，普通的武者根本不知道。罗峰才19岁，而且一直埋头苦练，哪里会知道草木之灵啊。”

半晌——

见李耀挂了电话，数百米外的罗峰又悄悄地钻进地底。

“李耀，我过去确实不知道草木之灵。不过，你刚刚告诉我了，我还得谢谢你呢。”

罗峰又回到了地底的黑漆漆的洞穴中，凭借通信手表显示屏的一点亮光，倚仗惊人的视力，他清楚地看到了洞穴周围的一切。

“千年柳木心有两种功效，一是增加细胞活性，二是使身体素质大大增强。”罗峰心中暗惊。

单单这两点信息就足以让人震惊了。

想要加强身体素质，龙血也能做到。相比之下，千年柳木心和龙血哪一个的效果更好还很难说。

可是，千年柳木心还能使得细胞活性大增，这可是龙血比不了的。

所谓细胞活性，其实就是身体的恢复能力。比如，王级怪兽地王龙若是被斩断一截爪子，爪子会迅速地重新长出来。

细胞活性强的人即便五脏六腑受重伤，只需半分钟，五脏六腑的伤就能恢复。就连手臂断了，短短一会儿工夫，就能完好无损。

细胞活性越强，恢复速度就越快。

“千年柳木心果然奇特。照李耀所说，那柳树王很可能孕育着万年柳木心。”

罗峰低头看向通信手表，通过通信手表直接上网，很快就进入了极限之家的武者论坛。

他欲进入战将级武者论坛搜查相关资料。

“嗯？战神级论坛的标签怎么亮了？我能进入战神级论坛了？”

之前的几个月，他在精英训练营中苦修，很少上网。

自从他的黑龙排行榜的排名进入前50名后，极限武馆就提高了他的权限，他已经可以进入战神级论坛了。

基地市的极限总会馆的三大主管也可以进入战神级论坛。而有的人不是战神级武者，也有权限进入战神级武者论坛，罗峰正是后者。

“我进入了战神级武者论坛，肯定能查到更多的资料。”

罗峰进入战神级武者论坛后，用语音输入“草木之灵”，而后搜索帖子。

“嘀！”通信手表的屏幕上很快出现了一些帖子，竟然有28个帖子，内容都是与草木之灵有关的。

虽然知道草木之灵的人很少，但是这可是集合了大量战神级武者留言的论坛，还是能找到一些相关信息的。

“对于草木之灵的来历，许多战神级武者的观点并不统一。”

罗峰一一浏览完28个帖子。

有人说，草木之灵是经过特殊的变异产生的；也有人说，草木之灵是吸收宇宙的特殊能量后进化而成的；还有人说，古代就有草木之灵，工业逐渐发达后，对自然的破坏太大，草木之灵就消失了。大涅槃时期之后，怪兽遍地，环境好了很多，因此产生了草木之灵。

当然，这些观点都不一定对。

“不过，有一点是可以确定的，草木蜕变后，成了草木之灵，只要不靠近草木之灵，就不会有生命危险，而且每一个草木之灵都蕴含了天地精华，有特殊的功效。”罗峰看到帖子中关于草木之灵的介绍，做出了总结。

千年柳木心、碧草滴露、铁甲灵珠等宝物几乎都被五大强国、两大武馆和HR联盟给瓜分了，只有极少数战神级武者能拥有这些宝物。

“按照这些帖子所说，千年柳木心对于增强身体素质具有很强的功效，其功效比龙血还要强，而且还能令细胞活性大增。”罗峰心中暗叹。

一份龙血能卖800亿，那千年柳木心呢?

难怪五大强国和两大武馆都要去争草木之灵。

雾岛上现在就有草木之灵，而且看起来还很多。

P基地市。

一个宽敞的尖顶大厅内，黑色的大理石地面，里面摆着十余米长的金色长桌，还有五把黑色的椅子。

此刻，这五个座位上坐着五名老者，是四个老头和一个老太太。

忽然——

急促的步伐声在大厅外面响起。

这五名老者都转头看向门口。

“他们来了。”坐在主位上的银发老者笑着说道。

只见一个穿着黑色长袍的神秘人物一步步走进了大厅，他的身后跟着一个背着盾牌，单手持着巨剑的魁梧大汉，此外，还有一个面色苍白，身材精瘦的男子，男子的腰间别着两把短刀。

这三人一进入大厅，整个大厅的气氛都变得有些压抑。

为首的黑袍人目光冷厉。

顿时，那五名老者都从座位上起身，迎接这三大强者。

（本册完）

更多精彩，尽在《吞噬星空 典藏版4》！